神州轶闻录

画坛篆事

周简段 著
冯大彪 主编

新星出版社 NEW STAR PRESS

总序一

让我为《神州轶闻录》这部很有分量的丛书作序，使我惶恐！虽然在我九十年的岁月中，七十年是住在北京的：我住过"天棚鱼缸石榴树"的四合院，从西直门骑驴到过卧佛寺，吃过赛梨的萝卜和糖葫芦……但是看起《神州轶闻录》，那几卷里的掌故、风土、艺文、名胜、人情等，大都是我所不知道的。首次到北京的外国朋友和国外华侨，往往问我："你是老北京，请你告诉我逛北京要如何逛法？"我居然大言不惭地说："你首先要去的是天坛公园，那座祈年殿，是我觉得在欧、美、亚、非的任何建筑，都不能与她相比的；再就是去登上景山之巅，俯看北京城全景，故宫的设计也全看到了。此外去吃顿全聚德的烤鸭、东来顺的涮羊肉。其他就是我认为可去可不去的地方，你再听听别人的意见吧。"

我自1980年伤腿之后，不良于行，新北京的建筑，我都没有看见过，但这不是古迹，也不在我们谈话之列了。

我所能写的，就是这些。

冰 心
1991年2月26日

总序二

我顶怵写序,怕没话找活,空空洞洞,所以我轻易不答应给人写序。唯独对周简段先生(我没见过这位,所以不便加个"老"字儿)的《神州轶闻录》,我不能推辞。一则是我翻阅了曾在香港出的五辑选本,简直叫人拿起来放不下,实在有看头儿,二则一沾北京的边儿,我就不好意思溜掉。在下到底是在这儿土生土长的呀。

我出生在东直门羊倌胡同,中小学都是在安定门大三条上的。最后,又在海淀戴了下学士帽儿——就是那种挂着穗子的黑绸方帽。刨去跟学校春游到过一趟南口,十八岁前我就没出过城圈儿。可后来当上了记者,就跑起江湖来啦。不但国内,连大半个地球都跑遍了。可是不论漂到哪儿,我怎么也忘不了我的老北京。

这着实是块宝地。不但历史悠久,掌故丰富,城里城外满是名胜古迹,而且叫人怀念的,是在这里活动过的非凡人物。北京城要是座五光十色的舞台,那么更叫座的当然是在这里驰骋过的显赫角色。那真是三教九流,行行出状元。这里有纵横捭阖的政客,也有学贯中西的学者,有书画名家,也有名噪一时的曲艺泰斗,以至身怀绝技的武术大师。《名人辞典》只能告诉你这些人物的官职履历,这本《神州轶闻录》却能通过遗闻轶事，活灵活现地描绘出他们的精神面貌。

不论是对像我这样怀念老北京，一心希望重温一下故都旧梦的老年人，还是对那些急于了解昨天的青年人来说，这都是一套可心的书，可以放在枕边或揣在旅行包里随身携带的好书。篇幅都不长，既能解闷儿又长知识，必然会越看越有滋味儿。

萧　乾

1990年7月10日

总序三

"文化"是一个很大的词儿,而本书中所选的文章却是短而又短,几乎都是身边琐事,细碎平淡,小到不能再小了。这与"文化"不是有很大的矛盾吗?

我认为,关键在于如何看待文化。

我们语言中有许多最常见的词儿,一看便明白,一问便糊涂。"文化"就属于这一类。一提到"文化",谁不明白呢?然而,为什么据说世界各国学者对"文化"下的定义竟有五六百种之多,而且谁也说服不了谁呢?个中消息,耐人寻味。这就充分说明,"文化"是根本没有法子下定义的。

然而,我们用不着为此伤心失望。我们生活,我们读书,绝不是遵守某一个定义的。尽管学者用心良苦,下定义煞费精神,我们可以置之不理而心安理得地按照自己的常识去理解文化。

如果你同意我这个看法的话,那么你就会在本书所有的文章中发现文化。本书共分五个部分,哪一部分里没有文化呢?各文中所讲的故事,都看似烦琐细碎,平淡无奇;如果你愿意当作"闲书"来看,仅供茶余酒后消遣之用，从中寻求那么一点点儿小小的乐趣，你有这个权利，我也表示赞同。因为，不管这点乐趣多么渺小，它也能让你去除精神和体力的疲惫，重新抖擞精神，投入人生的或大或小的事业的搏斗中去。贤于博弈多矣。

然而，哲学家们常说：于一滴水中见大海，于一粒沙中见宇宙。难道在我们这些小的文章中不能见到大的文化吗？所有这一些戏曲、文玩、学府逸事等，又哪一个与文化无关呢？只不过在这里谈文化，不是峨冠博带，威仪俨然，不是高头讲章，而是涉笔成趣，理路天成，于琐细中见精神，于微末处见全面，让你读了以后，如食橄榄，回味无穷，陶冶性灵，增长见识。这种精神的享受，是别的文章无法代替的。难道不是这样子吗？

我就是本着这一点小小的想法，写了这一篇小序。

季羡林
1991年6月23日

序

冯大彪先生要我为周简段先生的《神州轶闻录·画坛旧事》作序，实不敢当；但看了所选的文章，写的都是我熟悉的人和熟悉的事，冯先生又是多年的老朋友，也就不便再推辞了。

我自幼喜爱书画，二十岁（1956）经董寿平、汪慎生两位先生介绍，如愿以偿走进荣宝斋，至1998年退休，在这座民族文化的殿堂里工作了四十几个春秋，民族艺术的长期熏陶渐染，使我对中国书画产生了很深的感情。

中国书画（包括篆刻），是中华民族几千年文明沃土孕育的美术奇葩，是中华儿女值得引以为豪的国粹。世界美术分成两大体系，即东方体系和西方体系，中国美术则是东方体系的代表。其中书法和篆刻为其他国家所没有，无须再作赘述；下面仅就绘画来略说一说，她为什么值得我们景仰和热爱。

首先，中国绘画历史悠久，源远流长。20世纪70年代末，考古学家在陕西临潼姜寨一座距今五千六百多年的墓葬中出土了石砚、磨棒、颜料和陶杯等一整套绘画工具，它证明了中国绘画的历史是何等古老。早在周代，我国绘画以墨线为基础的民族风格就已经形成。魏晋南北朝时期顾恺之、谢赫、宗炳等人的绘画理论，证明了中国画是世界上最早出现较完善理论的画种。至唐代，中国绘画以其高度的艺术水平和瑰丽、豪放、宏伟、明快的风格，雄踞中古世界美术的颠峰。几千年来，中国绘画艺术不间断地发展，优秀画家灿若繁星，绘画瑰宝浩如烟海，在世界美术史上闪耀着夺目的光辉。

更让我们骄傲的是，中国画在世界上自成体系，独具异彩。中国画强调"以形写神"，画家往往按照主观意识概括与改变自然形态，求其本质的神似，而形则可以在"似与不似之间"；这和古希腊以及文艺复兴以后的西方绘画着重实景写生和形的逼真是很不相同的。中国画注重文学色彩，要求绘画抒情含蓄，有意境、有韵味；这种文学色彩形成了诗、书、画、印完美结合的世界艺林中独有的美学形式。中国画以毛笔为绘画工具，以线条为造型手段；在色彩上以墨为主，通过墨的浓、淡、干、湿等变化，以及形式多样的用墨技法，取得"水墨晕章，如兼五彩"的艺术效果；中国画也讲究"随类敷彩"，但除重彩画外总体上崇尚淡雅，并通过改动描绘对象的色彩，来适应创造意境的需要，这与西方绘画注重物体的固有色彩截然不同。在构图上，中国画不像西方画那样受焦点透视的限制，要求做到"竖画三寸当千仞之高，横墨数尺体百里之回"。西画往往整个画面都涂满色彩，中国画则讲究疏

密相间,"计白当黑"。早在30年代英国著名艺术鉴赏家劳兰斯秉宁特就高度评价中国画说:

> 虽然中国人对色的调和赋有极高的审美力,但却不肯多用。另外在应用构图上的空白和表现空白的技法,任何国家的艺术都不能及。

中国的书画艺术不仅是中华民族的珍贵财富,也是世界艺术宝库中璀璨夺目的瑰宝。随着中国的崛起和中外文化交流的深入,中国书画必将在世界艺坛上放射出更加炫目的光芒。

这本书所涉及的是近现代书画(包括篆刻)界的人物和轶闻。近现代以来,西方美术被大量介绍到中国,传统绘画研究不断深入,中国画坛出现了观点与画派竞相发展的局面,出现了许多有影响的画学组织及书法篆刻团体和一大批成就卓越的书画篆刻名家,尤其是20世纪50年代,随着时代的变化,书画家们思想变了,笔墨、题材、表现手法也随之变化,不少人形成新的风貌,是书画家取得成就最大的十年,奠定了近现代画坛百年的辉煌。这些,这本书都有生动入微而富有情趣的反映,它对普及书画知识,提高人们对中国书画的认识,增强民族自豪感,一定会大有裨益。

米景扬
2005年7月于十墨山房

目 录

名流大家

白石老人衰年变法 / 3

张大千二三事 / 6

"旧王孙"溥心畲 / 9

黄宾虹铮铮铁骨 / 13

何香凝的绘画生涯 / 15

画坛寿星朱屺瞻 / 18

国画大师潘天寿 / 21

忆半丁老人 / 24

百身何赎一少梅 / 27

画像大家蒋兆和 / 30

养虎画虎张善孖 / 32

虚怀若谷丰子恺 / 36

画竹圣手柳子谷 / 39

名画家刘奎龄父子 / 44

"末代王孙"画家溥佐 / 47

名流大家

皇族画家溥松窗 / 49

吴作人师事徐悲鸿 / 51

辅仁大学美术系女状元 / 54

女画家潘玉良 / 56

慈禧代笔缪老太 / 58

齐门弟子娄师白 / 61

画猫能手孙菊生 / 63

画坛怪杰陈子庄 / 65

"老好子"画家汪慎生 / 67

记王森然老人 / 69

壁画名家陆鸿年 / 71

末科状元刘春霖的书法 / 73

晚清翰林潘龄皋 / 76

金石书画大师朱复戡 / 79

李瑞清二三事 / 81

"中国第一书法家"郭风惠 / 85

沈尹默学书不易 / 88

爱国志士冯公度 / 90

枫桥"双绝"两张继 / 93

章草名家王世镗 / 96

抄校巨擘张宗祥 / 99

津门书法大家华世奎 / 102

邓散木其人其事 / 105

书坛巨擘沙孟海 / 110

回忆高二适 / 113

女书法家萧娴 / 116

戎马墨海忆舒同 / 119

吴昌硕与西泠印社 / 121

张樾丞及其"同古堂" / 124

刘淑度篆刻成名 / 127

装裱大师刘金涛 / 129

逸闻趣事

吴昌硕为平民作画 / 135

于右任茶庄书匾额 / 138

金北楼父子办画会 / 140

张大千临画"匿迹"趣闻 / 144

"二石"与悲鸿 / 146

齐白石与朱屺瞻的画谊 / 150

徐悲鸿的一次画展 / 152

徐悲鸿的"无枫堂" / 154

张大千与溥心畬的书画缘 / 157

徐悲鸿与张大千 / 162

张学良与张大千的画谊 / 167

于非闇和张大千的友谊 / 172

梅兰芳的诗画缘 / 177

黄宾虹游蜀 / 182

李可染以牛为师 / 185

李苦禅拉洋车 / 188

吴作人战地写生 / 191

玉泉道旁风眠居 / 194

傅雷为黄宾虹卖画 / 197

郭沫若喜绘兰草 / 200

小说大师爱丹青 / 203

丰子恺蜀中卖画记 / 206

关山月第一次在成都办画展 / 209

沈醉与白石老人的画缘 / 211

伯乐陈垣识启功 / 214

王森然与齐白石的友谊 / 217

闻一多的绘画和篆刻 / 220

中石与白石间的趣闻 / 225

徐悲鸿扶助田世光 / 228

经亨颐与寒之友社 / 231

刘博琴为毛润之刻章 / 234

画虎名家结戏缘 / 236

戏曲演员与书画艺术 / 239

齐白石盛誉"刻刀张" / 242

吴昌硕的塑像及刻像 / 247

陈师曾与《北京风俗图》/ 249

于右任与《岁寒三友图》/ 251

齐白石的《却饮图》/ 254

司徒乔绘孙中山像 / 256

何香凝的梅花横幅 / 259

珠联璧合一幅画 / 262

陆小曼山水长卷题跋 / 266

苏曼殊画《梦谒母坟图》/ 270

几经磨难《流民图》/ 272

孙之儁与《武训画传》/ 274

颐和园半廊上的字画 / 277

法海寺的壁画 / 279

朱仙镇木板年画 / 281

年画中的《关帝诗竹圣迹》/ 283

老月份牌画面面观 / 286

烟画一席谈 / 289

阅古楼碑帖历沧桑 / 292

南诏古碑今犹存 / 295

王法良书写故宫三大殿匾额 / 298

"天下第一关"书写人萧显 / 300

旧都牌匾多名家 / 303

李叔同、丰子恺与《护生画集》/ 306

《十竹斋笺谱》沧桑 / 309

国画教材说《画传》/ 311

蔚县剪纸放异彩 / 314

张伯驹抢救《游春图》/ 319
徐悲鸿与《八十七神仙卷》/ 321
宋代名画留存海峡两岸 / 324
陈簠斋与毛公鼎原拓片 / 326
鲁迅收藏汉画像拓片 / 329
叶恭绰慧眼护国宝 / 332
张元济三觅涉园图 / 335
聚散离合"三希"珍 / 337
张大千藏画失而复得 / 340
《清明上河图》遭劫揭秘 / 343
潘天寿护国宝失己宝 / 346
周怀民沙里拣金嗜收藏 / 349
陈叔通和百梅图卷 / 352
"藏扇大王"黄国栋 / 355
曹雪芹画迹存亡记 / 358
中国第一行书《兰亭序》/ 361

代后记 / 368

名流大家
MingLiu daJia

白石老人衰年变法

为纪念白石老人诞辰一百二十周年,北京于1984年初举办了白石老人藏画展览。孔圣云:"三十而立",白石老人却从二十八岁起开始学画。孔圣又云:"五十而知天命",而白石老人却是衰年变法,五十八岁后方称誉画坛。

白石老人是1917年五十五岁时到北京的。初在琉璃厂南纸铺挂卖画刻印的润格,一个扇面定价两元银币,比一般画家价码便宜。大概是白石老人所学八大山人冷逸风格,不为时人所贵,因而问津者稀,生活也很落寞。后来大画师陈师曾看他的画,特意到他住地法源寺访晤,劝他自出新意,变通技法,还题了一首勉励诗:

曩于刻印知齐君,今复见画如篆文。
束纸业蚕写行脚,脚底山川生乱云。
齐君印工而画拙,皆有妙处难区分。
但恐世人不识画,能似不能非所闻。

正如论书喜姿媚，无怪退之讥右军。
画君自画自合古，何必低首求同群？

我后来从《槐堂诗抄》里读过此诗。白石老人画梅原是取法宋人杨补之工笔技法，听陈师曾劝告后，才用写意笔法。待有长进，陈师曾又携带白石老人的画到日本举办二人合展，始而一举轰动中外，两人展品一销而空。法国也选了两人作品，参加巴黎艺术展览会。记得当时北京报纸披载，说日本人想拍摄两人作品及生活状况电影云云。

从此，白石老人享誉京华，外国人到北京指名买画，北京人也纷纷购买，卖画生意日益兴盛。白石老人因诗感歌：

曾点胭脂作杏花，百金尺纸来争夸。
平生羞杀传名姓，海外都知老画家。

二人遂成莫逆之交。陈师曾对白石老人的画多有指正；白石老人亦无不接受，且常到陈师曾的书斋"槐堂"去谈论诗画，以至白石老人有"君无我不进，我无君则退"之句。

1923年夏，陈师曾以四十八岁之壮年病逝于北京，中外咸为震悼。梁启超曾云："师曾之死系中国文化界之大地震。"可谓入木之语。当时北京文艺界特在江西会馆举行追悼会，并展览遗作。会场上还悬挂着数百件挽诗挽联，我至今对白石老人的挽诗记忆颇深，如"哭君归去太匆忙，朋友寥寥心益伤""此后苦心谁识得，黄泥岭上数株松"，大有再无知己之叹。及至后来读过《白石老人自传》，才知他对于陈师曾之死确是莫可名状、"异常空虚"的。鲁迅编《北京笺谱》收师曾作品颇多，在序言中亦力加推崇。足见大画师当年的地位和影响。

张大千二三事

国画大师张大千,四川内江人。其母曾友贞是一位能画剪花样的民间艺人,张大千九岁便随母亲学习花鸟鱼虫白描,后到日本专攻绘画,回国后在上海拜清道人李梅庵和曾熙为师,20世纪30年代曾在南京中央大学美术系任教授,与溥心畬齐名,有"南张北溥"之称。他擅长山水、花鸟、人物画。喜临石涛、八大山人、刘石溪、渐江的作品,并得其精髓。

抗日战争中,张大千一家为躲避战乱,曾在四川郫县太和场场口钟雨秋家大院里居住过一段时间。当时周围向他索画的人很多,他一般都婉言拒绝。只有一些和他较好的乡医和学校教员可以得到他的翰墨之宝。当地的恶霸势力很厉害,他不敢惹,大凡这些人开口要画,他都用一些翻印的画来应付。只有一次例外,那是当地一个叫钟向琼的舵把子养了一只鸦,深得张大千喜爱,因为这只鸦与众不同,一般的鸦都是黑色,而这只鸦却是白的,堪为稀世之珍品,于是张大千专门绘了一幅画,与钟交换这只白鸦。张大千得此白鸦,十分珍爱,经常拿它来写生。

距郫县大约几十里,有一个名叫邛崃的县城。有一天,张大千和一位朋友相约来到邛崃,路上把钱包给丢了,当时已是黄昏时分,一道去的朋友急得团团转,张大千却一点儿也不着急,他信步走进一家茶馆,找了空位坐下,要了两碗茶。又叫茶馆的伙计在炉灶旁边撮了一簸箕黄泥巴,端到他脚下。只见他抓起一小块泥团,在桌上来回地搓揉,继而又放在手里反复地捏,不一会儿,一个活灵活现的黄泥猪八戒呈现于眼前,遂引来不少围观者。这时,张大千对围观的人群自我介绍道:"我是张大千,在这里喝茶,手痒了,随便玩儿玩儿,哪位想捏自己的尊容,收费一元。"茶馆里的人一听说眼前这位就是鼎鼎有名的大画家张大千,又亲眼见到他当场表演的杰作,而且要价又不高,于是大家争着请张大千给他们捏像,不大一会儿,张大千就挣了几十块大洋,终于解决了食宿所需的费用。真是家有万贯不如薄技在身,天旱饿不死手艺人啊。

张大千在上海居住期间,为了生计一边作画,一边卖画,有时不得已,还要应市造些假画卖。有一次一个有钱人家装饰客厅,想在中堂布置一幅石涛的古画。这事被张大千得知,他暗地里打听到这家人中堂正墙的尺寸,于是连夜构思创作,经过几天几夜苦战,只见空蒙山色、烟云缭绕、水天一色,其笔墨雄健纵姿,又淋漓酣畅,一幅足以以假乱真的石涛山水画跃然纸上。经过精心装裱,便成了一幅待价而沽的艺术精品。

"某人手里有一张石涛山水画"的消息很快传到那个有钱人耳朵里,他几经转折终于找到了这张画,富人一见便爱不释手,拿回家一挂,长短大小真是服帖到家了,但是真伪难辨。他听说张大千对石涛画模仿逼真且很有研究,于是辗转找到张大千,请他鉴定真伪。张大千见了画后告诉他:"这画是假的。"富人怏怏。不几日,富人又听说,只因张大千想要,才谎说是假的,于是富人赶紧付款,将画买下。

"旧王孙"溥心畲

国画北派青绿山水正宗首座溥心畬已在台湾过世多年，偶于友人处见其画幅，想起曩昔他在京华时的一些逸事。

他名儒，心畬是字，别号西山逸士，书画常用"旧王孙"署名和印章。

何以号西山逸士？因其曾在北京西山戒台寺苦学十年，奠定了他一生诗、书、画的根基。其诗抑扬顿挫，真隶唐音；其画曾与张大千齐名，有"南张北溥"之誉；其书则行云流水，秀色可餐。如说诗书画三绝，可谓名副其实。

溥心畬祖父恭忠亲王奕䜣，是清宣宗（道光）第六子。亲王有二子，皆封贝勒，次子载滢即是溥心畬的父亲。溥心畬与溥仪是同辈，不但第一个字都是"溥"字，而且后一个字都是"单立人"边，这叫带偏旁的亲贵，是近支皇族。他有一方图章，篆文是"旧王孙"三字。

溥心畬生母项氏，广东南海人，太医院官某女，邃于儒学，亲课心畬甚严。从溥心畬《自述》中可窥见一斑："十七岁后，先师南归，先母项太夫人亲教读书习字。时居清河乡间，旧邸书籍皆荡然无存，身边只有听读之书数卷、《阁帖》一部、唐宋元明书画数卷而已。先母太夫人尽典卖簪珥，向书肆租书，命余诵读抄写，期满归还，再租他书。稍有积蓄，则买书阅读。应用之书，先母自写一目录、次第购求。"最后写道："余虽不才，而不知废学者，皆先母教诲也。"

宣统三年（1911），溥心畬入贵胄法政学堂，民国元年（1912）归并清河大学，嗣又并入北京政法大学。毕业后，入德国之柏林大学。返国省亲，举行婚礼，再赴德读研究院，获天文学博士学位归。这时候溥心畬已经二十七岁了。按理说，学业有成，已成家该立业了，但是他的母亲却说："汝以为今日读书已有成耶？须知此初步耳，更须积学博闻，多了利物济人工夫，或立言以垂诸世。"

到哪里去学？溥心畬毕竟是"旧王孙"，自然想到戒台寺是最好的去处。戒台寺是大禅林中专门给和尚受戒的庙。光绪十七年（1891），恭亲王曾出资重修，作为他避暑修养的地方。奕訢爱听戏，当时之名优如谭鑫培、程长庚等都是这里的常客。奕訢死后，他的神主就供在庙中，等于他家的家庙。直到后来，溥心畬还经常怀念那里，其《南游集》中有《画戒台寺慧聚堂前古松》诗云：

踏月松坛迹已陈,白云一别几经春。

图成慧聚堂前树,似向青山忆故人。

据说戒台寺有一位湖南和尚永光法师(字海印),对溥心畬影响极大。该法师出于王闿运之门,专作六朝体诗,写一笔相当洒脱的字。"七七"事变前夕,溥心畬还将保存的法师诗集手稿,交琉璃厂文楷刻印,书名为"碧湖集"。另外,在其诗集《西山集》中,亦有《送海印上人归沩山》和《怀海印上人》等诗。

溥家住什刹海恭王府多年,20世纪30年代末,将府第售与天主教堂,迁居西郊颐和园介寿堂。

心畬事母至孝,"七七"事变前后,项太夫人病逝,为了表达哀思,他在项太夫人棺盖及前后左右四周用蝇头小楷精心写满金书经文。当时有外人前往吊唁,叹为稀有之文化珍品。

40年代前后,心畬居颐和园时,一心写画,很少外出。当时北京第一中学校长杨荫庆之女曾从他学画,两家有些过从。据说心畬喜食海参、熊掌等山珍海味,很少吃粮食。平日理发由当年北京绰号"烫发杨"之杨凌风专理,每次理发都派车进城接杨到颐和园。

家有侍妾李雀屏,聪颖秀丽,颇得他喜爱,常教以诗画。40年代中期,心畬的夫人病故,即以雀屏为继室。后来外间多知溥的继室崔屏,实为雀屏之改称。

日伪时期,他曾为友人写条幅,文为:

> 云散西寒月,清秋万里情。
> 桑干飞百练,不见范阳城。
> 大漠殊风雨,神州尚甲兵。
> 望山连易水,慷慨吊荆卿。

当时百姓处于敌寇铁蹄下,心畬有此诗句,亦属有心人矣。

1947年,心畬偕雀屏及女儿共三人南下宁杭等地游览。后来据说他在杭居住处的一名交际人员偕雀屏母女潜逃去香港。这一家庭巨变,对年将花甲的心畬来说,确是难以忍受的痛苦,他只好跟踪追找,求得珠还合浦。据说临行前,赠给友人诗句,有"孤云飞不定,落叶去无踪",隐藏他无可奈何的彷徨心情。

黄宾虹铮铮铁骨

旧时上海十里洋场,帝国主义分子横行霸道。黄宾虹一日上街,见一外国流氓欺侮一老伯。他虽为文人、画家,但平日运腕之余亦习武,练就一身好拳脚及剑术。此时他挺身相救,抡起铁拳怒斥外国流氓。围观的同胞亦齐声喊打来助威。外国流氓见势不妙,抱头鼠窜。事后,黄宾虹撰《自强救国论》一文即是有感于此而发的。

他看到,有的打着"学者"招牌的外国盗宝者趁中国贫弱内乱、法纪不张、惧怕洋人等积弊,肆无忌惮地剽掠中华古文物,以至于龙门、敦煌等地的宝藏无不遭毁损,黄宾虹忧伤不已,作漫画描绘这帮窃贼的无耻嘴脸,投寄高奇峰、高剑父主办的《真相画报》发表。

黄宾虹一向痛恨弄虚作假的坏风气。他后来任上海著名出版社"神州国光社"美术编辑。当时不少伪造名家字画的古董商,常利用报刊吹捧炒作,弄虚作假,牟取暴利。一次，日本某"学者"托人送来两幅伪造的明代山水画（李在的《桃源图》、杜堇的《溪山烟霭图卷》），并以优厚的报酬引诱编辑人员，以求发表。编辑部有人见利忘义，竟一口允诺。黄宾虹板下面孔说："此事有伤国体，不能去做。朋友们若生我的气，只好忍痛割席！"由于他义正辞严，日本人的阴谋终未得逞。

抗日战争中，黄宾虹全家困居沦陷了的北京。尽管生活窘迫，他也绝不事日伪。伪文物研究会推举他为美术馆馆长，他坚辞不就。日伪操纵的美术界为他举办八十大寿庆寿会，他也拒不赴会。他给朋友写信，说自己醉心于明代忠臣黄道周的爱国诗歌和南宋人的爱国山水画之中，不禁神游粤、桂、荆、楚的壮丽河山，以寄托对抗战大后方的思念和希望。他还常对家人吟咏陆游的诗句："呜呼，楚虽三户能亡秦，岂有堂堂中国空无人！"坚信中华民族不会亡！并以画家的口吻发出"青山则无衰老可忧"的心声。

一次，他经过长安街，目睹日军在新华门耀武扬威，不禁心中如噎，归家即挥笔作《黍离图》，画中玉黍一枝独秀，坚石、梨花以作陪衬，并题诗道："玉黍离离旧宫阙，不堪斜阳伴铜驼。"此作借用《诗经·黍离》之典故，寄托了触景伤情、怀念故国的情思。后来被收入近年出版的图文并茂的大型图书《中国名画鉴赏辞典》，足见其不朽的思想价值和艺术价值。

何香凝的绘画生涯

何香凝,原名何谏,又名何瑞谏,生于清光绪五年(1879),广东南海人。光绪二十三年(1897),她与廖仲恺结婚,后赴日本留学。光绪三十一年,加入同盟会。在日本东京目白女子大学求学期间,她求知若渴,课余时间每每向朱执信学数学,向胡汉民学《史记》,向廖仲恺学《汉书》。

半年之后,她因胃病休学。一天,闲来无事,便信笔画了窗外风景。凑巧,孙中山来到她跟前,发现她的绘画天分,便对她说:"要在国内组织武装起义,需要起义的军旗、安民布告和军用票证的图案,这些都需要把它画出来。"

由于孙中山的启发引导,此后,她改学美术,并于光绪三十三年(1907)转入日本东京本乡美术专科学校。既学山水花鸟,又学狮虎鹰隼。由于刻苦习练,绘画水平迅速提高。她画的狮虎斑斓彪壮,气吞山河,她画的梅树冰姿玉骨,傲雪凌霜。

这期间，她的作品《雄师西顾图》，曾受到朱执信赞赏。还有一幅《猛虎咆哮图》，是绘赠黄兴的作品。辛亥革命爆发后，她为革命军设计了军旗图样。民国十六年（1927），她出国赴巴黎，以卖画自娱，"亦以备将来为换米之资"。

"九一八"事变后，她从法国返回上海，为抗日战争筹集军费而作画，并与柳亚子、经亨颐、陈树人组成"寒三友社"。这一年12月，举办了"救济国难书画展览会"。她不但捐出了早年赴南洋群岛及菲律宾时靠卖画为广州仲恺农工学校筹集的全部资金，还将自己历年留存及友人捐赠的画和墨宝也全部变卖出售。此外，她还向北京、广州等地书画家征集书画一万五千余件，与郑洪年、叶恭绰等二十余人共捐款项近一万八千元。本人为中国抗战捐款总额共有数万元之巨。

20世纪30年代初，她画古梅，经亨颐画雄松，陈树人画翠竹，于右任作诗题款，遂成《岁寒三友图》。三十年后，时届八十岁高龄的于右任偶得该画，不胜慨叹，欣赏之余，发现诗中一句漏写一个"时"字，因而补书，并赋诗二首：

三十余年补一字，完成题画岁寒诗。
于今回念寒三友，泉下经陈知不知？
破碎河山容再造，凋零师友记同游。

中山陵树年年老,扫墓于郎已白头。

于右任辞世后,唯一健在的何香凝见到于右任的诗,回忆往事,亦感慨万端,遂用原韵作奉和诗三首:

青山能助亦能界,二十余年忆此诗。
岁寒松柏河山柱,零落台湾知未知?

锦绣河山无限好,碧云寺畔乐同游。
驱除美寇同仇忾,何事哀伤叹白头?

遥望台湾感慨忧,追忆往事念同游。
数十年来如一日,国运繁荣渡白头。

画坛寿星朱屺瞻

一代画坛寿星朱屺瞻于1996年4月20日在上海华东医院辞世，享年一百零五岁。著名漫画家华君武称赞屺老的人品是"为人率直、做事顾人、图画从己"。

屺老，原名朱增钧，生于清末光绪十八年（1892），江苏省太仓县浏河镇人。祖父两代，均为当地著名儒商。光绪二十六年，母亲病逝，他不思饮食，终日伏在母亲遗像前恸哭，家人解劝不能止。塾师童颂禹为自己学生的孝心所感动，不禁即兴诵读《诗经·卫风》："陟彼屺兮，瞻望母兮"，遂为他改名为屺瞻，以寓恋母孝情。数年后，其父亦去世，屺瞻哀从中来，含泪复诵《卫风》："陟彼岵兮，瞻望父兮"，因又取号"二瞻"。他深深怀念父母双亲，说："父生我兮，母育我兮，老当由我赡养，现今两老驾鹤飞去，我惟能终身瞻望远天，永瞻在心！"

他幼时读过五年私塾，塾师童颂禹教学之外，喜画兰竹，暇时他亦模仿作画，偶被发现，常常受到称赞。十七岁时，考入上海实业学校（上海交通大学前身），学工程课外，仍致力作画，该校学监唐文治是其表叔，精小学通画艺。偶见其作画，非但不批评，还指点道："写字作画，点画皆须着力，切忌浮滑。"成名之后，每谈及成因，他常对人说："我一生以画为乐，皆因发蒙时侥幸，幼时受父亲影响，少时得到塾师勉励，青年时受表叔指点，没有这种种良机，我无法成为画人。"

民国元年（1912），他到上海美术专科学校任教。抗日战争爆发时，他发愤以笔作枪，描绘战场烽烟，创作了不少揭露日军暴行、歌颂抗日爱国志士功绩的油画。并在美专同事、学生的支持下，举办了《朱屺瞻淞沪战迹油画展览》，观者问及展出感想，他义愤地说："我一直以画作乐，这回是用画解恨！"

其时，他的故乡江苏太仓浏河镇，远离都市喧嚣；他常在故居书斋以画会友，或愤议时事，或论艺作画，互相砥砺，以示节操。"八一三"事变后，浏河镇成为日军登陆处，其故居被毁，遂清理瓦砾围成一个园子，将日寇炸弹坑拓展为池，名为"铁卵池"，以记日寇罪行。

当时，他还在园内种梅树百余株，将自己的画室命名为"梅花草堂"，画友来聚，他皆索画梅花，并说："我爱梅花，由于它有傲骨，隆冬腊月，它对冰雪笑颜冷对。人就应有梅之骨气，越是艰难，越要坚贞。"借梅喻志之举，深得友人响应，不少画友从外地寄来题梅画幅——齐白石、汤完之、吴湖帆、白龙山人、黄宾虹、丁辅之、沈尹默、陆俨少、应野平、谢稚柳、贺天健、唐云、程十发、亚明、宋文治、赖少其、刘旦宅等都先后以其梅花草堂为题绘出精品寄奉。

抗战胜利后，他对达官显贵的宴请一概回避，却热心参加画友组织的画社。潘天寿、诸闻韵召集的"白社画会"，徐悲鸿、江亚尘组织的"默社画会"，陈树人、何香凝、黄宾虹组织的"力社书社"，都时常有他的身影。

国画大师潘天寿

在著名国画大师潘天寿诞辰一百周年之际,浙江宁海、杭州和北京都举行了隆重的纪念活动,时任国家主席江泽民同志还特意参观了遗作展。

潘天寿出生在宁海一个偏僻山村里,幼年只读到高小毕业,祖父就因为负担不起学费,要他回家种田。幸好有老师与亲友的说情和接济,祖父才同意他报考免费的浙江第一师范。两年后,他的同乡柔石(当时名赵平复)亦入学。这两位既是同乡又是同学的青年意趣相投,交情甚笃。他追随李叔同、姜丹书研究书画,柔石加入潘漠华、冯雪峰组织的进步文学团体"晨光社"学习写作。1920年,潘天寿就要毕业了,两位学友依依难舍。潘天寿为柔石作焦墨山水两帧,一帧为《疏林寒鸦图》,画的是三丛疏林,寂寞而荒寥,几点寒鸦远近遁飞,抬头题款为:"疏林烟光点寒鸦,已属凉秋时矣";另一帧为《高山古寺图》,画中高峰突兀,烟树迷离,歪斜古寺隐于山坳,左边题款为:

"晚山闲打一疏钟。民国九年，天授作于杭州"。画中所署"天授"即潘天寿。他在1922年以前所画作品均署此名。据考查，这两帧画是潘天寿现存最早的两幅作品。

在浙江一师求学期间，目睹才华横溢的李叔同避世出家，又看到深孚众望的经亨颐校长因支持新文化运动而被免职，更由于轰轰烈烈的"五四"运动过后中国仍处在一个"夜正长，路也正长"的黑暗时代中，年轻的潘天寿心境十分凄凉。这两幅画中表现出的迷茫、寂寥境界，正是他当时心情的真实反映。

1923年，潘天寿先后结识了王一亭、黄宾虹、吴昌硕等著名画家。吴昌硕曾以篆书对联"天惊地怪见落笔，巷语街谈总入诗"相赠，并作长古《读潘阿寿山水障子》诗，对他特别器重并给以勉励。

潘天寿的大作，特别是他晚年造诣极高的一些代表作，一般都以"雷婆头峰寿者"落款。原来，雷婆头峰是潘天寿宁海家乡村庄附近的一座小山。此山源自天台山脉，距村约五六公里，海拔四百六十多米，相传雷婆婆曾在此降妖伏怪而得名。潘天寿在家乡度过青少年时代，他和伙伴常去雷婆头峰踏青游玩，家乡的青山秀水哺育、熏陶了他的艺术灵性，他曾风趣地说，他就是雷婆头峰的一块石头，不言而喻，以"雷婆头峰寿者"自号，寄托着他热爱故乡的深挚感情。潘天寿的这一大号，也体现了他山一般的坦荡胸怀。画坛师友都赞赏他的画具有一种别人无法相比的"气",许多一流画家在潘天寿的作品面前总觉得自己的"气"不如潘先生足。有一次,一位学生作一张画,平平板板,大家都认为不行,他自己也画不下去了。潘先生一到,大家让潘先生看看,他提起笔从右上到左下拉出一条枯湿浓淡变化丰富又极为老辣的线条,一根老藤上下贯串。顿时这幅画就救活了,在场的人个个目瞪口呆,佩服得五体投地。潘天寿作画就是大胆泼辣,而且特别具有中华民族传统绘画艺术的特色。

忆半丁老人

誉满海内外的大画家陈半丁已过世多年，他的作品迄今犹为人们所珍视。20世纪40年代，我曾与他有过交往，当时他住北京地安门米粮库胡同。记得他的住所，一进门迎面是山子石，院落松林成行，清幽雅静；地面除种植花草外，还种了一些老玉米、白菜、萝卜等；红砖砌成的小楼，为半丁老人安憩及作画之处，据说以前胡适之曾住过这里。

半丁老人喜戴小帽头，穿坎肩。他虽离开原籍浙江绍兴多年，但仍有故乡口音，与人谈话诚恳亲切，待客从不虚伪。1906年，陈半丁定居北京。翌年，经画家金北楼介绍，赴肃忠亲王善耆府中为吴柳堂侍御史画像。善耆以陈半丁言近旨远、才识卓异故，待之为上宾，且许以官职。面对王爷的封官许愿，陈半丁莞尔辞谢，其视乌纱如粪土，对艺术事业无限忠诚的情愫和清贫自守的精神，令人钦仰！值得一叙的是国人画展系由他开始的，那还是肃亲王在旅顺生病时,他在大连开第一次画展。当时盛况空前,报纸刊登,不少人喜看半丁老人作品,终日在展室盘桓不去。

记得有一次我去他家,适老人正对两位弟子张爱林、尤元曲讲授书画。老人曾对两徒说,孔子教子路收,教颜回放,即所谓因人施教。爱林没临过帖,写出字来居然有意思,这是有天分,但今后须收,不可再放。元曲临帖时间太长,写出字来,无时不在自拘自谨,所以今后须放,不可再收了。老人说,作品拿出来,即使不比人家强,至少自己也要不惭愧,才可以谈得到开画展。老人坐在一张古老大沙发上,对两个弟子越讲越精神;谈一阵话,喝一阵茶,走到墙边看一阵悬挂着的明清名画。这两位弟子当时年约二三十岁。听说元曲画展,多半是半丁老人在画上为之题字。开画展事先必须征得半丁老人的同意。

还记得和老人谈到艺术时,老人说,随便抹两笔的,哪里就算得上艺术?艺术范围太大了,就连建筑制造乃至枪炮子弹,全是艺术。绘画不过是文人余兴,课余爱好,往清高里说,也不过是一种高尚的玩意儿而已,像我这简直谈不到艺术。当初,学画的人没有现在这样多;那时印刷品缺乏,轻易见不到参考资料,向人借用完了一还,仍然莫名其妙。因此为了学画方便,就成立个社会团体,此即艺专的前身。老人还说,一群学生学画,叫他们都学我,这个不妥当,就如同唱戏,他是旦角的嗓子,绝不能因为和我学而唱老生，所以与我不相近的我不教，不能让人家费力不讨好。

半丁老人还说过，三年出个状元，可是三年出不了名画家。有天分也要用功，我的男孩女孩都能画几笔，但不用功就不能成功，这可不是世袭，我绝不勉强他们。

许多人不知道半丁老人原来的名字，他原名陈年，字静山。因是孪生，故以"半丁"为号。他不但能书会画，而且还长于治印。

半老性情耿介，从不屈服于邪恶势力。北京沦陷期间，日伪政府多次聘请他任职，均遭拒绝，宁可受穷吃"混合面"，也不失民族气节。1947年，某官僚登门求画，他以树林为背景，在其下画了个似人非人、似兽非兽的怪物，并题词曰"上有魔王下有麵"，对当局国民党政府的腐败进行了无情的抨击。

半老的傲骨，亦每用石印形式表现出来。其一印刻有"不使孽钱"四字，言其拒收不义之财。另一印曰"清风明月是家传"，堪称"入吾室者但有清风，对吾饮者唯当明月"的高人雅士。

半老的傲骨，最终要了他的命。"文革"前夜，他因未在康生面前胁肩谄笑而得罪了这个阴谋家，于是被打成了"黑画家"，天天挨批斗，每月仅领二十六元生活费。病危时，家人用婴儿坐的小竹车送他去人民医院抢救，因医院拒绝治疗遂含冤而死！

百身何赎一少梅

世界著名收藏家、印度尼西亚前总统苏加诺曾收藏过陈少梅的画,听说在他访华时还曾专门向周恩来总理询问过陈少梅。

天津人民美术出版社出版了巨型画册《陈少梅画集》,由赵朴初题签,启功作序。陈少梅为中国现代美术史上一代巨匠,有人把他与张大千、溥心畬、金北楼并誉为"民国四大画家",可见他在中国画史上的地位不同凡响。

陈少梅系湖南衡山人,名云彰,字少梅,别署升湖。少梅幼承庭训。其父陈嘉言先生为光绪己丑进士,授翰林院编修,晚年归故里主持衡阳书院(船山学社),曾支持何叔衡、毛泽东创办湖南自修大学。嘉言先生为湘省名士,少梅垂髫时从习诗文书法。少梅画品高标古雅,傥然不群,盖得于家学风范、诗画书香。十五岁时知遇于清末民初画坛巨擘金北楼,为金关门弟子,并入金所主持之"中国画学研究会",因其年龄最小而画品最高,故被会中名流耆宿誉为"神童"。金北楼称其"前程无限"而为其取号"升湖"。次年入名噪一时的"湖社"。1930年陈少梅画作参加比利时建国百年纪念国际博览会，并荣膺银奖，斯时年仅二十一岁。同年主持湖社天津分会。

陈少梅弱冠出道，壮年大成，以其独具风神、智睿超凡的画风彪炳于中国画坛，堪称不朽画笔，今犹以其流风遗韵享誉后人。书画大家启功先生曾云："我比少梅先生仅小两岁，但学画时，望先生的作品，已如前辈名家，可见他的成就之早。"（《陈少梅画集·序》）启功先生还云："其纸不过三十年，其笔则三百年……所著者音徽往矣，百身何赎！"董寿平盛赞其"艺显千秋"。其他画坛大师前辈则以"当代唐伯虎""唐寅以后第一人""马夏再世"盛赞之。

陈少梅擅人物、山水，工写兼能，是近百年画坛上继承和发展北派画风取得最高成就的画家。从陈少梅的画品中可窥唐伯虎、仇十洲的清俊秀逸；亦含浙派吴小仙、戴进等人的生动滂沛；溯源而观的则是南宋马远、夏圭的风骨。陈少梅的《西园雅集图》堪称工笔山水人物中的罕见精品。他的老友王颂余教授曾云：

> 陈少梅以用色淡雅见称，即使画重彩青绿山水，也显得那么清灵透亮，一点火气也没有，这是很难做到的。他是怎样画的，到现在我也没弄清楚。如果能把他这一技法弄清楚，对于画界无

疑是很大的贡献。

陈少梅不仅堪称画坛巨匠，亦为杰出的美术教育家。他的夫人、学生冯忠莲女士是当今著名的临摹专家。另一弟子邵英（现居美国）曾以《说佛图》荣获国际美术大奖。其他当代著名国画家王叔晖，刘继卣、黄均等，皆曾入其门墙。

惜乎天公忌才，陈少梅于1954年以四十五岁之华年猝逝。诚如古人江淹所叹：

自古皆有死，
莫不饮恨而吞声。

少梅之早凋每令知者扼腕。启功先生"音徽往矣，百身何赎"之叹，道出诸多画坛前辈的心境。至今颇多画坛前辈谈到少梅英年早逝，仍摇首叹息。倘天假以年，少梅当会取得更辉煌的成就。

画像大家蒋兆和

蒋兆和先生是独树一帜、自成一派的画家,他长于画人像,是写生的妙手。尤善于随地取材,随时着墨,只用一枝笔,一方砚,在一张素纸上,一小时之内,便可绘成一幅生动感人的画像。在四十年前,曾看到他的不少作品,出现在笔下的,都是一些旧日京师社会底层的人物,如街头的洋车夫,换"取灯"(即火柴)的老妇,拾煤核的幼童,还有《旗人末路》《小家碧玉》等。有的还在画上题诗两句,如《小家碧玉》画的是一个少女低头刺绣,蒋先生画毕题诗两句:"对门女儿才十五,日日学绣嫁时花。"从他的笔下画出的人物可以看出,他不仅画得姿态酷似,而且画出了人物的内心境界。当年有人看了蒋先生的画,很受感动,并且赞美他说:"这是天下人画天下画。"

蒋先生早年并不卖画,所以也一直没有"润格"。还记得有一次,三五知己在东城竹杆巷三十四号蒋先生的寓所相聚,席间征得蒋氏同意,为他定了一纸普通"润格":

每速写一张五十元，精绘加倍。

蒋先生当年曾有过一次惊险的遭遇，那时他与青年会干事舒又谦等人常相往来。在蒋先生三十九岁那年的春天，应舒又谦的邀请，连同友人杨轶厂、赵希孟、蒋汉澄、李进之以及青年会会员赵梅痕女士等，同往颐和园春游。那天，天朗气清，惠风和畅，几个人来到颐和园，且谈且游，信步来到石舫，举目远望，碧波荡漾，春意盎然。在昆明湖里，扁舟几叶，荡漾其中，颇增游人豪兴。于是舒又谦倡议，七人购票登舟，向湖中小岛上的龙王庙划去。不料刚到十七孔桥下，陡然狂风大作，船身左右摇动。蒋氏笑着说："现在有两蒋（指蒋兆和与蒋汉澄，谐音桨）在此，不要怕。"舒又谦说："古诗有云：'双桨风横人不渡，翠楼依梦可怜霄。'"但话音未落，猛一个巨浪打来，舟覆人坠。附近游人即时抢救，将蒋兆和先生及蒋汉澄、李进之、赵梅痕等四人救护上岸，舒又谦等其余三人则未救上来，直到晚间，才打捞到他们的尸体。蒋先生遇险迄今已有四十年，每一回忆，犹有余悸。

晚年蒋先生的画笔更加苍劲，有人自北京来，谈及两三年前，见到蒋先生所画曹雪芹像一幅，在历史博物馆展出，备受称道。

养虎画虎张善孖

正如徐悲鸿爱画马,齐白石爱画虾,李可染爱画牛一样,张大千的哥哥张善孖一生中最爱画虎。因此他自号"虎痴",时人皆称为"虎公"。

说起张善孖画虎来,曾经走过一段崎岖的道路。那是1922年,他画了一张虎图,标明售价一千二百元,这在当时是笔了不得的巨款,因而引起轰动。但人们观后,大失所望,有人毫不客气地说,他画的不是虎,而是猫。此话流传开来,遂有人戏谑地称他为"张猫猫"。此事给张善孖极大的刺激与启发,他决心下功苦练。

经过一段时间的努力,张善孖的画虎艺技有了长足的进步。他在阆中县锦屏山画了两块虎碑,系单线白描,线条刚劲,气势雄伟,分别命名为"上山虎"与"下山虎",并各题一首诗。前者写道:"眈眈虎视遍东西,瓜豆河山在眼中。狮睡至今犹未醒,将来谁是主人翁?"后者写道:"天地英雄气,只在此山中。循环不可测,林暗草惊风。"

画下镌有张善孖的名言："一钱不值，万金不卖。"这两幅虎画与诗作，应该说达到了思想性与艺术性俱佳的地步。然而张善孖认为单线白描，还不能反映出国画的笔墨层次和用色丰富。以后他在研究古人画艺中，受五代画虎名家厉归真遁入深山观察活虎之事的启发，决心养老虎，以入画图。约在20世纪20年代后期，张善孖曾卜居于苏州网师园。就在他网师园的居所，他养了一只斑斓猛虎。提起这网师园非比寻常。苏州本来就是个美丽的水乡，李绅曾有诗云：

烟水吴都郡，阊门驾碧流。
缘杨浅深巷，青翰往来舟。

那里著名的园林很多，是一些著名园艺家的精心杰作，素有"江南园林甲天下，苏州园林甲江南"之说。网师园正是苏州的一座名园。

该园始建于南宋，初名渔隐园，到了清初，一位姓宋的退休官员成了此园主人，改名网师园。园的面积不大，但布局精巧，结构疏密得当，亭台楼阁，花木山水分布独具匠心，在苏州园林中堪称上选。

张氏豢养的虎，来自江西。一位军官到山中狩猎时，发现了一只小乳虎，就把它带回来。善孖听说以后，把这只小虎讨来，带到了南京。那时，善孖正住在苏州网师园。从南京到苏州有火车可达，可是，火车可运马、牛、猪、鸡等，却从没有运载过老虎。幸而乳虎尚小，于是，制作了一个小笼，把小虎当作小犬带到了苏州。

有了这只虎，张如获至宝，每天观赏临摹，他把为虎写照的十二幅画题名为"十二金钗图"，请他的老师曾农髯为该图题诗，之前，曾说，我从来不喜欢给闺中小姐们题写什么诗词。张善孖说，哪里是什么闺中小姐，是老虎啊！及至打开图画一看，果然是十二幅兽中之王，赫然在目，于是援笔题之。

善孖不仅善于画虎，且善于画伏虎。在网师园中，本来备有关虎的笼子，但那虎却经常漫步于园中。当善孖眠于床时，虎则蹲卧榻侧，守候在善孖身旁。如有客人来访，善孖也带着老虎去迎候客人。客人可以用手去抚摸虎，虎也如一只小猫一样，去接受客人的爱抚。有一次叶恭绰氏来访，善孖携同老虎接待，并同拍了一张照片，张氏称此照为"三虎图"。

一次，张善孖带着老虎去苏州的北寺拜佛，该寺门槛特高，老虎出门时跌跤伤足，从此不良于行，半年左右，老虎死了，张善孖为之悲痛过甚，大病一场。但是通过对虎的观察，使他画艺大增。在中国画界中，张善孖称得上是驯养活虎以作画本的第一人。

1934年，张善孖与张大千在北京举行画展。张善孖展出一幅丈二巨虎，名《黄山神虎》，为非卖品，经多方说

合,最后被宋哲元以二千块银圆购去,此事震动了全国艺坛。江东杨云史曾有诗赞张善孖之虎画曰:

> 画虎先从养虎看,张髯意态托毫端。
> 点睛掷笔纸飞去,月黑风高草木寒。

自此画界中不少人称他为"张老虎"。

1935年,友人吴宗信在贵州捕得乳虎相赠,张氏兄弟从此常在网师园内,命"虎儿"做出各种姿态,对虎写生。张善孖通过长期的观摩与苦练,虎画已烂熟于胸,信笔涂去,即能将山大王的各种雄风表现得惟妙惟肖,形神兼备。陈三立曾有诗赞张善孖《养虎图》曰:

> 二张画笔冠时名,画虎兼资养虎成,
> 视以善心无异类,愿推仁术问苍生。

虚怀若谷丰子恺

丰子恺是中国著名美术家、文学家和翻译家。青年时期到日本学习绘画,回国后介绍外国艺术理论和创作实践,与李叔同、徐悲鸿、刘海粟、林风眠一起,为发展中国现代美术作出了贡献。

丰子恺平日作画,坚持写《画师日记》,严格要求自己,善于听取他人意见,他常说:"赞美的话不足道,批评的话才可贵。"在他毕生的绘画生涯中,虚怀若谷的故事很多。

早年,他曾画过一个人牵着几只羊,每只羊的颈上都系有绳子。画好之后挂在墙上,正好被家里帮助挑水的青年农民看到了,于是笑着对他说:"牵羊的时候,不论几只,只要用一根绳子系着头羊,其余就会跟着走。"他听后恍然大悟,于是对人说:"看来要画好画,不能光凭想象,必须仔细观察事物,还应该多向有生活体验的人请教。"

有一次,他到家乡嘉兴烟雨楼去玩。忽然听到邻座有几位游客提到他的名字,他急忙闪身躲在茶客背后,"偷听"大家的议论。其中有个人说:"丰子恺画的人真怪,有的没有五官,有的脸上只有两条横线。这难道算是时髦吗?"其实这是受日本画家影响,叫作"有意无笔"或"意到笔不到"。但他还是倾心听取了那位茶客的意见,从此在人物的刻画上下了更多的功夫,注意通过生动的姿态来表达没有五官的面部表情。

在抗战期间,他全家西迁贵州遵义,寄居在郊外的罗庄。有一天他到庄外田野中散步,走累了坐在一条石凳上歇脚。不一会儿,一群人路过也坐下闲谈。其中一人指着他家说:"你们知道吗?丰子恺就住在这个院子里。"这一来大家便纷纷议论起他的画。他听后立即把头伏在膝上假装打瞌睡,深怕被他们认出来。过客多数都是赞美的话,什么"独具一格"啦,什么"中西合璧"啦,什么"闻名中外"啦。唯独一位五十岁左右的中年人发表了与众不同的见解,他说:"我总觉得丰子恺画的背景比较单调,每幅都差不多,再说他最近在报纸上发表的几幅画,人物穿的是内地服装,背景却是江南的。看来他画惯了江南山水,对内地的山水是画不来的。"议论者无心,听者十分留意,他听完后回到家里,将批评者的话一字不漏地记在《画师日记》上。

此后,他便经常到郊外去写生,有一次他竟远足金鼎山,在一座寺庙里寄宿了六七天。他每天仔细观察寺院周围起伏的群山，认真写生，将当地的山形水色，一一记入画册。他后来画的《青山个个伸头看，看我庵中吃苦茶》、《蜀江水碧蜀山青》《蜀道难》等画中的背景，就是从这次实地观察和写生中所得到的实际体验。

他的漫画寥寥几笔便能使人物栩栩如生，这与他十分重视对周围事物的观察分不开的。为了记下观察所得，他随身总是带着一本速记本。利用这种自制的小本，他把捕捉到的可以入画的每一个场面都画下来。这种习惯，一直保持到晚年。

画竹圣手柳子谷

绘画史上,生前无名,死后扬名;或生前名声显赫,死后即被淡忘的画家可谓不乏其人。然本为杰出画家,由于一生前后命运反差巨大,前半生潇洒辉煌,后半生却冷寂无名,这种现象则实属罕见。据我所知,柳子谷就是这"实属罕见"中的一个。

柳子谷是20世纪上半叶中国画坛上最为活跃的画家之一,曾与徐悲鸿、张书旂齐名,时有"金陵三杰""画竹圣手"之誉。50年代始,由于历史原因,他被时代所遗忘,几近销声匿迹。所幸的是,柳子谷晚年迎来了盛世。在他去世十年后,他的艺术成就终于为这个曾将他忘却了的时代所追认。

1901年柳子谷出生于江西玉山县一个书香世家,四岁随父习文并自学绘画,十五岁便以工书善画闻名乡里,后赴南昌求学,二十三岁考入上海美专。1926年冬,柳子谷提前毕业携笔从戎,在北伐中作《雪中从军图》,深得胡汉民、林伯渠赞赏。林伯渠在其画上题诗赞曰："万里长征人，怀才意不薄；于斯风景中，合赋从军乐。"次年，北伐夭折，子谷退出军旅定居南京。随后几年，他埋头绘画，屡有作品展出，渐为社会瞩目。这期间，他应徐悲鸿之邀多次去中央大学讲学或作画示范；出任南京美专国画系主任并常回母校讲课；积极参加赈灾义卖；先后创作了以讴歌民族自强和反映底层民众疾苦为主题的画作：《水灾图》《流民图》《戚继光抗倭》《梁红玉击鼓抗金》《还我河山》等，引起强烈反响。

1934年柳子谷在南京举办首次个展，轰动京城。每天观众如过江之鲫，络绎不绝。高剑父、张大千、梅兰芳专程从上海赶来；柳亚子、何香凝、叶楚伧、冯玉祥等社会名流也都纷沓而至。参观者对柳氏画作无不叫绝。对此，有报道称："子谷作品，见者赞美，自党国要人、艺术巨子及骚人墨客，交相称赞。"林森不仅亲临购画还题赠"驰誉艺林"；蔡元培、何应钦、罗家伦、朱培德等均当场选购画件；孔祥熙除私人定购外，还商得柳君同意，将标有"非卖品"字样的《灾民图》购去。其实，当时柳子谷对这幅非卖品实不舍割爱，后经陈布雷说项，得知孔买画是为赈灾用，这才忍痛答应。

画展上，文人学士对柳子谷的画艺好评如潮。陈树人赞之为"六法粲然"。张书旂则云："子谷作品，气遒韵举，风力顿挫，银钩铁划，森森然，非深得正宗精华者，曷可臻此。"徐悲鸿尤其喜爱柳子谷的《雨竹》，称其为"画到濛濛翠欲滴，先生墨妙耐寻思。"于右任看了柳子谷的画后赞叹至极。他针对当时国画不甚景气的状况，当即挥毫写道："子谷绘山水人物花鸟兰竹等物，理法、技巧、意境均能得心应手。识者谓，可起近代之衰，诚非虚声！"

这次画展，使柳子谷一举成名。次年，他在上海又举办第二次个展，盛况更是空前。报道称："观者人山人海，几有人满为患，可谓打破本市以前个展之纪录""为数年来沪市画展所未见"。由于观者踊跃，展期只好延长两天。画家胡藻斌后来在一篇文章中写道："我到上海两年多，个人画展看得不少，伟大者只是柳一人；作品之多量和整齐，亦只柳一人；在展览中订画者之多，亦只柳一人。"

柳子谷不仅画好，人也好。20世纪30年代，上海的工人、学生掀起了反饥饿、反内战的高潮。在白色恐怖中，大批共产党员、革命青年被捕入狱。柳子谷便利用自己的艺术声望，想方设法予以营救。多年后，《我的父亲邓小平》一书中称之为"革命老人"的张纪恩在回忆这段历史时，对子谷先生当初挺身而出的凛然正气，仍感怀至深。

1936年，柳子谷与韦秀菁在南京中央饭店举行结婚典礼。经亨颐、邵力子为证婚人。在友人热情操办下，婚礼隆重而典雅。礼堂四周挂满了名人字画。徐悲鸿送的《双骏图》，上面题有"河山无限好，双骏任驰骋"；张书旂赠的《樱花白头》，题曰"白头长春"；另有经亨颐的《水仙竹子》，题曰"坚贞风格，神仙眷属"；陈树人的《兰石》，题曰"如石之固，如兰之馨；天长地久，结为同心"。此外，刘海粟的《荷花》，汪亚尘的《金鱼》，吴青霞的《双雁》，谢公展《菊花》，胡藻斌的《鸳鸯》等都系名笔杰作。于右任、蔡元培、柳亚子、叶楚伧、罗家伦等赠的贺诗，犹如锦上添花，形成了前所未有的"婚礼书画展"，一时传为美谈。

1937年，张治中当了湖南省主席。面对贪官横行、匪患蔓延、民不聊生的情状，张治中忧心忡忡，决心从"治吏"下手改革弊政。于是，他大刀阔斧撤换不称职官员。一个偶然机会使他获悉柳子谷为避战火此刻已从南京返回江西故里，并有意继续西迁。听到这一消息，求贤心切的张治中不禁喜出望外，便电邀子谷出任湖南通道、绥宁两县县长。张对柳道："板桥任县令有政声，你画竹师板桥青出于蓝，搞县政不亦师板桥？"对从政本无兴趣的柳子谷，一时没有更好的去处，又感到盛情难却，只好走马上任了。子谷到任后，以板桥"衙斋卧听萧萧竹，疑是民间疾苦声。些小吾曹州县吏，一枝一叶总关情"的精神自律，廉洁奉公，除暴安良，废除苛捐杂税，改革陋规恶习，颇得民心。是年，遇饥荒，子谷画竹义卖代赈，百姓感恩戴德。两年半后子谷卸职，当他离去时，邑人沿途相送并赠联句予他："万家生佛千秋泽，一代艺人百里侯""板桥三绝诗书画，靖节一官归去来"。

1948年4月底,南京政府副总统的竞选渐进高潮。各候选人为竞选成功除发表演说,还很注重塑自己的"公众形象":程潜将自己的诗集在国大代表中广为散发;于右任则在会场上悬挂起自己的美髯画像;孙科更是"慷慨"赠送美国造的收音机,还有玻璃皮鞋、玻璃丝袜。此时,柳子谷个展正在新街口的社会服务处举行。李宗仁知道柳画多年来在社会上,尤其是上层人士中很有影响,竞相收藏,得之为快。于是,他便亲赴画展,以重金买断非卖品之外的全部展品,以答谢那些支持他的国大代表们。

新中国成立后,柳子谷告别生活了半个世纪的江南来到东北,从此投身党的教育事业,直至退休。在这三十多年里,他的作品难得发表,无缘参加全国大展,更没有机会举办个人画展。然而,身陷逆境的他并没有消沉,教学之余仍不忘画家之天职,创作了一系列紧随时代脉搏、弘扬主旋律的优秀作品。其中最具代表性的是《抗美援朝战争画卷》和《山村新貌》两部巨制。对于前者,有评论认为"这是我国最长、世界上罕见的描写革命战争历史的画卷"。1985年,柳子谷将这部画卷无偿献给了国家。次年1月12日,一代大师柳子谷乘鹤而去。

柳子谷一身清白地来到人间,又一身清白地离开了人世。综观他的毕生经历和艺术创作,可以说,他的前半生魂系丹青,心向光明,史实作证,爱国忧民;他的后半生情寄笔墨,佳作长存,宠辱不惊,画坛留韵。

名画家刘奎龄父子

北京国画家刘继卣病逝,由子及父,联想起刘继卣之父——天津著名国画家刘奎龄来。刘奎龄字耀辰,为天津巨富"八大家"之一的"土城刘家"的后裔,生于清光绪十一年(1985)。少年时期在南开中学读书,为第一班学生,与后来的名人梅贻琦、俞传鉴等同学。

刘奎龄在世代先人的熏陶下,自幼爱好绘画,学郎士宁画法,造诣颇深,中西结合,形成自己的独特风格。更因学习刻苦,精于钻研,在艺坛上逐渐成名。他善绘工笔画,楼台殿阁、花卉虫鱼、人物走兽,无不精擅。他的绘画作品,形象准确,神态生动,布局新颖,意境高超。中年以后即以卖画为生。当年,天津的日本正金银行买办魏伯刚,专门收购刘奎龄作的画,好多精品都为之购去。

"土城刘家"从清光绪庚子起,家道衰落,刘奎龄生于衰落的富有人家,虽精绘画,但不知经营,许多优秀作品常被人低价买走,所以大半生过着穷困潦倒的生活。

直到20世纪50年代，刘奎龄的绘画艺术方受人重视，他的作品得到文化艺术界的好评，声望日隆。这位善书工笔花卉鸟兽的刘奎龄和另一位善画工笔山水的刘子久，当时并称为天津"二刘"。

当时有这样一个故事。

刘奎龄的姐姐嫁给天津著名教育家严范孙的侄儿为妻。她姐姐的二儿子严仁统结婚时，做舅舅的刘奎龄送了一幅画——《孔雀图》，作为贺礼。为画孔雀，他一手拿着一根孔雀翎，一面观察，一面作画，断断续续一连画了五年才画成。这幅《孔雀图》写照传神，栩栩如生，成为刘奎龄的代表作，曾受到著名画家徐悲鸿的高度赞扬。后来，北京美术出版社印制《刘奎龄画集》，就选用这幅孔雀图作为封面。据说，这幅画曾经被选参加在国外举办的中国画展，以后由严家后人拿出来献给国家了。

这位晚年得享盛誉的画家，以八十三岁高龄，于1967年逝世。

刘奎龄之子刘继卣于学习乃父画风之外更有独创，他在年画、连环画和国画人物、动物画方面，皆成就卓著。

1936年，刘继卣进天津市立美术馆学习作画。当时这个天津唯一的一座美术教育园地，设在河北中山公园里。他朝夕出入其间，对于花园内的花草树木的成长，鸟兽鱼虫的生活，都深入观察，作为写生题材，从而打下了坚实的绘画基础。次年，即开始从事卖画生涯。

刘继卣画的人物仕女、花鸟走兽，多为工笔与写意相结合，在其绚丽多彩和准确造型的基础上，显得格外凝重、奔放、潇洒、传神。他的作品把西洋画的情调渗透进中国画的意境中，丝毫不露痕迹，形成自己的独特风格。1947年，这个不满三十岁的青年画家在天津永安饭店举办了第一次个人画展。他的艺术成就，立即引起当时美术界的重视。此后多次参加国内外画展，屡获好评。

美术界谈称，他的艺术生命得到充实锻炼和发展，是从20世纪50年代以后。1950年，刘继卣从天津迁居北京，得识北京各大名家，获益匪浅，艺事更为精进。50年代初期，他创作的连环画册《鸡毛信》出版，独具匠心的构图，活灵活现地描绘了小放羊娃的英雄故事。这部连环画一出版，立即轰动了美术界，使刘继卣的声誉大振。

"末代王孙"画家溥佐

1988年,中、意、英合拍的影片《末代皇帝》获得奥斯卡金像奖之后,内地也推出了电视连续剧《末代皇帝》,由此笔者想到一位值得一书的"末代王孙"——名画家溥佐。

溥佐字庸斋,号松堪,1918年生于北京。他是一位地地道道的爱新觉罗的"金枝玉叶"。他的曾祖父是道光皇帝;祖父是咸丰帝的五弟惇亲王奕誴,因反对"垂帘听政",为慈禧太后所嫉恨,以致不如他六祖父奕䜣、七祖父奕譞那样受宠,因而一直老死在宗人府宗令的任上。

溥佐从七岁开始,读过十一年家塾。1935年十七岁时,曾到伪满溥仪宫中读书,两年以后,因对溥仪甘当傀儡卖国的行为深恶痛绝,毅然返回北京,从此一直在北京居住,以书画自娱。

由于他出身贵族,自幼即饱览和摹写皇宫内府的藏画;及长又受其大哥名画家溥雪斋的熏陶指点,深得其父载瀛贝勒真传，对画马具有深厚造诣；同时还长于花鸟竹兰；兼工山水、走兽。二十一岁时，参加溥雪斋创办的"松风画会"，在画展中展出他的书画作品。其后参加其堂兄溥心畬在天津举办的扇面画展，得以名噪画坛。

溥佐画马学李公麟；山水宗唐寅、王翚；墨竹法顾定之；画法学赵孟頫、米芾，功力尤深。20世纪50年代起，在北京的美术学院任教，艺术创作又有新跃进，从临摹古法转为致力于花卉、动物的写生。画笔挥洒精致、形象逼真，衬以生动的背景，饶有意境。

他的书画作品颇受国内外艺术同道的爱好。1980年，内地的电视台曾在屏幕上介绍过他的《五马图》《五鹤图》《藤萝蝴蝶》《樱花》等十余幅作品，向国外播出，声誉益高。

据从北京返港的友人谈，近几年来，溥佐虽年事已高，书画创作仍很勤奋，许多大城市的楼堂建筑和高级宾馆，都请他作画。

"末代皇族"中多画家，去年在北京曾举办过"爱新觉罗家族画展"，如能在香港展出，当可一饱眼福。

皇族画家溥松窗

20世纪40年代,我见过溥松窗画的一幅《万马图》,虽尚未完稿,但跃然纸上的四千匹骏马已初具轮廓。据说这画一搁就是四十多年,近来溥松窗竟有雄心在其晚年完成这幅巨作,真所谓老当益壮也。

溥松窗本名佺,出身清朝皇族,是醇亲王奕𫍽的孙子,道光皇帝是他的曾祖父。他的父兄、姐姐都喜欢绘画,在他五六岁的时候就受到家庭的熏陶。到十五六岁正式开始学画,潜心砥砺,吐露芳华,没有师承,完全是家传的。

溥松窗二十岁左右,他的长兄书画家溥雪斋在北京成立了"松风画会"。这是一种"美术沙龙"。他的哥哥溥毅斋、弟弟溥佐,以及其他满族书画家思雅云(关松房)、和季笙、祁井西、启功、溥心畬、叶仰曦、惠孝同等,都是这个"沙龙"的成员。为了体现"沙龙"高洁的格调,他们都起了带"松"字的别号,如溥雪斋叫"松风"(自称"松风主人"),溥佐叫"松龛",和季笙叫"松云",恩稚云叫"松房",启功叫"松壑",溥心畲叫"松巢",惠孝同叫"松溪",叶仰曦叫"松荫"……而溥松窗自己就起号"松窗"。

那时他们每星期在溥雪斋家中聚会一次,研讨画理,挥笔作画,书生豪气,风流潇洒。他们还开办过几次画展,而且出售作品。但是展出地点不是在什么公园或其他公共场所,而是在"松风主人"家中。参观者,购买者,也大都是他们的亲朋故旧。

在"美术沙龙"里,成员彼此沾亲带故,总是笼罩着一种温馨的气氛。这时的溥松窗就像一位沉浸在艺术世界里的骄子,因为"沙龙"中的大多数人都比他年长十余岁。兄长们的画艺在当时已属上乘,溥松窗转益多师,旁征博采,再加以兄长们的指点,松窗画艺进步很快。他的山水画淡雅清远,格调豪迈,深得五代、宋元画家的笔意;他笔下的马,线条遒劲,生动浑成,继承了唐代韩干、宋朝李公麟、元朝赵子昂的传统,并受到清代郎世宁的影响;他画的竹俊逸挺秀,丰满潇洒,从中可以寻到元朝顾安的韵味。

1936年,溥松窗二十二岁就担任了辅仁大学美术系讲师,教授国画山水,弟子满天下。现在夏威夷一所大学任美术系教授的曾昭和女士,即是其中之一。

吴作人师事徐悲鸿

吴作人祖籍安徽泾县,自幼从父亲那里继承了刚直不阿的性格,又从丹青老手祖父那里继承了嗜画如命的艺术禀赋。民国十四年(1925),正在苏州工业专门学校附设高中部读书的吴作人,从《时报》副刊上看到一整版徐悲鸿的画,那深邃的意蕴、精美的作品,立即深深地吸引了他。从此,他决意去找徐悲鸿学画,老祖母把脸一沉说:"你爷爷画了一辈子画,结果功不成、名不就,一家人还不是跟他过苦日子!"全家都反对他学画,但他却坚定地说:"我就是饿着肚子也要跟徐悲鸿学画!"

一次他听说徐悲鸿已从法国回来,正在上海艺术大学当教授,便报考了上海艺术大学美术系。当徐悲鸿看了他的一幅石膏人头习作画,称赞说:"你画得蛮好啊!"接着询问了他的年龄、爱好和家庭情况,鼓励他说:"你在艺术上颇有天赋,今后要多观察,多思索,多练习,多读书。"临走时,徐悲鸿拿出了一张名片递给他:"你星期日早上可以来我家看画片。"他听后深深地鞠了一躬。

星期天一大早,他就叩响了徐家的门。徐悲鸿亲自开门,让座,讲述绘画的技巧。两位美术天才,一个是多年来一直在物色高足,一个是朝思暮想师事徐门,如今二人如愿以偿,实在是天缘作合。从此,吴作人便不断利用节假日,到徐家听恩师说画。

民国十七年(1928)9月,徐悲鸿到南京中央大学艺术系任教,吴作人又转到该系当旁听生,继续跟徐学画。后来,在徐悲鸿的鼓励下,吴决心到法国巴黎高等艺术院校去求学。在巴黎,吴作人经过半年的准备,考进巴黎高等美术学校"西蒙教授工作室"。但因为该校学费高,他正一筹莫展的时候,又是他的恩师徐悲鸿打听到比利时皇家美术学院还有一个"庚款助学金"名额,于是将吴作人推荐给比利时皇家美术学院院长巴思天教授,从此获得了稳定的学习机会。在异国的艰苦学习期间,他着意在绘画中表现穷苦劳动者的生活和斗争。他的油画《风磨》《纤夫》《争论》《打铁趁铁热》等,都受到巴思天教授的好评。

民国二十四年(1935)秋,徐悲鸿感到自己的弟子在艺术上已日臻成熟,可以为祖国美术事业效力了。于是写信邀请吴作人回到中国,在南京中央大学艺术系任教,直到抗战胜利。之后,徐悲鸿到北京接办北京艺专,又请他在该校任教务主任。

吴作人同萧淑芳结为伉俪,其结婚证明人就是恩师徐悲鸿,徐特作《双马齐奔图》送给吴作人夫妇作为贺礼,并在画上题诗曰:"百年好合休嫌晚,茂实英声相校攀;譬如行程千万里,得看世界最高山。"

辅仁大学美术系女状元

中国古代绘画之珍贵杰作《宋赵佶摹唐张萱虢国夫人游春图》,已由荣宝斋以木版水印复制。该图摹本是女临摹家冯忠莲女士于1953年临摹完成的。冯女士当年在辅仁大学读书,有不少趣闻轶事。

20世纪30年代,北京辅仁大学美术系主任溥雪斋先生,溥生前曾多次提起,说冯女士是他最得意的学生,是辅大美术系之女状元。

辅大美术系开始只有男生班,1938年首届招收女生二十名,有三名取自天津,冯女士即其中之一。

开学伊始,溥先生即跑进教室,连声追问:"谁是冯忠莲?"冯女士面颊红晕,惶然站起。溥先生走至座前,一迭连声道:"你的晋唐小楷太好了!太好了!"原来此次招考,考有绘画及书法。冯女士画的是竹子,并以"唐人写经"为基础,掺入云林笔意,写了"春眠不觉晓"等几首唐诗。溥先生看后极为赏识,因此跑来教室大呼小叫,倒把冯女士吓了一跳。

冯忠莲祖父为天津巨商冯商盘先生。冯女士考入辅仁大学前,曾在天津从陈少梅学书画。陈先生对其天资和勤奋十分欣赏,恰值辅大美术系招收女生,陈先生便极力怂恿她入辅大深造。

辅大美术系中西画并重,任教者均为海内名家:溥松窗先生教山水,汪慎生先生教花鸟,陈缘督先生教人物,启功先生讲授中国美术史,溥雪斋先生亦亲自授课。此外,还学素描、速写、水彩、油画等西洋画法,讲授西洋美术史。冯女士学习极为勤勉,平日作业,以及历次考试,成绩均为优等。陈少梅先生又常寄画稿给她,冯女士星期天总是用来临学陈先生画,因此进步极快。凡教她的老师都喜欢她,尤其溥先生对她格外偏爱,每次上课总要坐到冯女士画桌前提笔指点。

每年冯女士都以第一名的优异成绩受到学校褒奖。每次辅大发奖典礼,总是在雷动的掌声和欣羡的目光中,辅大校长陈垣先生亲自授予冯女士奖章及奖状。

可是近三十年,却很少听到这位女状元的芳名了。最近才听说她完成了举世闻名的《清明上河图》长卷的临摹,故宫博物院视为一级国宝珍藏,不禁感慨系之。冯女士如春蚕吐丝,将自己的宝贵年华全部贡献给默默无闻的临摹复制工作,并有《古书画副本摹制技法》一书问世,其精神也实在是难能可贵的。

女画家潘玉良

已故现代著名女画家潘玉良女士的事迹,已由福建电视台拍成八集电视剧在内地放映。这位旅法女画家的经历十分坎坷,且具有传奇色彩。

潘玉良是江苏扬州人,原姓张,自幼父母双亡,家境贫寒。更为不幸的是,十四岁那年又被其舅父卖到芜湖妓院,过着非人的生活。然潘玉良生性刚烈,不甘忍受蹂躏和侮辱,曾多次自杀,均未遂,后来芜湖海关督察潘赞化为她赎身。潘玉良为感其救命之恩,甘当女仆,伺候左右。潘督察为人善良、正真,潘玉良自愿做他的小妾,并改姓潘。

潘府优裕的生活条件,成为潘玉良学习之良机。她天资聪颖,又刻苦好学,不两年即能读书为文了。她尤酷爱绘画,在潘督察的帮助和支持下,考进了上海美术专科学校。

潘玉良女士在上海美专,虚心求教,进步很快,深得同学敬佩。其间,校长刘海粟力主开人体素描课,但寻找女模特儿非常困难。潘女士为了艺术事业，自告奋勇，充当模特儿。然而此举却遭到世俗的攻击和诽谤，潘女士几乎失去了继续学画的信心。潘督察又多方开导，给了她勇气和力量，使其破除俗习，努力钻研，终于学而有成。

1921年，潘玉良因成绩优异，被推荐赴法国和意大利学习西方的绘画艺术。她废寝忘食，克服重重困难，取得卓著成绩。她创作的油画《裸女》获得国际奖。

1929年，刘海粟去巴黎，得知潘玉良获奖，异常高兴，遂聘她为上海美专西画教授。潘女士欣然受聘，归国任教。由于当时社会对待妇女的偏见和歧视，尽管潘教授在事业上卓有成就，仍屡遭打击。为了追求艺术和妇女权利，潘教授被迫于1937年离开祖国，再度赴法，直到1977年逝世。四十年漫长岁月，潘玉良女士身在异国，孤身奋斗，终得辉煌硕果。其作品曾获得二十一次国际奖，其所塑国画大师张大千像，被收藏于巴黎博物院，为该院第一件亚洲人之作品。

潘玉良女士晚年思乡心切，多次欲携带自己的作品回国，作为献给祖国的礼物，但因故始终未能成行。待中国大使馆为她办好带作品回国的签证时，她却与世长辞了。

慈禧代笔缪老太

清光绪中叶以后,慈禧太后忽然怡情翰墨,学绘花卉,又学作擘窠书,常写福、寿等大字,以赐嬖幸大臣。

这位政务繁忙、养尊处优的老太后,书法颇有一定功力,欲得其墨宝者与日俱增。她便想从宫中或各王府找一两位代笔之妇人,而终不可得,于是降旨各省督抚觅之,终于在四川省觅得官眷缪氏。

缪氏名嘉蕙,字素筠,本系云南才女,通书史,善篆隶书,尤工画。嫁陈姓为妻,其夫官四川道,死于任上。缪氏早孀,益发勤于书画,以为精神寄托,间或弹古琴自娱。其子为孝廉,并未补得实缺,母子相依为命,生活倒也恬静。

慈禧太后的懿旨,缪氏不敢不尊,于是被驿送至京城。缪氏毕竟出身于大家闺秀,谈吐斯文且颇知礼节,慈禧召见面试后即大喜,又见其所书小楷亦楚楚清秀,遂将其置诸左右,朝夕不离,并免其跪拜,月俸白银二百两

（彼时上等旗兵马甲钱粮每月仅三两），又为其子捐内阁中书，对缪氏实在是恩宠俱渥。缪氏成为慈禧太后的清客，内监皆称之为缪先生，而世人皆称其为缪老太太。

缪老太太为报答慈禧对她的恩遇，格外卖力。自此以后，各王府、诸大臣以及封疆大吏等，凡有慈禧所赏花卉扇轴等物，皆缪老太太手笔也，但钤章皆为"慈禧皇太后之宝"。缪老太太自己间亦作应酬笔墨，售于厂肆。笔者尝于友人家见过缪氏墨宝，颇有风韵，惜"文革"期间被视为"四旧"而毁于火，实可惜也！

光绪二十年（1894）夏，慈禧于六十大寿庆典前数日忽问缪氏曰："满族妇人大妆，尔曾见之矣；我未见尔汉人大妆果如何？"缪氏对曰："所谓凤冠霞帔，是也。"慈禧命令道："庆祝之日，尔须服此，为我陪宾。"缪氏唯唯，即于是日购冠帔服之，慈禧一见大笑不可抑，谓缪氏如同京剧《大登殿》中的王宝钏。

慈禧太后在颐和园举行寿诞庆典那天，特置缪氏于众所瞩目之地，诸多满族妇女祝嘏者目睹缪氏汉人大妆，无不大笑失声，慈禧见状更是乐不可支，于是大加赏赉。缪老太太虽然得了许多珠翠金银，但被冠帔束缚着整整站了一天，任凭慈禧与命妇们瞧"稀稀罕儿"（北京土语，指少见的事物），自是苦不胜言矣。

当时朝中的命妇，对缪氏无不艳羡，以为圣眷优隆，天恩高厚也。殊不知满人是把汉人当作了玩物，供其开心解闷而已。

民国期间,缪老太太的书画作品经常见诸北京琉璃厂文物字画商店,售价甚昂。盖因原八旗贵族落魄后,迫于生计而相继变卖缪氏字画,而市井中不知底细者,皆误以为是慈禧太后之墨宝。文人捉刀,其名其才不显;缪老太太为慈禧代作,其名其才亦埋没矣!

齐门弟子娄师白

有人曾在一幅画上见过齐白石题字,词曰:"娄君之子少怀之心手何以似我,乃我螟蛉乎?"在另一幅画上,白石老人题曰:"少怀弟能乱吾真,而不作伪,吾门客人君子也。"白石老人一再赞许的"心手似我""能乱吾真"的少怀,究竟是何许人?他就是白石老人的入室弟子娄师白。

娄师白原籍湖南,生于北京。原名娄少怀,父亲在香山慈幼院任职。有一次,白石送孩子去香山慈幼院读书,与娄相遇,既是同乡,住家又相去不远,从此两家长相往来,谁知这竟是娄师白走进齐门、登上画坛的契机。

娄家与齐家既成友好,师白遂常有看白石老人作画的机会,而且竟暗地模仿起来。有一天,白石来到娄家,见案上放着师白的画,竟有点儿像自己的笔法,于是收下了这个好学的少年人为徒。从此,二十多年中,师徒朝夕相处,师严徒勤。老师对弟子倾心相教,弟子则尽心尽力去学。此外,也为老师磨墨理纸,洗笔调色,接待宾客,传送信件、购物管家等。他每天到老师家里去，学画、侍奉、做事，有时直到晚上才回家。这个勤奋的学生很得老师的喜爱。因而给他刻了一枚名章，将"绍怀"改成"少怀"，又刻了一个号印，文曰："师白"。这是老师给他起的号，白者，白石也。由此可见，他们师生关系的亲密了。

白石老人常叫学生看自己作画，并且一面讲解何以要这样画。还把自己比较满意的作品叫师白带回家去临摹。然后，指出学生的不足之处，就这样看了画，画了改，再看再画，师白的技艺有了很大长进。但是，这仅限于模仿而已。后来，白石老人教他要认真"写真"。如在教他画虾时，叫他买虾，养虾，把较大的虾放在笔洗中观察它的生活动态。有时还要问他：虾的身体是从第几节弯起的？鸽子的尾羽共有几根，你数过吗？鲤鱼身上有一条中线，鳞片有多少？等等，问得学生张口结舌。

有一天，娄师白把几幅习作送到老师处，请他指正，恰好一家书画店老板到白石老人处取画，白石告以"尚未画好"，来人竟以为师白的习作为白石的作品，坚欲取走，所以老人才对师白有了"能乱吾真，而不作伪"的好评。也正因为如此，娄师白坚持老师在世之时，绝不卖画求名。尽管他父亲因车祸去世后，他与母亲仅靠些许抚恤金维持生活，也矢志不渝。

近闻娄师白的弟子在北京成立了"娄师白艺术研究会"，算来娄师白也是年届古稀的老人了。

画猫能手孙菊生

在友人家里偶翻过期的《风光》画报,见有《画猫能手孙菊生》专页,真是既高兴亦难过。高兴的是五十年前的老友今尚健在,难过的是昔日风度翩翩的白面书生菊生兄,今已皓首银髯,几难辨识。

菊生自幼从母学画,十岁前,曾向杭州沈子长学画菊花。其后沈氏宦游山东,他遂改学恽(南田)派花卉。他擅长画菊,常常对菊写生,瓣朵大小、颜色均与原菊无异,时人多称羡之。

20世纪30年代中期,菊生举行个人画展于稷园,成绩斐然。"七七"事变后,其父退隐家中,无力供菊生上学,菊生乃每年举行画展,以卖画收入维持学业。在北京辅仁大学毕业后,他又入研究所深造三年,其后,在各高等学府担任物理学讲师、教授,绘画仅为他的业余爱好。

菊生专事画猫是从40年代初期开始的。本来,菊生在画花卉时,曾画过一些猫以为点缀。一次在天津永安饭店举行画展，花卉作品售出不多，但作为陪衬的猫却大受欢迎。某日，猫画大多卖出，只剩一幅，两位观客竟为争购此画而相持不下。后来，求他画猫者接踵而来。他不得不多方搜集资料，观察猫的生活习性，揣摩猫的形象动作，习练笔法，提高画艺。从此，他的艺术生涯竟以画猫为主，花卉为辅。他常说这是"喧猫夺主"，为他自己始料所未及。

菊生所画的猫有其特点，即"三大一小"：头大、眼大、爪大、尾巴小，生动活泼，情趣盎然。笔者昔日常观其挥笔画猫，记得有一幅画的是书案一条，上有线装书两叠及笔墨纸张、蜡台等物；另有茶几一张，上有线装书数本，五六只猫玩耍其间，将蜡台触倒，鲜红蜡油滴下，有的猫儿爪被烫，张口狂叫，书本狼藉；茶几上线装书左右，各露出一个猫头，面露惊惶之色。这幅画可谓构思精巧，别有妙趣。

菊生于擅画之外，在诗词书法方面造诣亦很深。尤记他为《两猫争扑落花图》题诗曰：

> 春为轻寒滞未归，清晨如拭雨霏霏。
> 落花满地无人扫，欲哄猫儿作蝶飞。

画坛怪杰陈子庄

北京画界曾兴起一阵不小的"陈子庄热"。评论文章屡屡见诸报端,有的称他为"艺坛怪杰",有的则把他比为"中国的凡·高"。据说北京中国美术馆还出现了万人争看其遗作展的盛况。日前,笔者得到一本《陈子庄画集》,细细品味,深感其画有无穷的魅力。

陈子庄是四川永川人,1913年生,自幼习武,好绘画,勤于读书,青年时代曾做过画纸扇的徒工和肉铺的伙计,开过茶馆,卖过字画。抗战时期,他在重庆曾给孔祥熙做过保镖,只三天就辞职了。他还给四川卫戍司令王占绪当过家庭教师,教其子女作画。

陈子庄天资聪颖,醉心于墨海丹青。20世纪30年代,黄宾虹、齐白石等诸师先后到四川,在他们的启迪下,陈的艺术视野大为开拓。他早年的画是很写实的,传统功力深厚。他仿石涛的山水,堪与真迹媲美;学八大山人的花鸟,笔墨亦酷似八大山人。他对汉代石刻下苦功钻研过。

抗战时,重庆的许多山崖挖成防空洞,一些东汉年间的摩崖石刻刚被发现即遭毁坏。他得知后冒险抢先拓出,保留下一批珍贵孤本。他出门旅行,每到有古代雕刻之处,如广元千佛崖、夹江千佛崖,彭山、乐山的汉墓砖石雕刻等,总要仔细揣摩,认真地勾画学习,寻找古人雕刻朴茂的风格特色。他从古代金石中受益匪浅,曾有诗云:

  自古嘉州名胜地,汉唐石刻见高文。
  画师能出诸师外,横绝峨嵋巅上云。

  中年以后,陈氏画风有变,开始使用夸张、拟人、变形的手法,不重自然景色之形,而取自然景物之意。他笔下的山川村野、家畜鸟禽,无不具有特殊的美的造型,笔墨不多,却能神游物外,意境高远,情趣醇厚,有种儿童画的天真幼稚味道。所谓"怪杰",大概就是由此而来。

  陈子庄一生别号颇多,早期作画号兰原;中期号南原、下里巴人、陈风子、十二树梅花主人;晚年则号石壶,喻其画若原始时期之石器,朴拙无华。陈子庄人如其画,胸襟旷达,学养深邃,生前甘居寂寞,不求闻达,知者寥寥,1976年因病逝世。"人去业显",只是近几年,他的画才逐渐为人所鉴赏,传扬开来。

"老好子"画家汪慎生

京华名国画家汪镇生,为人忠厚正直,为画界著名的"老好子"。

慎生名溶,安徽歙县里东乡满川人,别号"满川村人",少年失怙恃,从外祖,读书于黄浦私塾。先是加入中华书画会,研究六法,初学山水,虽无师承,但熟览古代名作,精心领会;后遨游雁荡、沧浪、烂柯等诸名胜,画学大进。曾在衢州高小充图画教员,河北第一监狱图画教师兼教诲师,并在厂肆卖画,有时兼作花鸟,颇得美誉,遂专攻花鸟。20世纪40年代被辅仁大学聘为美术导师,屡次举行画展,每次展出,售卖一空,蜚声京华。

慎生昔住北京西单文昌胡同,平日除授课外,余时以家居作画最多,画室颇雅致,写字台上置有小花盆及山水石等物,碧清可爱。作品大部署名"慎生"或"满川汪溶"。

记得慎生曾有两幅画给人印象最深。一幅是两只麻雀栖止于一梅枝上。此画虽然也是于几十分钟内完成的,但其传神之处实无法形容。画上情景似是黄昏时候，两只麻雀历经一日的奔波、劳顿、惊怖、哀怨、愉悦，以及所有挣扎等，一切都成过去，而回归此枝暂作安歇，正如人们所谓刹那之间。它们未必回恋过去，展望将来，而只图现实的安适，哪怕只是能不飞不动地合一合眼睛也好。两鸟各呈睡态，但也未必是真睡。此幅画虽是简单的枯枝与二鸟，但其神韵，令人赞叹不已。

另一幅是画猴。画猴是慎生得意之爱好，正如慎生所说，猴之为物，除人外，可谓万物之灵，但它处处显得十分幼稚。其形态易画，而神情难画，须画出其精明而又幼稚可笑的神态来。如同写《狂人日记》的作者并非狂人，乃能写出如同狂人所写，此写作之成功也。

慎生个性温和谦逊，待人诚恳朴实。他的态度和他的艺术成就成正比，艺术并不因有名声而停止努力，态度亦不因有艺术而傲慢不恭。他的画在琉璃厂各家画店挂出，门庭若市，但好友登门一经恳求，他也毫不推辞，当面一挥而就，甚至问："行不行？"他于庄重中有随和，于肃静中有生气，因而一般人无论内行外行，都愿与之接近。他有许多朋友，许多弟子，有时少长咸集融会一堂，谈天论画。一"聊"就是半天，因此，窗外大风呼号，室内却暖融融的。

京华来人谈到慎生业已辞世，其公子国棠犹执教于某校。

记王森然老人

王森然字大曼,自号哑公,河北定县人。1925年毕业于北京大学文史研究院,初在北京几个大学任教,同鲁迅、李大钊、陈独秀诸先生都有交往。多年来从事教育和美术研究工作,著述甚丰。

我在学生时代,就曾读过他的《近代二十家评传》等书,但和他相认,却是在20世纪30年代后期,后来便成了他在北京东城北下洼子住家"杏岩书屋"的常客。他的夫人李藕丹是著名史学家李泰棻的胞妹,他那两间北京旧式宽敞的北房,被院内巨槐遮得不甚明亮,几案上堆满书报和轴画。他热情好客诚挚待人,每承接待,谈锋甚健。他那豁达、乐观,以及在治学上的刻苦顽强精神,给人的印象是很深的。

30年代初,他曾主编天津大公报的《艺术周刊》,从而结识了许多画家,尤其和齐白石老人最相知。每次拜访,常听他谈起白石老人的轶事来。有一次他去白石家,刚进北京西城跨车胡同齐家大门,见一小孩正在门道里啃烧鸡;又见一小贩手里拿着一张字画正卷起来挎着烧鸡提盒要走。森然好事,叫住小贩一问,才知他是以烧鸡骗去小孩拿着的字画。乃训斥了小贩行为不当,代付了烧鸡钱,把那字画索回,还给了白石老人,假称是从琉璃厂买回的。原来这是白石老人送给爱姬宝珠夫人的,以为被仆妇窃去卖掉,很感激森然为之赎回。森然师事白石老人,书画都学得酷似。他欣赏评价白石作品也独具慧眼,致使老人有"深获我心"之感。白石曾赠森然一副对联云:"工画是王摩诘,知音许钟子期",可见他二人相交之深。

王森然与书画名家交游广阔,收藏的名作也多。如齐白石、徐悲鸿、赵望云等名家作品,只他一人所藏,就可以分别举办各家的画展。

森然的女儿王润琴,20世纪30年代和影星王人美、黎莉莉等,同在黎锦晖主办的"明月歌剧社"到全国各地演出。当年那些十几岁的年轻姑娘们身着短裙,在舞台上辛勤地开辟着中国新歌剧的道路,黎锦晖的创业魄力是令人钦佩的。而王森然则尤为称道黎锦晖为人正派、洁身自爱,在"明月社"里为那些姑娘们视若兄长。

森然老人年长笔者很多,笔者和他相识实属忘年交。岁月不居,分手已近四十载。耳闻他晚年被增补为全国政协委员,并为人民大会堂作巨画多幅,北京电影制片厂还为他拍了纪录片。

壁画名家陆鸿年

近闻陆鸿年现在不仅担任北京工笔重彩画会副主席，而且是中央美术学院国画系副教授兼壁画教研组主持人，堪称内地壁画界坐第一把交椅人物。我曩与陆氏友好，时相过从，回溯青年时期种种，记忆犹新。

鸿年祖父是逊清名翰林陆宝忠，外祖父徐甫亦系清代状元，堪称世家。笔者曾承邀去其苏州胡同家中闲谈，得悉陆氏祖传名人字画文玩颇多，除如仇十洲、赵子昂、苏东坡等古代名流真迹外，并有极为罕见的名砚：豆瓣绿形似碧玉的端砚，乳白色端砚，以及"二十八宿"，即砚下面有二十八个形同乳头的"眼"的端砚，均系乾隆时代珍品。据说蓄砚如此，可谓全矣。此外，诸如宝忠老人亲注《李香莲全集》等书的朱笔墨迹很多，当时笔者亦正年轻，曾对陆氏所存徐翁的状元冠帽上所插的金花最感兴趣，久观不忍离去。

鸿年自幼即嗜画，曾在三岁严冬降雪时，用肥皂水在玻璃上画山水，被其封翁瞥见，大加赞赏，称道此儿长大必培养其学画。他果然于中学毕业后考入辅仁大学美术系。

辅仁大学为鸿年崭露头角之基地，亦为造就鸿年一生事业根基的摇篮。时鸿年对壁画饶有兴趣，校中有白（译音）教授，系奥地利籍，教授壁画。鸿年固有心人也，常于课外独访白氏诚恳求教，白教授为其讲壁画技法，以及西方壁画的制作方法等，鸿年又多方找些中国壁画资料悉心钻研。1936年毕业时，鸿年不但居美术系考试总分之第一名，毕业典礼上，校长陈垣先生还当众宣布鸿年为本届毕业生之"状元"。

鸿年毕业，即为辅仁留校执教，但他仍利用业余时间去找白教授学壁画。20世纪30年代后期，他曾为北京西郊普照寺画了一张壁画，为鸿年从事壁画的处女作。后来，在辅仁一位专作油漆画的师傅帮助下，利用五合板，上刷桐油白粉，画出高达八尺、宽长二丈有余的《伎乐天》巨幅壁画。板的背面挂夏布涂大漆防腐。此为中国壁画由固定式改为移动式从而走上创新改良途径之肇端。

鸿年在校时，美术系有女生门荣华，系军界闻人门致中之幼女，住家与辅仁仅一墙之隔。鸿年、荣华相识，爱情不断猛晋，结婚之日，喜堂设在"状元府"。两家门当户对，郎才女貌，允称良配。

末科状元刘春霖的书法

封建社会考状元,书法是极其重要的。1904年甲辰恩正科刘春霖考中了状元,其书法艺术自然是出类拔萃。

刘春霖自幼喜爱书法,少年时便打下深厚的基础,尤其是小楷写得更好。因此,他很早就考中拔贡(拔贡科的考试非常注重书法)。他的小楷清秀挺拔,柔中有刚,浑然一体。

在他考中状元前的几年间,住在北京准备参加科考,通过一位王爷的关系,时常为慈禧太后抄写佛经,得到慈禧太后的赞许和赏赐。考中状元的当年,好友雷雨琴将刘春霖书写的《大唐三藏圣教序》《文昌帝君阴骘文》《闲邪公家传》和《灵飞经》四种小楷墨迹,带到上海石印,印成《小楷字帖》。这四部佛经类小楷,都是刘春霖在中状元前光绪二十五年至二十九年(1899～1903)之间,给慈禧太后抄录佛经时的副本。《小楷字帖》一出版问世,即销路颇畅,流传甚广。

在一时供不应求的情况下，有些不法之徒，便私自翻印出售。于是，雷雨琴请求清政府保护出版权益，予以查办。为此，清政府于光绪三十一年（1905）农历十二月十一日，专出告示，警告不准翻印。告示中称："据北京职员雷雨琴禀称：窃职存有甲辰科状元刘春霖殿撰所书《大唐三藏圣教序》《文昌帝君阴骘文》《闲邪公家传》《灵飞经》亲笔四种，于光绪三十年带沪付诸石印，装订成帙，批销发售。与书局订定版权，不准私自代人翻印，诚恐渔利之徒，翻本冒印图利，有碍销售。附呈书样，禀乞备案，布示严禁翻印，以印利权，等据。特此，除批示并予备案外，合行给示谕禁为此示，仰各书坊铺贾人等，一体知悉。尔等毋许私自翻印前项书籍。如敢故违，一经告发，定予究惩不贷。"

当雷雨琴呈请清政府保护权利时，除将四种小楷字帖送上备案外，还特别强调了每册前第一页有雷雨琴的半身道装肖像，最后一页印有"版权所有，翻印必究"字样，以防盗版。

刘春霖后来又出版了《朱买臣传》《洛神赋》《兰亭序》三种小字帖。民国四年（1915），他又将殿试一场考中状元的文章（四道策论作品）重新整理，用工笔小楷写出，付诸石印，成为《殿试帖》。《殿试帖》一出版，销售很快，先后印刷三次。人们之所以抢购《殿试帖》，因为它不仅可作临摹之用，而且还能看到他考中状元时的文章。

刘春霖的书法自此享有盛名，而他却非常谦虚。他时常对人说："要说正楷书法，还是首推老前辈陆凤老（陆润庠，字凤石，清同治十三年甲戌科状元），行书是以潘龄皋老翰林为佳。"

晚清翰林潘龄皋

1942年清朝最后一名状元刘春霖去世后,当年的老翰林、社会名流纷纷前往吊唁,其中就有晚清翰林潘龄皋。

潘龄皋是河北省安新县人,生于1867年,他自幼家贫,但天资聪颖,刻苦好学,1881年考中秀才,1894年考中举人,翌年殿试点为翰林。

在清代,凡举人和翰林都可做官。

潘龄皋在翰林院供职三年后,便派任甘肃隆德任知县,后升为兰州知府、甘肃省巡警道。民国建立之初,又一度出任甘肃省省长。当时,内忧外患,军阀争权,甘肃省内的派系斗争、民族纠纷时有发生,迫使潘龄皋不得不辞职还乡。

1922年,潘龄皋回到家乡安新县赋闲,深居简出,苦攻书法。他的书法,博采众长,形成了独特的风格。其婿陈瑶圃亦善书法,常得指教,故笔迹极似潘。陈书中堂、对联等,常书潘之名号,加盖潘之印章,一般人实难辨别究竟出自谁手，几可乱真。当时，潘龄皋的一幅中堂，收润资四块银圆。潘龄皋和安新县豪富杨木森过从甚密，1932年杨木森为其父发丧，讣告、铭旌、碑文等一应文墨，多出自潘手，"点主"之仪亦由潘龄皋主笔。潘龄皋的书法，多为行书，圆润、浑厚、隽秀，柔中有刚，自成一体，字形之美与实用相辅相成，尤在平津、冀中颇有名气，不少人进行临摹，许多商号店铺有他书写的匾额，颐和园和团城还有他书写的碑文和楹联。早年，北京、天津还出版过他的十四种字帖，记得其中有《胡大川幻想诗》《长濠诗话》《又一村诗画》等。据说他在书法上与谭延（清末民初著名书法家，国民党元老）齐名，时人有"南谭北潘"之誉。

潘龄皋轻财仗义，乐善好施，为乡里做了许多善事。有一年，安新县东向阳村的白洋淀四门堤决口，良田被淹，房屋倒塌，人民生活极苦。潘龄皋筹募款项，设平局，从东北购进高粱、玉米，在杨木森主办的县堤公会平卖，其运费、耗损均由杨负担。

安新县地处白洋淀，盛产苇席。1925年，安新县乡绅陈起和曲堤村的潘希福等人，经人介绍，赴天津和奉军第一师师长直隶督军李景林秘密商定，强行向安新人民征收席苇税。席民愤怒异常，依恃潘龄皋，痛打了陈起。潘希福闻之惶惶而逃，强收席苇税之阴谋遂告破产。为此，安新百姓自愿捐款建亭立碑，以示纪念，潘龄皋亲书一联并刻木嵌于亭柱之上。联为:"赐福不闻宽大令,缔苛犹存好生心。"此联表达出他痛恨苛政、爱惜百姓之心意。此亭至今尚存。

1938年日军占领安新,翌年潘龄皋逃往北京,以鬻字为生。日军诱逼他出任河北省省长,他坚辞不受。中华人民共和国成立后,毛泽东主席签发委任令,任命潘龄皋为中央人民政府革命军事委员会参议;中央人民政府政务院文史馆还聘请他为馆员,至1954年去世。

金石书画大师朱复戡

近代杰出的金石书画大师朱复戡,艺术生涯已经八十载,据闻他所任职的上海交通大学将举办"朱复戡金石书画展览"以示祝贺。

朱复戡,又名朱义芳,字伦行,号静戡,1900年生于上海。他幼年有神童之誉,四岁能背唐诗三百首,七岁能悬臂写石鼓文,作巨幅临摹画。国画大师吴昌硕见之惊叹不已,称之为"小畏友"。十六岁时,扫叶山房出版的《全国名家印选》,就精选了他的作品。十八岁时,有正书局出版了他的字帖。二十三岁时商务印书馆为他出版了《静戡印集》。

朱复戡博学多才,金石书画、诗词古文、青铜古玉,无所不通。尤其对商甲周铜、秦石汉碑,研究精到,所以他的篆刻高古雅丽,非一般研究者所能望其项背。他的国画,独辟蹊径,所作人物、花鸟、山水、禽兽等,以大小篆功的特有线条来表现,具有金石画卷的气质。

国画大师张大千对朱复戡的艺术成就推崇备至。当年，张大千寓居上海，拜访的第一位名师就是朱复戡。有一天，张大千在"朵云轩"小店闲逛，偶尔发现署名朱义芳的书法，字体遒劲，神采惊人。细问之下，原来是朱复戡的书法，于是便登门拜谒。谁知，出门相迎的是个西装革履、年轻英俊的小伙子。张大千说："我是来拜访朱义芳老先生的。不知他是不是你的老太爷？"朱复戡闻之哈哈大笑，说："在下就是朱义芳，你找我何事？"张大千万万没想到，自己已经美髯一把，所要拜的名师竟是比自己还小的青年人。但待看了朱复戡当场写的字和挥刀而就的篆刻杰作后，不禁惊叹说："大千漫游南北数十年，所见近代名家书画篆刻，能超越时流，直入周秦两汉晋唐，融合百家，开一代宗风者，唯朱君一人而已。"

朱复戡一生好学，到老仍孜孜不倦。他曾数次赴泰山考察经石峪《金刚经》文，纠正了讹传的"唐代刻经"一说，证明是北齐大金石家安道一所作，从而澄清了千年争论不休的史实。他又亲自考证并补全了《秦始皇泰山刻石》之文。还南登峰山，辨明了所有峰山刻石的文字和年代。

李瑞清二三事

清道人，姓李名瑞清，字仲麟，晚号梅花庵主、梅庵先生、玉梅花庵道士。生于1867年，卒于1920年，江西临川（今抚州）人。晚年寓上海之"三牌楼"，易道士装。当代画坛大师张大千、胡小石，均曾投其门下，毕恭毕敬，习书学画。清道人是一位杰出的教育家、书画家、鉴赏家，又是一位情痴、孝子、末代孤忠之臣，一生充满传奇色彩。李瑞清的最高成就是书法。他自幼善书，落笔坚实，尤喜大篆、西汉碑碣，心摹手追，无不精绝，其中以北魏碑体最为闻名。他用笔有一个怪癖，"以浓墨胶笔，务使坚结。临用之时，咬开分许，即以作字"。

恰逢有位李父故交余祚馨颇为赏识李瑞清的才华，有心招他为婿，便拟将长女许配给他，谁料这位闺秀命薄，未婚早逝。不料六女余梅仙乐意代替姐姐出嫁，他们结婚后度过一段甜蜜时光，但三年后梅仙病逝而去。余祚馨老泪纵横，但他视李瑞清如己出，又将第七个女儿玉仙许配给他。当时已是19世纪末，西风东渐，女性开始追求自由，但玉仙愿意以自己的温柔去抚慰李瑞清备受创伤的心，便不顾两个已故姐姐的阴影，决然与李瑞清完婚。但令人不堪忍受的是，玉仙不久也命归黄泉。

李瑞清揣着一颗破碎的心，把姐妹三人合葬在一起，在草地上栽上梅花，是名"玉梅花庵"，并将自己的字改为"梅痴"。从此，李瑞清没有再娶，他的字号寄寓着他一生的隐痛与哀思。他的《春日元配余梅仙墓下作》和《邓尉看梅悼逝》，表达了他对余氏姐妹尤其是对梅仙刻骨铭心的思念之情。此后，李瑞清把自己的余生都投入到书画艺术创作中去了，技艺日臻完善。

他对南京有着不可抹煞的功绩。他不但把当时江南最有规模、最早创办的新式学堂"两江师范学堂"（今南京师范大学前身）纳入正轨，更以其远见卓识为中国率先创办了第一个独立的美术课系"图画手工科"，使南京人引以为荣，被誉为"首辟两江文化"之功臣。

辛亥革命后不久，李瑞清迁居上海，仍留着满头长发，身着长衫，俨然是个道士，自称"清道人"。清道人患半身手足麻痹之症，其躯体"有同浦柳末秋先陨之态"。在寓居沪上之初，复患脚疾，"股臀间又生一大痈，痛苦不可言"，而一家数十口之生计全赖他一人，经济陷入困境，以至"贫至断炊"，只好日夕劳苦以鬻书画偷活。当时，他曾自嘲"已成为制米机器"。

清道人食量奇大，特别爱吃螃蟹，一餐可吃一百只，朋友们戏称他"李百蟹"。他在上海，最爱到三马路的"小有天饭馆"就餐。他曾应店主之邀，撰有一副闻名沪上的对联：

道道非常道，天天小有天。

上联，取老子《道德经》："道可道，非常道"之句，而改变其含义，宣传此店每道菜都非凡品。字好意妙，一经张挂，饭馆天天宾客满座，真正成为风味独具的"小有天"了。

清道人与上海震亚书局的朱抱芬有交情，震亚书局在1915年为其出版了《玉梅花庵临古》，瞬即轰动，为海内外书画家所争购，截至当年11月已三次付梓。于是道人之声名大显，以至"儿童走卒，皆知有李道士"。

愈是晚期，清道人的画名、书名越大。东邻扶桑（日本）亦遣人远道来索书画，因此使他忙得不可开交，犹终日抱病挥毫，不知写秃了多少枝笔。他所绘《危岩梅花图》《桃花源图》等杰作，已被公认为是"稀世之国宝"。道人临终前半月，应"日本书画会"之恭请，写了四幅魏碑书作送往日本参展。使人惊愕的是，此四幅展品竟全是临摹之作。临的分别是郑道昭所书摩崖两幅：《司马景和妻墓志》及《嵩高灵庙碑》。虽是临作，仍轰动彼邦，讴歌载道，誉之为"中岳再世""近五百年来第一人"。

1920年，贫病交加的李瑞清投水自杀。他的死，与同是民国初年投水自杀的国学大师王国维的死有许多相同之处，都有对旧文化的眷念，对洋文化的抵触和对分崩离析的时局的绝望。他曾对朋友说过："衣食诚足困人，求赏识于洋人，分余沥于大贾，自非李之愿，乃不得安身之法也。"

"中国第一书法家"郭风惠

北京人民美术出版社曾投入三十万元巨资出版了郭风惠的书画集,这是书画界的福音。人们只知道,郭氏的书法,被清末状元刘春霖称为"中国第一书法家";郭氏的画作,可与黄宾虹、齐白石比肩。但是,他的铮铮铁骨,他在抗日战争时期作出的历史贡献,却鲜为人知。

1936年,日本预谋侵华,屡屡制造事端,华北形势日趋紧张,宋哲元亟须良才辅佐,于是将郭风惠请到身边,授以"少将秘书长"的特殊身份,协助宋处理军政要务。郭与好友张自忠、赵登禹、佟麟阁等爱国将领,力主对日本的侵略挑衅坚决抵抗。郭风惠鲜明的爱国思想和对时事的精辟见解,给了宋哲元积极的影响。

那时,在北京南苑大阅兵的场地上,以及视察部队的行列中,都留下了郭风惠的身影。为了鼓舞士气,增强斗志,郭风惠将先秦诸子及历代民族志士爱国爱家的言论,辑成语录小册子,从宋哲元、张自忠等将领到一般士兵人手一册，极大地激发了部队为国一战的精神。

1937年7月28日，赵登禹将军在保卫二十九军南苑防地时牺牲。在公祭大会上，李宗仁的祭词就是请最熟悉赵将军的郭风惠写的。同时，他还记述过赵登禹将军为保卫军民生命、只身在河畔击毙一只恶虎的事迹。故事写得极简略生动，大有《史记》韵味，是难得的赵将军的逸闻趣事。

之后，日军侵占北京。把郭风惠列入了首要通缉人员名单。他来不及辞别家人，只身逃离北京。先到天津，后乘船出海到黄河入海口，再搭船沿黄河而上，开始了他艰险的流亡漫游生活。

1940年，张自忠将军又在鄂北南瓜店殉国。当时郭风惠正在上海，噩耗传来，他悲痛欲绝。流着泪，用他惊世书法，亲自为张将军写下了两副著名挽联。

第一副有"元戎陷阵，古今曾有几人，漫云季路结缨却为殉城怀阁部"句，还有"处士虚声，辗转空劳三顾敢拟延陵挂剑，勉将直笔叙睢阳"句，公正地评价了张自忠将军对国家民族的历史贡献。其中"三顾"包含着一个十分感人的故事。张自忠向来敬仰郭风惠的人品学问。1938年，张自忠任三十三集团军总司令后，多次邀请郭风惠出任秘书长，他再三婉绝，这就是抗战时期张自忠"三顾"郭风惠的美谈。此时，面对壮烈牺牲了的兄弟，他非常悔恨没能应允将军的邀请，没能与将军为民族共同赴难。

第二副挽联,是郭风惠代冯治安将军献出的:

不成功,必成仁,临阵几封书,公私事业均遗我;

国未亡,家未破,凭报一雪涕,生死交情敢负君。

此联,千行血泪,扶棺一哭,天地为之动容。这非有生死交谊,有谁能哭得这样痛切,写得如此动情?

1946年,郭风惠历经两年编著了《宋故上将史略》和《张赵佟将军史略》两部大型史传书。这是研究中国抗战史与研究宋哲元、张自忠、赵登禹、佟麟阁四位爱国将领的权威史略之一。

沈尹默学书不易

沈尹默先生是书法界的一代大师，他的字被书法爱好者视为典范，可是，他所取得的成就实来之不易。

沈尹默二十多岁从日本留学归来，住在杭州，一次，读过他的诗也看过他的字的著名学者陈独秀曾当面对他说："你的诗写得很好，可你的字不行。说真话，你这字简直其俗在骨。"这些话刺激性太大了，他面红耳赤，几乎难以忍受。从此他下了狠心，一定要练好书法。

沈尹默祖籍浙江湖州，为了在北京考取功名，报了宛平县籍。他的父亲十九岁就在陕西省安康县当了县太爷，被他的治下之民称为"娃娃官"。这位娃娃官又生了沈尹默这个娃娃。五岁时，他父亲就请老师给他启蒙读书，可能是因为年岁太小，读书又太累，竟闹得吐了血，不得不辍学休养。这一下可好了，沈尹默可以选择自己爱看的书了。几年间，唐诗、宋词、明清小说广为涉猎，而且在诗词方面颇有所得。一次偶然的机会，他父亲发现这个辍学在家的孩子居然能写诗，而且写得还不错，遂叫他专学诗词，兼练书法。可是，他作诗有长进，而写字却始终不成气候。

沈尹默二十一岁时，父亲去世了。他离开陕西到日本留学。但是，学业未获成就，生活更难维持，只好回到故乡湖州。后来他到杭州，与南社诗人刘三等交往。就在那时，他的字受到了批评，于是他发奋练字。

他先是临摹汉碑，字写得很大。因为穷，买不起太多的纸，就先用淡墨写在纸上，并一张张摊在地上，等墨迹干了，再用浓墨写一遍。他又买来包世臣的《艺舟双楫》，读后按照书上的方法去做。他要求自己写字一定要做到掌竖腕平，每次临帖写字时，都在手腕上放一面小镜子，如果手腕不平，小镜子就会掉下来。就是这样年复一年，寒暑不辍，他终于苦练出来了。

沈尹默中年以后，眼疾不断加重，医生不准他看书，只准他看字帖，这倒使他心无二用，专心致志地研究书法了。

有人曾问他，学书法曾拜过谁为师？他说，他没有拜过老师，但他的老师又多得很。他请教于汉魏六朝唐人碑帖，细读宋元明的字帖，走的是杜甫"转益多师是吾师"的道路。可以说，他是陶铸百家、博采众长，经过勤学苦练，形成了自己的风格，终于成为一代大师。

爱国志士冯公度

位于北京西四羊肉胡同二十四号的大宅院，原本是清廷重臣陆润庠故居；1920年冯公度购置居住，直至1948年逝世前寓此。故居坐北朝南，大门外有影壁、上马石和石狮。院落五进，东部前为花园，中为祠堂，后为菜地，西北角是马号。原有房屋一百三十余间，现大门已拆除，花园、菜地、马号均已建房，唯有祠堂院保存较好，尚可供凭吊者捕捉昔日辉煌身影。

冯公度（1867～1948），名恕，号华农，又因购得乾隆"自得图"匾而自称自得图主人。原籍浙江慈溪，寄籍今北京大兴。在载洵任海军都统时，曾任海军部参事、海军部军枢司司长、海军协都统等职，曾随载洵赴英、美、法等八国考察。民国后在家从事文物收藏和鉴赏工作。

北京诸多老字号匾额，多系冯恕所书，故流传有"无匾不恕"之说法。而冯公度本人最满意者，是为大栅栏张一元茶庄和西四同和居饭庄所书匾额。冯公度除写匾外，

更常书楹联、中堂和墓志铭。其作品以书颜体字著称。他曾在《公度自挽诗》中写道:

> 贷赊质济平生耻,艰苦辛勤志不灰。
> 假馆课徒供菽水,骈文小札佐监梅。
> 扇联书罢饥寒减,诔墓文成布粟来。
> 堪叹哀亲共劳瘁,追思往事有余哀。

其生计窘迫时的满腹哀愁与无奈,尽情倾诉于诗中。

冯公度是一位热心兴办实业、情意拳拳的爱国志士。八国联军入侵北京后,各帝国主义国家妄图独霸北京电业,纷纷申请在北京办电厂。而面对帝国主义的野心,刑部员外郎史履晋、御史蒋史惺、候补同知冯公度,在"挽中国之利权,杜外人之觊觎"的宗旨下,于清光绪二十八年(1902)写呈文,奏请清廷批准成立京师华商电灯股份有限公司。并特别注明"华商"二字,旨在不收一份官股,不借一文外债。公司创办时成立董事会,冯公度等三人为总办,聘请北洋水师学堂毕业的陈绍安和荷兰人万阿松任工程师,吸收股本总额共四百五十万银圆,在西城顺城街(今前门西大街北京供电局院内)设立电厂,于1906年开始发电,从而使北京居民告别了油灯或蜡烛,诸多老街亦安上路灯,迎来了光明。

冯公度酷爱收藏文物,正如他在诗中所云:

平生奢好为金石,钟鼎圭璋四壁阵。
山脚水湄通燥润,花文篆体辨精神。
时猜虞夏商周汉,浸别铜铅血汞鳞。
共羡兰闺双白璧,居今稽古养天真。

冯公度毕生收藏文物甚富,且不乏稀世珍宝,其中有周公旦赤刀、召公发箍、毛公鼎、秦穆公敦、克鼎、虢季子白盘等青铜器,以及古玉、石屏、金文砚和古籍《四部丛刊》《佩文韵府》《二十四史》、金石书籍等。

枫桥"双绝"两张继

唐朝诗人张继是千古绝唱《枫桥夜泊》一诗的作者;民国时的张继是同盟会元老,也是书法家。但由于同名同姓,曾被人张冠李戴。"二次革命"后,张继被袁世凯列为"附乱分子"而遭通缉,不得已亡命日本。有一次,有位日本文人对张继当面恭维,说他写的那首《枫桥夜泊》诗如何如何好,实在令人钦佩。张继付诸一笑,答道,承蒙夸奖,但鄙人不敢掠美;须知先后两张继,相差数千年,岂能混为一谈。那位日本文人赧然而去。

现代人张继,字溥泉,1902年在日本结识孙中山后投身反清革命,历任参议院议长、国民党中执委、立法院副院长、党史史料编纂委员会主任、国史馆馆长等职。尝主笔《国民日报》,与章炳麟、章士钊、邹容结为异姓兄弟,张居第三,人戏称之为"三将军"。这位"三将军"不仅文章犀利,书法亦佳,书风多章草笔意,行笔稳健,为时人所重。当时南京煦园主事者因酷爱唐诗《枫桥夜泊》,

突生奇想：何不请与诗人同名的当代书家张继迻录此诗，泐石于园内，为园林生辉？遂托人转恳求书。张继欣然诺之，精心书成。不久，煦园有块两张继诗书合璧碑之佳话遂流传开来。

那时，名满天下的大书画家吴湖帆得知此事后认为，南京煦园与《枫桥夜泊》诗并无因缘，却占先勒石立碑。而苏州的寒山寺，本为诗中所咏故刹，虽说寺中历代也曾立有《枫桥夜泊》诗碑，但倘若由当代张继来书写并立碑，岂不锦上添花？遂挽濮一尘介绍张继书之。此事既由吴湖帆出面玉成，张继十分慎重，书写时格外认真。

中央书店1949年版《书法大成》和河南美术出版社1989年版《民国书法》均收有张溥泉这幅佳作的影印件，其书风系章草略带今草笔意，结字美观，间架稳健，几乎每一个字都不存在一笔带过的痕迹，也极少见"牵丝"和"飞白"；从字里行间，可以想见其行笔较为缓慢。作品中正文占了五行，略小些字的题跋占了七行，虽字数、行数不算少，但布局疏密合理，既不松散、单薄，也不繁杂、拥挤。字的大小配备与整体章法都显得很匀称、和谐。在题跋中，张继出人意料地告诉人们，他从未到过苏州寒山寺。"往来吴门，迄未一游。"他在说明此事乃吴湖帆的美意后，谦虚地表示，自己只因同名同姓而"妄袭诗人也"。落款是："中华民国三十六年十二月，沧州张继"，印章为白文。

令人遗憾的是，张继书成此诗后，第二天突然发病逝世。此幅作品遂成书家的绝笔，作品勒石后，果然声名鹊起，中国许多名胜古迹都有以诗、书、画合称的"三绝碑"。苏州寒山寺的这块《枫桥夜泊》诗碑，称之为诗、书"双绝"亦可。而且因诗人、书家同名同姓，虽然书家未能亲身登临寒山寺，但以其作品登临，也算雄峙胜迹了。

章草名家王世镗

20世纪30年代,有"草圣"誉称的于右任极其称赞章草名书家王世镗,为弘扬民族文化留下了一段动人佳话。

章草即草隶,它流行于两汉魏晋,代表书家有汉代张芝、晋代索靖等;但后来少有问津者,到元明清代方有不多章草书家;生于清末的王世镗堪称集前人之大成者。

王世镗,天津人,曾应试科举。他少年习书便入手不凡,喜临摹龙门石刻;后壮行名山大川,神游历代法书,得见不少汉魏晋碑刻、摩崖、简牍,眼界大开,又从文字学入手,钻研文字及书法史、论、著。日耽翰墨三十年不倦,不觉老之将至,遂发愤订正前人的托王右军《草诀歌》错误,将搜集的二十余种古代法帖中的章草、今草约一千五百余字加以注释(注释由汉中九位书家用楷、行、隶三种书体写成)编成韵语,内容系探讨字体演变及书法艺术,取名《稿诀》(又名《稿诀集字》)。1928年,《稿诀》

被刻石嵌于陕西汉中宝峰山道院墙壁间,遂有拓本问世。

当时有书商卓某见有利可图,遂将《稿诀》拓本上"云津王世镗著"署名抹去,伪托明代人所书,付印高价出售。王世镗有口难辩,反而惹出一场风波。著名学者余绍宋、北京艺专书法教师罗复堪等人认为,《稿诀》是据明代"不着书者姓氏"的拓本改易而成,"颇疑王氏藏有旧拓,知其鲜传,故所以为蓝本,略补小注并及近世人证其为己作耳"。专家学者并非和王氏作对,而是认为《稿诀》虽系"百衲本",来源广、集字多,但全篇风格统一,书写既佳,又学养深厚,格调高古,使人不敢相信系今人所著(确切地说,应为"编著",但那时尚未广泛使用"编著"一词)。正如于右任后来为此笔墨官司所下结论:"一段离奇章草案,都因爱古薄今人。"一时间,世人都笑王世镗"掩毁名字,剽窃宝藏"。王氏穷困潦倒,困居南郑县莲花池,以卖字、养蜂为生。

当时,国民政府监察院院长于右任也购得《稿诀》印本,经过仔细考证,确认不是古人所作。恰逢于的外甥周伯敏来访,将实情禀报,《稿诀》系周的叔岳父王世镗所作,此人正蒙辱困居汉中。于右任大为惊诧,发表了权威性见解,认为王世镗可比之古代章草名书家张芝、索靖,"三百年来,世无与并","今世乃有如此奇才,埋没穷山,实国人之羞"。于右任遂致书驻陕的三十八军军长孙蔚如,托其将王世镗请到南京。王氏由其子陪同抵宁,于右任相见恨晚,尽出自藏古今法书精品供其参阅;又授其监察院参事之职。王世镗喜遇良机,书艺猛进,又写了《重定章草之诀歌》等,并为于右任书《先伯母房太夫人行述》。有人劝王氏对卓某毁名盗印一案提请诉讼。王笑曰:"此斯文事,奈何对簿公堂;且如无此印本,我亦无缘得会于先生。"这一离奇的"章草案"遂无形化解。两年后,王氏病逝。于右任为其料理后事,葬于南京牛首山麓,与大书法家李梅庵(清道人)之墓为邻。

抄校巨擘张宗祥

四五十年事抄校,每从长夜到天明。
忘餐废饮妻孥笑,耐暑撑寒岁月更。

这是现代著名学者、书法家、画家张宗祥对自己抄校古籍生涯的真实写照。

张宗祥(1882～1965),字阆声,别号冷僧,浙江省海宁县人,清光绪举人。

张宗祥幼年病足体弱,人以为将成废疾(痹症),经过服中药和针灸,十一岁才能舍杖步行。自小观看外祖父沈韵楼写字,因此,少时就对书法发生兴趣。十岁临颜真卿《多宝塔碑》,后又临《颜家庙》,并参临小楷《麻姑仙坛记》。十三岁那年,正遇甲午海战,清海军溃败,张宗祥读了《普天忠愤集》一书,痛恨清朝政治腐败,内外交困。于是拼命读书,每月必有六七夜读到天明,以寻找救国救民的真理。他常与同乡学友蒋百里一起去双山书院读书，每借到一本书，相约务必当天读完，互相考问，谁答不上，就罚谁停止看书一个时辰。

张宗祥二十二岁时，得旧拓《淳化阁帖》，开始学习行草。三十一岁，改习李北海《云麾将军李思训碑》《麓山寺碑》《法华寺碑》，恣意临写，博采众长，终于自成一家。他的字，青年时整齐有力，中年后潇洒飘逸，晚年则苍劲有气魄，笔力所到之处，犹如秋风扫落叶。所以大文豪茅盾曾说："张宗祥先生汉学好，字好，画好。字好极了！"

张宗祥的汉学好、字好，这就使他终于成为一代抄校古籍的巨擘。1914年，张宗祥与鲁迅（周树人）在北京教育部共事。第二年，张宗祥出任京师图书馆（北京图书馆前身）主任。一天，周树人对张宗祥说："我看馆中有十二卷本白棉纸的明代抄本《说郛》和丛书堂本《嵇康集》，可惜内容不详，你是'圣手'，何不录出，大家来研究研究，我也急需。"张宗祥答应用两个月交卷。这时，张宗祥抄书速度已达到惊人的程度。他用毛笔小楷日抄一万五六千字，最多时日抄二万四千字。友人的信任和学术界对古籍资料的需求，使张宗祥立志"时欲抄校古书籍，毕一生之业"，并作联"分明去日如奔马，收拾余年作蠹鱼"，他还刻有"著书不如抄书"一印。他三十二岁时，"点读二十四史毕"。三十五岁，校《资治通鉴》。直到他六十七岁出任浙江图书馆馆长之职时，从公之暇仍忙于整理抄校古籍《国榷》《全宋诗话》《神农本草经》和三次写定《校注论衡》。

年逾七十高龄,他还自认为抄书乃"年七十以上万不可缓之事",故仍然"夏日挥汗,隆冬呵手,朱墨粉陈,未敢稍辍"。他的小女儿在旁,时加劝阻,或故报有事有客,以冀老人略得片刻休息。张先生八十四岁,身患不治之症,在"咳嗽痰中带血,背痛加剧,夜不能寐"的情况下,还念念不忘完成《明文海》的抄校。《明文海》是张宗祥一生抄校的最后一部巨书,共四百八十二卷。

津门书法大家华世奎

近代,天津最著名的书法家当推华世奎、严修、孟广慧、赵元礼。其中,华世奎位列榜首。一方面是华的书法造诣出类拔萃,另一方面华曾任八旗官学教习,是清朝赏加二品顶戴的大臣,可谓官高爵显。

华世奎出身旧盐商家庭,四岁开始接受家塾启蒙教育。

每天坚持练字不辍,其父要求甚严,偶见稍有懈怠,就拿烟袋锅往脑袋上敲。为了纠正执笔姿势,其父独出心裁地在他的笔杆上放一枚铜钱,只要笔杆稍有倾斜,铜钱就会掉落下来。据说,华到后来可在笔杆上放十个铜钱,仍能运笔自如,可见功力之深。

华终成书法大家。宣统退位,华脱离官场返回天津靠卖字为生。其中为天津劝业场题写匾额一事,最值一提。民国十七年(1928)天津劝业场建成,德商买办高星桥派人找华求写牌匾。按当时惯例,凡有登门求字者,皆与账房管事谈妥润格即可，华从不见求字的客人。

但是高星桥派来的"使者"却走进了华的书房，简明扼要地说明劝业场牌匾的尺寸以后，遂叫人端来三百块现洋，客气地说："区区润金，不成敬意。"华淡然一笑，颔首将此事应允下来。

当时，还没有影印、照排、放大的技术。主家要多大的字，书家就得写多大，像劝业场牌匾属于"榜书"。写榜书是非常见功力的，不好写。事隔几天，华刚把牌匾写好，那位"使者"又送来二百现洋，面带难色地告诉说，因为一时疏忽，几乎贻误大事，劳烦先生在"劝业场"前再加上"天津"二字。华听了心里很是不悦，吩咐仆人当即铺纸研墨，挥笔写就"天津"二字。

华世奎还有两件轶事颇值一提。他任内阁中书行走时，与翰林徐世昌同拜在户部尚书祁世长门下。祁晚年得一子，十分喜爱，曾托华、徐日后照料。1930年祁"幼子"贫困潦倒，特从家乡来天津求助。华感念师情，赠其二百块现洋，又亲自去徐家代其求助。可徐对华说："你近来卖字日进斗金，我的字赚钱不多。这样吧，我照你的数减赠一半。"事后华以此对后人谕讽徐世昌："你们可要好好地练字呀！字练好了，比当一任民国总统都强！"因为徐世昌曾任民国大总统。

华虽系清室旧臣，但很讲气节。他与罗振玉私交甚深，罗曾劝他辅佐溥仪。他讲："现在的皇上是满洲的皇上,不是大清的皇上,他穿西服,勾结日本人,背叛祖宗。我是大清的臣,绝不背叛先朝与其同流合污。"看来,他不像袁世凯、徐世昌那样野心勃勃,也不像郑孝胥、罗振玉认贼作父,投靠日本人。纵观他一生,其人性品格和鲜明的民族意识还是值得称道的。

邓散木其人其事

邓散木,名士杰,号粪翁、一足等,散木是其字,上海人。他在二十多岁时,就以书法、篆刻崛起于沪上艺坛。因此,有人称他是"天才",但他的天才是勤奋和刻苦才得以充分发挥的。

邓散木小时候原是学外文的,十二岁时考进英国人在上海办的华童公学。从这所学校毕业后,可以公费去英国留学。但在十六岁那年,有次他写了一篇很出色的英文作文,英国教师硬说不是他写的,争辩当中,还打了他。因此,他把英文书全部烧掉,回到家中便埋头钻研中文和书法。

当时,邓散木的父亲是上海会审公廨的一位文书,家境并不富裕,没有多余的钱给他买字帖。他就天天对着客厅里的四条屏学字,练了半年光景,写得很像了,他父亲就带他去拜见这四条屏的书写人——他父亲的同事李肃之,得到李肃之的直接指点。李肃之去世后,他便于十九岁那年，进入会审公廨继承了李肃之的职位。后来他回忆说："那时我一天也能写到六七千字，虽不及李先生那么快，但在公廨中，也算是唯一的快手了。"而且，在工作之余，他每天在家里还要临摹几个小时的帖，总是未明即起，磨好一大砚池墨，临摹至日出方进早餐。下班回到家里还要写上一段时间。这个习惯，他一直坚持到老。

邓散木正是以这样几十年如一日的勤奋努力，使他的天资得到充分地发挥。不只是书法，在篆刻方面也是如此。他是三十三岁才从赵古泥学篆刻的，在此之前，全靠自学。他每天总要刻几十方印，每刻一印，都先要认真地在纸上描好印样，然后翻到印面再刻。刻一次不满意，就磨掉再刻，有时反复多次，从不草草了事。

邓散木给自己的书斋题写了一块匾额："三长两短之斋"，这是他对自己艺术的自我评价，即篆刻、写诗、书法是"三长"；绘画、填词是"两短"。他自己说过："世人但知我长于书法，其实我的篆刻和写诗都比书法好。"

邓散木的篆刻作品，不是从一字、一印入手，而是着眼于整体，注意气势和意境，所以每方印的整体感都很强，气势很大。他一生累积数本印谱，五千多方印拓，在雄浑朴厚、大气磅礴的整体风格下，每方印又都有不同的风貌。即使所刻的同一个十数方名章，其章法刀法，亦各不雷同。他不光注意印面文字，对边款也很下功夫，篆、隶、草、楷、行，各种书体都可刻入边款。偶一遭兴，他刻的造像、肖形,也都神完意足,饶有风趣。

邓散木的诗,也和他的性格一样,豪气纵横、奔放纯真,出手很快。他能把龚自珍的一句近体诗对成五十联;在三杯下肚,略带几分醉意的时候,文思更加敏捷,往往落笔成章,才华横溢。他一生留下诗篇达五百多首。

邓散木自谦的"两短"——绘画、填词,是与"长"相对而言的"短",偶然遣兴,也还是颇有意趣的。

1934年,邓散木的书法篆刻展览在上海举行。章士钊先生参观后写了一封信给《晶报》编辑,说到"今日得览粪翁所设各体书法,并皆精妙。粪翁弟不知何许人,亦未闻有人道及,今世有此书法之畸士,而名誉不闻,似是读书人之公耻",并附了一首赠给粪翁的诗:

> 粪翁鼻头着何粪?却惹荀令三年香。
> 偶尔龙蛇一挥洒,高堂素壁生奇光。
> 平生论书先人品,汀州嘉兴斯道强。
> 畸人畸行作畸字,矢溺有道其废庄。

据《辞海》解释,畸,通奇;畸人者,不合于世俗之异人也。故章士钊所说的"畸人畸行",大概是指邓散木的"粪翁"之号及某些行为有些"怪"。

确实,邓散木为了表示其愤世嫉俗,使用了一般人不会使用的名字——粪翁。邓原名铁,字纯铁,自从书刻有了些名气，社会上相效改名用"铁"的一下子冒出了好些，他厌烦不过，干脆来了个"人取我弃""人弃我取"，从三十岁后便易名"粪翁"，并名居室为"厕简楼"，自号"厕简子"。改用了这个名字后，果然无人再愿效尤了。

其实，"粪"字，取的是"粪除"的意思，也就是"涤荡瑕秽"，本来是没有什么可怪的。但社会上总认为粪是秽物，用以署名，似不太雅。邓散木的二女儿讲过当年这么一件趣事：有次一位求字者，先是当面称赞一番，然后声明润笔从丰，只要求改个署名，不用"粪翁"。邓散木当即拍桌子大骂，此人还不识相，仍哓哓不休，邓散木只好很不客气地把他逐出门外。

说到"怪"，邓散木的确有些怪脾气，怪行径。但这些"怪"的背后，有着他对封建社会的蔑视，有着他对崇洋媚外的抗议，更有着他对时政时弊的深切不满。1943年2月，日伪方面指定邓和白蕉及当时上海的另一位名家出席所谓"自由文化协会"，并作为发言人之一。邓接到请帖后随即当场撕毁，这件事在当时的上海是大快人心的。

还有，邓散木结婚时，不雇轿，不点花烛，不收贺礼，不摆筵席，只是给知己的朋友发了一张十分简单的明信片，并写明"所有繁文俗礼，一概取消，只备茶点，不设酒筵"等语。

对于当年的执政不满，邓将满肚子的牢骚表现在行动中，所以也被人目为"怪"。1935年在南京开个人作品展览时,他结识了大画家徐悲鸿,两人一起到酒楼痛饮,一边喝,一边骂执政府腐败,两人越谈越喝越有兴致,越骂越上劲,竟把邻座的顾客都吓跑了。

邓散木有着鲜明的爱憎,这爱憎,时时处处流露出来,可能这也使人觉得他有些"怪"。这里引他20世纪30年代末的一首政治讽刺诗,题为《恭题孔老夫子像》:

> 镜中忽见便便像,高额乌须地阁丰。
> 行政有方宜姓孔,卖官无爵不须铜。
> 奴家天下三分定,裙带财神五路通。
> 天怒人怨谁管得,阿翁惯技是装聋。

明眼人一看便知,这孔老夫子乃当时独夫民贼之姻亲也。邓散木敢于在报刊上公开指责,其胆量是够大的,可敬可佩。

书坛巨擘沙孟海

1992年10月10日10时10分,画坛一代巨匠沙孟海长眠在杭州西子湖畔,走完了九十二年的人生历程。

沙孟海祖籍浙江鄞县大咸乡沙村,父亲为村中儒医。他在家行大,兄弟五个,以"文"字排行,他原名文瀚,又名文若,二弟文求,三弟文舒,四弟文威,五弟文度。五四运动后,他毕业于宁波第四师范学校。

为了照顾家庭生活,他中师毕业即到宁波一富商家当家庭教师,时称"坐馆"。他一面"坐馆",一面刻苦自学,从而在国学与书法方面打下了坚实的基础。尤其在书法上,他先学王羲之,后学倪云林、黄石斋、沈寐叟,终于独出机杼,自成一家。

后来,他离家至沪,到上海钱庄中学任教。由此,得以结识康有为、吴昌硕、章太炎、章士钊、马一浮、沈尹默、徐悲鸿这样一些文化名人,尤其是吴昌硕,为他作诗题字,对他的书法十分赞赏。民国十七年(1928),他发表《近三百年的书法》《印学概论》等专著，被学术界认为是书法和治印领域的扛鼎之作。一年后，他辗转到广东，被中山大学聘为教授，时年尚不满三十岁。

十年内战期间，蒋介石设立侍从室。在侍从室供职的陈布雷赏识沙孟海，引荐其亦入侍从室，为蒋代笔一般应酬文字。空闲之余，对书法篆刻旁及文字、考古和古代史等作进一步研究，以至博古通今，成为大家。

沙孟海虽身居要津，但平时深居简出，与政要不相往还，对时局知之甚微。在南京时，有一次亲友问他："最近行政院长张群说了些什么？"他竟不知就里地回答说："张群是干什么的？我不认识他。"对方听后，遂瞠目以对，大失所望。

20世纪50年代初，他应聘为浙江大学中文系教授；后被委任为浙江省文物管理委员会常务委员；不久，兼任浙江省博物馆历史部主任，开创历史陈列法，主要著作有《新石器时代文物图录》。但他最为人们所称道的还是书法，无论篆隶楷草，都精美绝伦，尤以行书独步书坛，其篆刻更驰名海内外，所著《印学史》《兰沙馆印式》都有很高的学术价值。

70年代末，年届八旬的他担任杭州西泠印社社长，又在浙江美术学院重开书法课，带研究生，教留学生。他所著《沙孟海写书谱》《沙孟海书法集》《沙孟海论书业稿》等饮誉海内，流播海外；即使到了九旬高龄，每天仍坚持伏案治学，不稍松懈。

1992年4月，浙江鄞县东钱湖畔，沙孟海书学院正式成立，学院镌刻的《颂词》曰：

> 一代宗师，书坛独步。
> 笔聚五湖浩气，书开一代雄风。
> 道德文章第一流，书名赫奕冠时俦。
> 毫端凝聚大江风，蕴借沉雄起势宏。

就在沙孟海书学院成立的当天，他不幸骨折倒地，虽经半年抢救，但仍于当年10月与世长辞。

回忆高二适

无焰残灯照楚骚,暗惊心迹上秋毫。
行文涩似填驴卷,求纸珍逾拾凤毛。
难得故人遥念我,了知退笔不辞劳。
客来倘问临池兴,唯望书家噪一高。

这是章士钊先生奉酬高二适先生的一首诗,字里行间流露出章士钊对高二适真挚深厚的情感和对高二适人品、学识、书艺的高度评价。

高二适,名锡璜,号舒凫,江苏东台人,是当代著名学者、诗人、书法家。他十八岁即任本乡小学校长,文笔过人,称道乡里。青年时代曾在上海读书,中年寓居南京城东三条巷六合里,刻苦自励,专治古典诗词及文字学,与陈树人、马一浮、于右任等名士唱酬甚密。

高二适一生治学勤奋严谨,潜心著作,他研究的章草力作《新定急救章及其考证》一书是他从1959年起广搜注本，详密细察，矫正历代所传诸本的讹误，历经十载寒暑完成的，为中国书法史和文字学的研究填补了空白。他对唐朝的杜、韩、刘、柳，宋之江西诗派的研究至精至深。诗作入典出新，书卷气浓厚。他用了近二十年时间著成《刘萝客文集校录》，章士钊看后惊叹不已，说："二适近年猛进，多所发明，吾黡长岁又年，弥深企望。"

1965年在《兰亭序》真伪论辩中，高二适独持己见，对郭沫若的"后世依托"之论表示异议，写了《兰亭序的真伪驳议》一文，毛泽东看后，分别致函章士钊和郭沫若，在致章士钊的信中说：

> 高先生评郭文已读过，他的论点是地下不可能发掘真、行、草墓石，草书不曾书碑可以断言，至于真、行是否曾经书碑，尚待地下发掘证实，但争论是应该有的，我当劝说郭老……赞成高二适一文公之于世。

高二适文章于1965年7月23日发表在《光明日报》上，同年7月的《文物》杂志也全文影印其手迹。

高二适在世时，平日只闭门读书，拒绝庸俗的笔墨应酬和拜访。曾有人登门拜访恭维高老是大书家，高老却说："书家多得很，我非书家，你找错了吧。"高老书法流传甚少，并非他写得少，而是练字时写完一面，反过来再写，然后揉成一团扔掉。高老写字极少应酬之作，碰上老人烦了，不管你是什么显贵要人，用拐棍一指，开了旁门要你请出，否则，就要挨骂了。

高二适逝世近二十年了，他一生为人耿介爽直，磊落坦荡，真诚热忱。随着时间的推移，高二适在中国文化史上的地位和成就越来越受到社会各界认识和重视。

女书法家萧娴

近见北京出版的《萧娴书法选》,方知这位中国近代卓越的女书法家仍在笔走龙蛇。

萧娴字稚秋,号蜕阁,又号枕琴室主,1902年生于贵阳。其父肖钱珊是南社成员,诗书俱佳。萧娴幼年经常随父出入南社,人称"南社小友"。平时,为父亲拂纸磨墨,处处留心书法,暗中摹习。一次其父作书于案,适因事外出,萧娴一时兴起,便摹仿父亲笔意书写一幅,其父归来,大为惊异,要她当面再写,始发现女儿才华,从此对她加意培养。

萧娴正式习书,涉猎唐碑,转习汉魏,更及金文石鼓,打下了坚实基础。十三岁时,曾为广州大新百货公司落成典礼书"大好河山,四有兆众;新辟世界,十二重楼"丈二匹对联,被誉为"粤海神童"。两年后,孙中山在广州组织护法军政府,为筹款劳军,宋庆龄邀集当地名家举行书画义卖,萧娴亦应邀出席,她的作品销售一空。有一条屏，为好事者争购，出价从十六元大洋起，不断加码，最后为一知名人士以一百元大洋购去。宋庆龄亲授萧娴以奖状和奖章。

后来，萧娴临写的"散氏盘"铭文，被其父的一位朋友拿走，辗转传到南海康有为手里，南海当即作诗曰：

笄女萧娴写散盘，雄深苍浑此才难；
应惊长老咸避舍，卫管重来主乩坛。

投桃报李，萧娴也写了"大哉南海，撮尔须弥"的榜书楹联相赠。这一老一少，书信往来多年之后，才在上海愚园路南海寓所举行了隆重的拜师仪式，当时有许多书画界人士参加祝贺，其中先到康氏门墙的书画家刘海粟也在场。

1932年，萧娴篆书《临碣石颂》，曾集刊于《当代名人书林》，一时蜚声南国。

"七七"事变后，日寇逼近南京，萧娴一家准备西走。临行时，一位朋友来做说客："你的书法在日本有影响，日本人来了是不会亏待你的。"她说："我们不愿当顺民。"随后便携儿带女过起了颠沛流离的生活。但为了生计，她还得卖字，于是作两首《鬻字自例》诗，其一："一枝笔走三千里，八口家余四壁风。显得千缗易尺楮，墨池便许放鹅笼。"其二："早年托迹在碑林，翰墨生涯本素心。汉白元朱酬凤好,只须一字一千金。"

萧娴逃到重庆后,看中了一方砚台,终于凑钱买了下来。把玩之余,作了一首诗刻其上。序言是:"避寇流离来渝州,身外物已佚尽,友好每向予索书,因购此砚,发墨可喜,赋诗刻砚样以志墨缘。"诗是这样写的:

> 顽性真如石,生涯却是田。
> 此心坚自守,应不怕磨穿。

作为知名人士,社会各界都十分关心她。"那个女书法家怎样啦?"她不能一一作答,只好写了一首七律传递给关心她的朋友们:

> 连天烽火孕时艰,七载流亡幸健顽。
> 寄予故人休系念,萧娴仍旧是萧娴。

在书法事业上,萧娴是极笃实用功的人,平生与"三石"(即"石鼓文""石门颂""石门铭")结下了不解之缘,故人称"三石之家"。此外,她又曾着意揣摩过"散氏盘"的笔意,论者对其书法渊源,又有"三石一盘"之说。

戎马墨海忆舒同

舒同，字文藻，又名宜禄。1905年生于江西东乡县。他五岁即已开始习书法，至十四岁已有善书之誉。1921年考入江西省立第三师范。1926年后，辗转于上海、南京、武汉等地，曾一度以鬻书为业。1930年开始戎马生涯，但即使在军务倥偬之际，仍潜心书艺。他利用书写告示和标语口号等机会练习书法；行军路上，在马背上比画；途中小憩，在膝盖上练字。因此，曾被毛主席调侃为"马背上的书法家"。

在舒同心目中，枪炮是武器，书法亦是武器。笔者尝见他解放战争时期写的一副中堂。当时他任华东军区三野政治部主任，国民党将领郝鹏举倒戈起义，把国民党部队改编成了革命军队。在改编的过程中，舒与郝有很多交往，向他晓以大义，指明方向，特以诗书相赠。诗云："侧势远从天上落，横波杂向弩中生。静如油漆轻轻抹，动似蛇龙节节衔。"整幅作品气势恢宏、遒劲俊迈，运笔纯熟，跌宕如屋漏痕、如折钗股，结体揖让顾盼、生动有致。应该说，在特定的时期，书法起到了枪炮所起不到的作用。

综观舒同的书法，原从"二王"入手，继以颜、柳为本，掺之以米南宫、何绍基诸家结构而自成一家。所作宽博端庄、圆劲婉通，用笔沉重，藏头护尾，点画润厚流畅，别具风格，被称为"舒体"。

舒同尤以善写大字闻名，对求题匾额巨字者，他绝不采取小字放大办法，而是需要多大就写多大。这一点，在当今书坛极少有人能做到。1962年，毛泽东主席曾亲自推荐舒同为"全国农业展览馆"题匾，据说每个字有乒乓球台那么大，写了一张又一张，直到满意为止。

1981年，中国书法家协会在北京成立，时年七十六岁高龄的舒同被推选为第一届书协主席。从此，别具一格的"舒体"便更广泛地出现在全国各地。至今，有许多报纸、刊物都保留了他题写的报头刊名。由于各地求教求书者太多，为满足广大书法爱好者的要求，他专门书写了楷、行、草三部字帖，由中国文联出版公司出版。

舒同一生清廉，淡泊明志。除在20世纪20年代因从事地下斗争需要出售过自己的作品外，一直不曾卖字。但在他去世前，他曾为自己的书法作品而走上公堂，状告北京荣宝斋未经许可擅自出售他的书作。他在诉状中称：1986年4月，荣宝斋以陈列为由从原告处借走十五幅作品，并立下字据，后荣宝斋未征得作者本人同意，擅自将其中一幅"虎虎生辉"售出，余下的十四幅作品至今不曾交还，云云。

吴昌硕与西泠印社

在西湖西泠印社小龙泓洞的岩壁上，凿龛立有一尊艺术大师吴昌硕的铜像，而在铜像东侧的规印崖上，建有一座砖木结构的中式平房，依山取势，古朴典雅。这便是吴昌硕在杭州的居所"题襟馆"。吴昌硕每次到西湖，都住在馆中，他曾说："居于此，则湖山之胜，必当奔集于腕下，骈罗于胸中。"可见他对西泠印社的感情。

在"题襟馆"，吴昌硕吟诗作画，撰书治印，每每佳品迭出，如画有《西泠印社图》，写有《西泠印社记》《隐闲楼记》等。他的诗，取法唐宋诸家，清新淳朴，旷逸纵横；他的画，初法"四王"，后得石涛、八大山人、老莲之风，融会贯通，独开大写意花卉的门径；他的书法，初师颜真卿，后法王羲之，并熔秦篆汉隶石鼓于一炉，自成宗派；他的篆刻，初师浙派，后融皖派，取诸家之长，古朴苍劲，虚实相生，把数百年的印学推向到新的高峰。

故而于右任有一联赞曰："诗书画而外复作印人，绝艺飞行全世界；元明清以来及于民国，风流占断百名家。"

在西泠印社成立期间，有一名叫河井仙郎的日本人，向吴昌硕写信求教，信中夹着篆刻作品，吴昌硕看出这是一个颇有造诣的日本篆刻家，他欣然命笔，表示愿与国外同行会晤，探讨艺术。

过后不久，河井仙郎果然与出版过《吴昌硕画存》的田中庆太郎一起来到杭州，拜会吴昌硕。他像小学生拜见老师似的，叩头执弟子礼，说着刚刚学会的中国话："你老人家好！"吴昌硕忙说："快坐下！同行三分亲，见面是朋友。""先生书、画、印，无不兼能并擅，今日得见，大慰平生！"从此，河井仙郎经常讨教于吴昌硕，或摩挲金石，品评印谱；或谈书论画，各抒己见。

经吴昌硕的介绍，河井仙郎广交印人，与著名篆刻家丁仁、王禔、叶为铭、吴隐等人交往频繁，意趣款洽。河井仙郎回国时曾向吴昌硕告别，吴捧出自己的作品相赠。河井仙郎热泪盈眶，久久地叩头。他恋恋不舍地走出门口时，忽听吴昌硕又叫着："回来！把一盒西湖藕粉也带上！""先生，你自己留着吃吧。""中国有句成语，叫做藕断丝连，这藕粉你一定得带回日本去。""是，学生从命。"后来，河井仙郎治印艺术大进，创立了浑厚清超的艺术风格，成为日本杰出的印学家。

1921年秋，他七十七岁，原藏在浙江余姚周家的一块距今已有一千九百多年的汉碑《三老讳字忌日碑》，被人辗转卖到上海，落入日本人之手。这块碑是东汉建武年间的遗物，是浙江仅有的两块汉碑之一（另一块是《跳山丈吉买山地记》），很有历史价值。吴昌硕得知消息，就发动西泠印社社友募集八千元巨款，把它赎了回来。现此碑珍藏在专为它而造的"汉三老石室"里。

张樾丞及其"同古堂"

在北京的琉璃厂,有一家图章墨盒刻字店,名叫"同古堂"。其创始人张樾丞,是驰名的篆刻大师。新中国成立时,第一枚中央人民政府的大印就是他镌刻的。

1881年张樾丞出生于河北新河县。幼时家境贫寒,十四岁便徒步到北京,在琉璃厂"益元斋"刻字铺当学徒。他不吸烟,不喝酒,不饮茶,不打牌,唯喜看书和钻研技艺。在他十八岁那年的一天,有位顾客领取印章后,对质量颇为不满,提出了难度很高的字样要求。正在店主和各位师傅面露难色、双方僵持不下时,他挺身而出,痛快地答应了下来,在场的人无不为他捏一把冷汗。过后,他不慌不忙地刻了起来,并按时把刻好的印章送到顾客府中,那顾客对印章非常满意。从此人们便对他另眼相看,店主破格让他提前出师。

张樾丞出师后,在"来熏阁"租了一柜台,开始了自己的刻字生涯。他所以选中"来熏阁",主要是看上了此处规模大、收藏广的特点。他白天刻章,晚上看书练字,而且常与一些文人墨客交往,从而使他在学识和技艺上取得了突飞猛进的进步,其印作独具慧心,遒劲有度,慕名前来刻印者与日俱增。有一天,"藻玉堂"店主请他为梁启超刻印章,他用尽平生绝技,刻制了梁启超亲笔书写的"龙飞虎卧"四个大字。梁启超看后倍加赞赏,此章成了他的成名之作,被内行人称之为"铁书银钩"。

1912年,张樾丞自己在西琉璃厂开了一处图章墨盒店,有门脸三间。谈到店的名称,还得从张樾丞的一次奇遇说起。原来,张樾丞有一个收藏文物的爱好,每天早上都要到"鬼市"去遛上一遭。有一天,他在地摊上见到一个生满铜锈、布满黑泥的旧铜盒状、似脸盆又不是脸盆的铜盆。虽不清楚做什么用,但总觉得有些来头,便决定买下来。张樾丞知道,你越是想买的东西,越要装作漫不经心,否则,摊主见你特别重视,非得坑你一把不可。于是,他把铜盆随手扔在一边,然后找了几件不值钱的小玩意儿琢磨起来。小贩见他喜欢,便开始漫天要价,张樾丞和他争了一会儿,顺口说道:"好吧,不争了,谁让我喜欢呢?不过,你得把那个破脸盆搭给我,拿回去喂鸡用。"小贩一看占了便宜,就顺口说了声"拿去吧"。

张樾丞回到家,里里外外一清洗,铜盆终于露出真面目。只见其四周刻满凹凸不平的文字,兼有图腾花纹,原来是一绝世珍宝——汉代铜鼓。他惊喜万分,决定借其谐音,给自己的图章墨盒店起名为"同古堂"。

同古堂主要是刻制印章和铜墨盒,兼营字画古玩。由于技艺超群,引来许多名人要人常在此谈古论今、切磋技艺。蔡元培、胡适、徐世昌、段祺瑞、康有为等都曾至此一游。清逊帝溥仪听说后,下诏令其刻制了"宣统御笔""宣统之宝"等御玺,后来均成为传世之作。

刘淑度篆刻成名

刘淑度这个名字,也许有人不知道。但是她为鲁迅先生刻的"鲁迅""旅隼"两方印很多人都见过。鲁迅常把它钤在书的封面上。

齐白石弟子很多,其中有三个专学篆刻的弟子,刘淑度是唯一女性,还是佼佼者。1925年刘淑度在师大附中女生班读书时,国文教师董鲁安看了她刻的印,说可以拜齐白石为师。书法家张海若看了她刻的印,也建议她去找齐白石。于是刘淑度找到了北京艺专学生、齐白石的学徒李苦禅,求其向齐说项。李与齐白石老人谈及此事后,齐借口年老,不肯接收。1927年齐白石破例收年龄超过四十的于非闇为徒,李苦禅又向老人提及此事,齐白石要求看看刘淑度的作品。他一看刘刻的印后,立刻说:"叫她来吧!"于是刘淑度拜在齐白石门下,成了当时唯一的女篆刻家。1932年齐白石亲自为刘淑度订润例,挂笔单,每字两元。他在笔单上写道:"门人刘淑度之刻印,初学古人得汉法,常以印拓呈余,篆法刀刀无女儿氛,取古人之长,舍师修之短，殊为闺阁特出也。"

这张笔单很出名，当时我在琉璃厂淳善阁看到过，曾一时传为美谈。

1930年刘淑度在女师大毕业。翌年到燕京大学帮助郑振铎编《中国文学史》，这时郑振铎托她为鲁迅镌了上述两方有名的印。刘淑度持两印请齐白石指正，老人指出"旅"字布局不好，建议磨掉重刻。但郑振铎急于和茅盾携印赴沪，来不及重刻，就只好如此了。这一时期，刘淑度为郑振铎、冰心、郭绍虞、顾颉刚、俞平伯、许地山等著名作家都刻了印。

1946年齐白石应邀到南京、上海举办画展，刘淑度在南京见到了阔别多年的齐白石老师。当时齐白石已在刻"年八十六矣"这方印，就随手为她用自己调的印泥盖了本印谱，首页就盖了这方印，前面亲笔写了篇序：

> 淑度白石之门人也，北京别来已越六载，今逢于南京，值予正刊此印，求拓之，以记事。
>
> 丙戌十一月一日

不见刘淑度几十年矣。友人来信说，老人健在，已八十多岁，有时偶尔挥刀治印，海外华人如杨振宁、李政道、丁肇中等都求她治过印。听说最近北京图书馆、北京师范大学要出版她的印谱，作家冰心已为之写序。

装裱大师刘金涛

友人在北京购得一幅名画,特请装裱大师刘金涛装裱,一饱眼福,果然名不虚传。正应了大画家傅抱石讲的:"三分画,七分裱。"确实,好的裱工不但可使作品大为增色,而且可以使其"延年益寿";蹩脚的裱工则会使作品大为减色,甚至因此受到不应有的损坏。

1934年,年仅十二岁的刘金涛从河北省枣强县沿途乞讨到北京谋生,在琉璃厂裱画店学徒时,起早贪黑,刻苦学艺,十年后,终于练得一手好装裱技术。他拿出平时自己省吃俭用积攒下的一笔钱租得半间房子,便自己开业裱画。可是由于他年轻,而裱画又是个"利小关系大"的行当,所以开始生意不太好,只能勉强度日。

1946年,绘画大师徐悲鸿出任北京艺术专科学校校长,在一次偶然的机会里他看到了由刘金涛装裱的一幅画,大为赞赏。当结识刘金涛之后,更是喜欢这个为人敦厚的年轻人。为了帮助刘金涛,一天,徐悲鸿设家宴,向应邀赴宴的齐白石、叶浅予、蒋兆和、李苦禅等著名画家介绍刘金涛,并请诸位画家每人作画三张,交刘金涛装裱。装裱好的画展出时,盛况空前。徐悲鸿还专为刘金涛题写了门匾"金涛裱画处",刘金涛从此名声大振。昔日门前冷落的金涛裱画店,很快生意兴隆起来了。

刘金涛裱的字画干净、平整、柔软,镶料与书画颜色搭配恰当,色彩协调,明朗典雅。一件书画作品,一经他装裱,其墨色的变化,光线的明暗,用笔的气势,都会立时显现出来,宛如锦上添花,成为一件珠联璧合的艺术品。因此,他深得书画家们的信赖。据说徐悲鸿珍藏多年,盖有"悲鸿生命"印记、世人称为"国宝"的古书《八十七神仙图》,北京人民大会堂有一幅关山月、傅抱石合作,长达二十四米的巨幅国画《江山如此多娇》,还有齐白石送给毛泽东的《松鹰图》等皆出自这位装裱大师之手。

吴作人曾为刘金涛题字:

> 余与刘金涛之谊至今已四十余年,京华诸名画家莫不求其裱画。他虽已过花甲,壮心仍不减当年,仍孜孜为之尽劳,精益求精至可钦佩。

20世纪40年代末,笔者曾与刘金涛有一面之交,深感其不仅技艺精湛,人品也颇为厚道。书画家为了作品的艺术效果与艺术生命,对裱师总是不惜一切地打交道,"卑辞厚币,如待厚宾"。

可刘金涛总是把钱看得很淡,而把友情看得很重。他铭记徐悲鸿对他的教诲:"做裱画艺人,不做裱画商人。"

逸闻趣事
YiWen QuShi

吴昌硕为平民作画

中国近代著名画家吴昌硕,清道光二十四年(1844)出生于浙江安吉一个清贫的读书人家,青少年时期辗转于苏州、杭州、上海等地,寻师访友,刻苦学艺。初从俞樾学辞章文字,后向任伯年学画。因其能够博采众长,匠心独运,于是技艺大进,声誉日隆。

吴昌硕中年以后,名声显赫,所作书画,成为当时士大夫争相收藏的珍品,许多达官贵胄都以能够得到一纸他的笔墨为荣。处在盛名之下的吴昌硕,却仍然保持了同普通百姓的深厚情谊,对下层小人物求画,他皆慨然应允。

在寓居苏州时,有一次,他从友人家出来,途中突降大雨,无奈只得到一破门楼下避雨。当时,正好有一卖豆浆的小贩也来此避雨,他遂要了一碗热腾腾的豆浆,一边喝,一边与之聊天,谈得很是投机,交谈之下,当小贩得知眼前即为大名鼎鼎的吴昌硕时,就请为其作画,他当即应允,并约好取画时间。临分手时,小贩坚决不收豆浆钱，吴昌硕遂婉词劝说："你每天做小生意很辛苦，赚几个钱也不容易，我的钱总比你来得容易些。"说完硬是把钱塞给了对方。事后，这位卖豆浆小贩到吴寓取画时，他将早已画好的一幅画取出，并题诗记叙二人雨中邂逅经过，将画送给这位市井常人，作为纪念。

还有一次，一位日本友人在上海六三园宴请他。席间，日人请他作画，他即与友人合作了一幅。没想到，为宴席歌舞助兴的日本歌伎，当得知被宴请者是赫赫有名的大画家时，也想请他赐画，但又自觉身份低贱，一直不好意思启齿。后来，他无意得知对方心思，便慷慨对歌伎道："来，来，我给你画。"不巧，此时画纸已经用完，情急之下，歌伎便脱下斗篷递给他，他接过后，展开衬里，挥毫泼墨，顷刻而就，欣然盖上印章，遂博得满堂欢呼。为此，日本歌伎感动得热泪盈眶，双手恭恭敬敬地接过斗篷，口中连连称谢不止。

由于"天下大手笔"为歌伎斗篷作画，一时间传为佳话，人们都称赞他不轻视贫贱的崇高品德。

吴昌硕乐于为平民作画，心系民众，同时在官场上从不曲意逢迎。他在上海时间较长，与任伯年、蒲华、胡公寿等过从甚密，为上海画派的重要代表。他在五十多岁时，曾出任安东县知县，亲身体验了不行贿受贿、不去违心地奉承上司，便难以做官。于是，吴昌硕上任不到一个月，便辞去县令之职，并自刻印章曰："弃官先彭泽令五十日",此后以卖画为生,甚是贫困,故而取"酸寒尉"自嘲,任伯年还给他画了一张"酸寒尉"的像,他一直珍存。

辛亥革命后,吴昌硕与同道在杭州成立了西泠印社,他被公推为社长。吴昌硕欣然就任,并当场为印社撰写一联:

印讵无源?读书坐风雨晦明,数布衣曾开浙派;
社敢何长?识字仅鼎彝瓴甓,一耕夫来自田间。

于右任茶庄书匾额

盛夏溽暑，北京人品茗，颇讲究味道与色泽，亦讲究茶具与茶庄字号。就茶庄而论，20世纪40年代之佼佼者当属前门外珠市口通衢南侧的永安茶庄。

永安茶庄开业于1935年，本号设在通都大邑天津市河北大街，而位于文物荟萃之地的北京则设分号，因其匾额系国民党监察院长、现代著名书法家于右任先生所书，兼之所售自制"拼茶"芬芳馥郁，别具一格，故天下文人墨客与村客野老，无不慕名纷至沓来，借鬻茶之机兼而瞻仰于先生墨宝。

于右任先生原名伯循，号骚心，清光绪五年（1879）出生于陕西渭北高原三原县鲁桥村的一个普通农民家庭。据于右任《于母房太夫人行述》一文所记，于先生幼年丧母，伯母房太夫人携至外祖家抚养。清光绪二十九年癸卯（1903）领乡荐，中举人。同年冬，陕甘清吏，以右任所为诗，倡言革命，大逆不道，据以入奏，及赴试汴梁春闻，而逮捕之令下。得李雨田先生帮助遁于沪。1904年在上海参加光复会，旋即为同盟会会员，追随孙中山先生从事民主革命活动。曾被清政府驱逐出境，逃亡日本。1911年辛亥革命，翌年在南京临时政府任职。1918年任陕西靖国军总司令，率师北伐段祺瑞。此后长期任国民党监察院院长。1964年逝世并安葬于台湾。

于先生学书伊始，宗赵孟，继而专攻魏碑。他每于军务之暇，四处奔波苦心搜索魏墓志、魏造像记等书法珍宝，博采，约取，精读并融会变通，寓创新于继承。前期书作，着力于尽兴挥洒，笔力雄健，大气磅礴，于爽朗洒脱中表现出一种强悍奇崛的性格。1927年前后，于先生开始研究草书，1932年他发起成立草书社。于先生在草书研究上亦博稽约取，去芜存精，既能继承传统，又不泥古不化。他的草书以形美，笔简为其结体特征。于先生主持编成的《标准草书》，发千余年不传之秘，总结了草书规律，对中国书法艺术的发展作出了卓越的贡献。

于先生所书"永安茶庄"匾额，是北京商贾中绝无仅有的珍品。其笔法特征熔楷、隶、行、草于一炉。横画或上仰或下俯，绝不僵直，左低右高与右低左高错综参差，映带呼应。撇则于伸展挺拔中略带波势，圆融处体现了使转的笔趣和力度，大有壮士屈臂回腕之力，惊蛇入草之逸象。

金北楼父子办画会

在20世纪二三十年代，北京绘画团体最引人注目的要算湖社画会了。

提起湖社，首先令人想到清末民初的画坛巨星金城。金城是浙江吴兴人，字巩伯，一字拱北，号北楼，又号藕湖。幼年即嗜画，博学多才，书画篆刻金石六艺无所不精。山水承继马、夏，人物楷摹唐、仇，花卉擅袭恽南田之没骨画法，而且在前人基础上有所创新，对传统绘画技法及理论极有研究，为清末民初画坛之巨星。

1920年春，金北楼先生联合当时画界名流，创办了"中国画学研究会"，并被推为会长。其创办动机乃出于："中国画学因潮流趋新，转又渐晦，为提倡风雅，保存国粹。"

第一次世界大战后，侵华列强先后退回庚子赔款，指定用于兴办文化事业。其中，日本退款中的一部分即用于办"中国画学研究会"。因此该会成立后，即与日本美术界取得联系，1920年首届联展在北京南河沿"欧美同学会"举行。二届联展翌年在日本东京举行，时金北楼先生携中国北方画家作品，亲自东渡日本主持展览。第三次联展于1924年在北京、上海两地举行，中国南北画家的作品都参加了展览。第四次联展于1926年6月，在日本东京及大阪两地举行。金北楼先生再次携带展品，东渡日本。此次展览规模增大，盛况空前，在日本文化界引起了很大的反响。

是年春天，我曾随先辈到东四钱粮胡同十四号先生寓所登门造访。其时，先生正给其弟子陈少梅讲画。先生尚未过中年，精力旺健，踌躇满志。记得他介绍陈少梅时说："我一生教授弟子甚多，他是最小的，却是我最得意的。现在他画得很好，将来前程无限，故我为他取号升湖。承吾业者，必升湖也！"当时陈先生还是少年，后来成就却果如先生所言，足见先生眼力之过人。不料想半年之后，先生却已作古，"画学研究会"同人及海内外画家无不痛悼。

为追念他致力于中日文化交流之功，1926年，日本政府特授予他勋三等瑞宝章，日本名画家渡边专程参加了悼念活动。后渡边先生每念及金北楼，总禁不住潸然落泪。

1926年金城去世后，其子金开藩（字潜庵、号荫湖）继承父志，会同其父的入室弟子陈缘督（梅湖）、惠孝同（拓湖）、赵梦朱（明湖）、陈少梅（升湖）等在金北楼故居钱粮胡同十四号组织画会,因金北楼生前为其入室弟子所取之号皆带"湖"字,故以"湖社"称之。当时张学良将军曾捐款支持画会,并且亲自为画会举办的展览剪彩,参加画会的活动。

当年湖社的董事会设在中山公园水榭,会员定期聚会,切磋画艺。同时还出版《湖社月刊》,刊登古今名家作品及书法、篆刻、画评、画论、诗词、轶闻等照片和文字。其发行量很广,行销日本、美国、加拿大、古巴及东南亚等十几个国家和地区。

湖社成立之后,许多著名画家如王雪涛、吴镜汀、胡佩衡、汪慎生等相继参加,人数最多时达四百余人。社会上各界名流也慕名而至,如著名画家张大千、陈半丁,京剧艺术家梅兰芳、言菊朋等都与湖社有交往。大画师齐白石不仅送画祝贺,并且为《湖社月刊》第一百期题写了刊头。同期还刊登了一百位名人的题字,其中有于右任、徐世昌、曹汝霖、何丰林、吕公望、蒉碧、谭祖任、吴湖帆等。美国画家克郎贝卡克所绘金北楼先生铅粉像一帧,也刊登在这一期。

湖社会员继承了金藕湖的艺术风格,以"出古人之行,立国梓之上"为宗旨,注重国画之表现力,强调画家的功力,尤其对没骨画、干骨面更有研究。湖社在日本和欧美多次举办展览,在比利时举办的国际博览会上,湖社会员曾获得十七面奖牌。

1931年春,湖社在天津成立分会,由除少梅、蒋养浩前往主持,参加者异常踊跃,开拓了天津美术界的新局面。

1937年,卢沟桥事变后,湖社画会被迫解散。近闻湖社画会在北京又恢复活动,由老会员、著名画家孙菊生担任会长,在琉璃厂开设了门面,并挂出张学良当年手书的匾额。据说金开藩之子金鲁瞻先生尚健在,会员有赵梦朱、溥杰、陆鸿年、田世光、宴少翔等书画界名人。

张大千临画"匿迹"趣闻

记得1937年,大千先生在天津永安饭店举办画展,经人介绍结识了天津著名企业家范竹斋君。大千先生得知范收藏有许多名人书画,于是,便想一睹为快。范当即同意,并将一幅幅珍品拿出来供大千先生欣赏。其中有清末吴昌硕画的《十二条花卉》(一种花卉表示一个月份,故为十二条),有清末陆廉夫画的《十二条山水》,还有清末马家侗画的《十二条山水》和明代陈老莲画的《荷花》等。大千先生对陈老莲画的《荷花》反复玩味,爱不释手,就开玩笑地对范说:"你把陈老莲《荷花》和吴昌硕《十二条花卉》换给我怎么样?"范听罢微笑着答道:"那你打算用多少张画来换呢?"说完,二人相视大笑起来。玩笑终归是玩笑,待大千先生看完画,范没有再提换画之事,而是郑重提出请张为他画十二条山水画的要求,拟用重金酬谢,以备范竹斋本人七十寿辰时悬挂。

大约半年后,也就是1938年3月间,大千先生在北京颐和园昆明湖畔完成了那幅巨制《十二条临古山水画》，在范竹斋七十整寿之前送到了范家。

此消息一经传开，书画爱好者和古玩商们接踵而至，争看此新作。笔者有幸也忝列其间。该巨制是临唐、宋、元代诸家各四条，按年代顺序分别是：《临唐代阎立本西岭春云图》《临唐代王维江山雪霁图》《临唐代杨升峒关蒲雪图》《临唐代李昭道海岸图》《临宋代范宽临流独坐图》、《临宋代山水人物图》《临宋代朱友人清溪春晓图》《临宋代沈子蕃革丝山水人物图》《临元代王蒙清浦垂钓图》《临元代倪瓒小山竹树图》《临元代盛懋苏长公行吟图》《临元代孟王山水人物图》。大千先生在十二条之一的《临元代王蒙清浦垂钓图》中题有"戊寅三月昆明湖上写拟，竹斋兄方家博教，大千张爰"。大千先生时年四十岁。

1939年，天津发生了大水灾，范家院内水深达两米左右。水灾过后，就传出了大千先生的这十二条临古巨制山水画毁于大水的说法。从此，这"巨制"便"匿迹"了。

而今出现，据报纸介绍，原来在当年的大水灾中，"巨制"是装在硬木匣中，且藏于三楼画库，滴水未沾，完好无损。

"二石"与悲鸿

中国画家向有"南北二石"之称,即北齐白石、南傅抱石,而发现和赏识"南北二石"者,正是艺术教育家徐悲鸿大师。

20世纪20年代,齐白石定居北京,以卖画为生。他反对保守,勇于创新,以"我行我道,我有我法"的精神,全力进行艺术上的创造。当时的京派正宗画家,出于旧时代封建士大夫的文人偏见,竭力诋毁齐氏绘画艺术。凡举办国画展览,齐氏的画只被挂在阴暗的角落,且标价极低。

1929年9月,年仅三十四岁的徐悲鸿担任北京大学艺术学院院长。一天,应几位学生相邀,去参观一个中国画展览。

宽敞的大厅里,一幅幅装裱精致的国画令人眼花缭乱。徐悲鸿看了一会儿,感到不太痛快。因为不少作画者墨守成规,闭门造车,致使画面陈旧,使观者兴味索然。

他陷入了沉思。忽然,挂在角落里的一幅小画引起了他的兴趣:画面上画着几对虾,只见它们体若透明,摇须晃尾,生动、逼真、传神。这位曾经观赏过世界许多名画的大画家,居然为眼前那笔法娴熟的无名作者感叹不已。他以过人的慧眼,发现了一位出类拔萃的人才,暗暗地看着"齐白石"三个字点了点头。

"徐先生,这位齐白石是个六十多岁的老头,听说他从前是个木匠,画得不怎么样!"旁边的一位学生说。

徐悲鸿听了摇摇头说:"不!我是为这个怀才不遇的先生感到惋惜,真没想到在这个角落里还藏着一位杰出的国画大师啊!"

突然学生冷笑起来:"哈哈,你真会开玩笑,居然把一个性格怪僻、土里土气的乡巴佬当大师!"

徐悲鸿的脸色突然严肃起来:"我不是开玩笑,我不仅要去拜访他,而且还要聘请他当教授,这样的人才不重用,实在可惜!"

此后,徐悲鸿真的三次拜访齐白石,而且要聘请他当国画系的教授,但是一再被齐婉言谢辞。齐白石说:"徐先生,不是我不愿意,是因为我从来没有进过洋学堂,更没有在学堂里教过书,连小学、中学都没有教过,如何能教大学呢?"

徐悲鸿告诉齐白石先生,不需要他讲课,只要他在课堂上给学生作画示范便可,并且说:"您放心,我一定在旁边陪着您上课。"

过了些时日,徐悲鸿终于聘请到了齐白石任北京大学艺术学院国画系教授,并亲自乘车接送他上课。当徐悲鸿看到齐白石慎重地、沉思地举起画笔,异常精练地绘出栩栩如生的虾、螃蟹、青蛙和飞翔在残荷上的蜻蜓、惹人喜爱的小鸡,以及清新秀丽的山水时,给予了"致广大,画精微"的高度评价。

在学院里,三十多岁的徐悲鸿和六十多岁的齐白石,竟亲密融洽,互相尊重。他们常在一起谈画、谈诗、谈文章、谈篆刻,各抒己见,彼此有许多相同的见解。

一年后,由徐悲鸿亲自编辑、作序的《齐白石画集》问世了。它好似一阵春雷,震撼了当时保守气氛笼罩的中国画坛。齐白石以"我行我道,我有我法"的精神,全面进行艺术创新的举动,开始为画家们所赞赏了。原来那种出于旧封建文人的偏见、竭力诋毁齐白石绘画艺术的言论,逐渐没有什么市场了。

从此,二人结下了生死不渝的深厚友谊。齐氏激动之余,精心绘制了一幅山水画送给徐悲鸿,并在画上题诗:

少年为写山水照,自娱岂欲世人称。
我法何辞万口骂,江南倾胆独徐君。

傅抱石原名傅瑞麟,出身于江西南昌市一个穷苦人家里。约十七岁时，曾将石涛所著《苦瓜和尚画语录》中的一些精辟章句，作为座右铭抄录张贴，下面题款"抱石斋主人"，这便是傅抱石名字的由来。一次，年轻的傅抱石带着一卷画，去请客居南昌的徐悲鸿指点。悲鸿看了极为赏识，后资助他去日本留学深造。待学成归来，又推荐他到中央大学艺术系任教。

徐悲鸿慧眼识"二石"，无愧为画苑伯乐。悲鸿一生做了不少好事，而本人却一直身世坎坷，道路不平。有人说他性情过于拗直，他却谨遵"人不可有傲气，但不可无傲骨"这一信条。他曾为犹太富翁哈同画像，后感到富翁们并不尊重他的艺术，而只是开心消遣，附庸风雅而已，便不计优厚待遇，当即辞别了。

20世纪20年代，徐悲鸿在欧洲留学期间，曾受一外国留学生歧视，被辱骂为"天生的亡国奴""永远成不了材"，他勇敢地接受了挑战，用"一杯水，一块面包"的艰苦生活和顽强刻苦的钻研精神屡获优异成绩。他的油画《远闻》《箫声》《琴课》等展出后，轰动了巴黎美术界。他用实际行为向那个狂傲的洋学生证明了"到底谁是人才，谁是蠢材"！

齐白石与朱屺瞻的画谊

朱屺瞻绘画受齐白石影响,刻意变化,终成大师,谈起他俩的交往,真是情深谊长。

1929年,朱屺瞻在"第一届全国美术展览会"上见到一幅山水画,署款"白石"。此画笔墨奇崛,富有大家气势,他十分敬佩。事情也巧,当年秋天,他在徐悲鸿的寓所见到齐白石为徐刻的印章,刀触势通雄逸,朱屺瞻连连赞叹。徐悲鸿见他如此赞赏白石的治印,便为他向齐白石求章。不久齐白石寄来了一方精致的印章。两位画坛大师虽未见过面,但追求的意趣相投。这时齐白石已是古稀之年,朱屺瞻还未到四十岁,他们便成了忘年交。

此后,他俩书画交往不断。1936年,朱屺瞻为自己的书斋"梅花草堂"集画,齐白石不但赠画,而且写诗一首:

白茅盖瓦初飞雪,青铁为枝正放葩。
如此草堂如此福,卷帘无事看梅花。

诗、画、字皆佳，为"梅花草堂"收藏中之精品。齐白石还专门在画上落款云："屺瞻先生既索予作梅花草堂画并题诗句，又索刻石，先后约四十印，今天索画此墨梅小幅，公之嗜痂可谓癖矣。当此时代，如公之风雅，欲再得未必能有，因序前事以记知己之思，神交之善，非好多言也。"可见两位大师友情之深。

不久，抗战爆发，日军侵犯上海、太仓、昆山、苏州等地。朱屺瞻义愤填膺，当日写信给齐白石云："吾以为虽无力救国，必当以清白处世，劲节自励，决不做俯仰随流之人，因请先生刻《劲节冰霜》《傲霜》《师竹》《崛强风霜》等印。"齐白石接信后，当即刻了印，自制木匣，亲书地址寄出。一学生见此说："齐先生，此等劳作，尽可差旁人去办，何必亲自操劳？"齐白石不以为然。这时，他俩的友情已从书画之谊升华到爱国之情。

1946年，齐白石应他人之邀南下途经上海，见到朱屺瞻，连连说："想煞我也，想煞我也。"当时齐白石住在愚园路，朱屺瞻每天登门拜访，欢谈竟日。齐白石返京时，特以十二寸半身照相赠，照片上写着"常相见"三字，并嘱朱屺瞻悬挂床头，以象征两人日日相见。朱屺瞻特将二十年来齐白石赠他的数方印，编成"梅花草堂白石印存"请齐白石作序，以纪念他俩的友情。

徐悲鸿的一次画展

1943年,徐悲鸿先生在成都举办了一次个人画展。当时我作为一名美术爱好者,欣然往观。当我站在一幅题为"田横五百士"的油画前,正细细品味的时候,身后忽然传来了一阵"OK! OK!"的洋文赞美声,我回过头去,看到余中英市长正指着一位身着灰色旧西装的中年人向一位外国人介绍说:"这就是徐先生。"于是我便也追寻过去。

我随他们走到一幅《巴人汲水图》的水墨画前。这是一幅立轴,粗粗的线条勾勒出一个个挑水夫从嘉陵江边挑着水,沿着百级石阶往上攀登的景象。徐先生指着画面上一个正在江边打水的挑夫说:"找这个形象好难啊!为了表现我们民族抗战的意志,我特地选择了在炮火轰炸中的重庆人挑水的场面。但一时苦于找不到一个情怀宽广、生命力旺盛的原型,勾了好几张素描都扔掉了。后来在乡下遇到了一个癞痢头。癞痢头很丑,是吧?但你看他小腿暴胀的肌肤,强壮的胸肌;看他扁担不离肩,侧桶打水时那腰部的力量；看他逼视江水的双眼和反光的秃顶，谁还会觉得他丑呢？"这一番分析，使周围的人不由得点头称是。

徐先生走后，我又站在一幅《会狮东京》的水墨画前。四只雄狮，从东南西北啸聚于东皋磐石之上，巨头长鬣，目瞪口张，尾加竖鞭，顾盼生风，傲视四野。虽是一幅画面，但呼啸之声，豪放之气，却犹如震耳，实是一幅预言反法西斯战争必将胜利的凯旋图。

徐先生的作品，既有豪迈奔放的巨幅，也有诙谐幽默的讽刺小品，至今还记得一幅《墨猪图》，以浑染之笔墨，描绘了一只丑态毕露的猪。画面除肥头细目、软耳短腿和圆臀之外，别无所见。画上题有七绝一首：

少小也曾锥刺股，不徒白首走江湖。
乞灵无着张惶甚，沐浴薰香真墨猪。

徐悲鸿的"无枫堂"

1928年国画大师徐悲鸿受聘为南京中央大学艺术系教授,全家由上海迁居南京中大宿舍。住屋是旧式楼房,共住有四家教授,蒋碧微的父母也与他们住一起。由于拥挤,徐悲鸿总到艺术系画室去作画。后在钱昌照等朋友帮助下,徐氏聚积卖画所得,于1932年在南京傅厚岗六号造了一座带画室的公馆。

徐悲鸿搬进新居时正是"九一八"事变后国难深重的严冬,徐氏为不忘国耻和居安思危,便将新居取名为"危巢"。但蒋碧微认为此名不吉利,不久便被取消。蒋碧微将公馆布置得一派法国气氛,给人以雍容典雅之感,可舒雅的环境未能给徐氏带来快慰,反使徐氏郁郁寡欢,愁肠百结。

此时蒋碧微醉心于应酬享受,徐悲鸿则潜心于绘画艺术。在徐悲鸿任教之时,对女弟子孙多慈的才能颇为欣赏,常常课外点拨,师生感情甚笃,不久坠入爱河。徐氏刻一印章曰"大慈大悲",以暗合二人之名。后为夫人所闻,大肆吵闹,弄得满城风雨。

在新居落成之时,孙多慈特购枫树苗百株作为点缀庭院之用,也为祝贺老师新画室的建成。但事机不密,又为蒋氏知道,怒不可遏,嘱用人将树苗尽折之,做炊火之薪。徐氏异常气恼,但慑于夫人之怒,只好忍气吞声,乃为其室名"无枫堂",并刻"无枫堂"印章以抒郁愤和不忘多慈。那一时期他的画也多以画枫树为题材,并钤上"无枫堂"印章。以后徐蒋关系每况愈下。抗战军兴,徐独自西去,蒋则紧追不放,但终因和好无望,长期分居,二人形同陌路。

1942年夏,十九岁的女学生廖静文由湖南往广西投考南宁大学,因日机轰炸而在桂林下车,不久投考了中国美术学院图画管理员,时主考便是美院院长徐悲鸿。他们从偶然的邂逅到互相了解而产生感情,这给心灵遭受过创伤的徐悲鸿带来了新的慰藉和生活希望,但廖氏从未想到会和比他长二十多岁的名画家结婚。1943年廖静文考取了金陵女子大学后,还劝说徐找一位合适的伴侣,年近五旬的徐悲鸿却坚定地说:"我宁愿等待你四年!"廖静文被深深地感动了,知道当时已疾病缠身的老师非常需要人照顾,所以不到一年她又从金陵女大回到徐的身边,于1945年毅然与徐氏结合。徐悲鸿最满意的作品总是题上"静文爱妻保存"数字,可见他俩间的恩深义重。

徐悲鸿与廖结婚前，由杨仲子等人出面与蒋氏协商离婚，经过多次往返谈判，并由沈钧儒等人作证，才得以实现。但蒋提出的条件很苛刻，除了徐悲鸿画的百幅字画、巨额款项之外，还要求将"无枫堂"公馆也让给她。为避免纠缠，徐悲鸿慨然应允。同年蒋碧微由重庆返回南京，将无枫堂修缮一新，以高价出租给法国新闻处，自己在庭院空地上另盖了一所楼房，作为她和新夫张道藩的寓所。

张大千与溥心畬的书画缘

早在1928年秋,张大千就经陈宝琛的得意门生、人称"清末诗坛第一人"的陈散原(三立)介绍,在北京后海恭王府萃锦园结识了溥心畬。

溥、张交往最密的一段,是在20世纪30年代中期(1934~1938)。这时溥心畬由一个深居王府、靠典卖祖传文物遗产为生的旧王孙,开始步入北京画坛,靠卖画鬻书为生;而张大千则早已是一位以专卖画为职业的画家了。为了扩大卖画市场,张大千经过多次探听虚实,终于由十里洋场的海派画坛闯进了传统势力深厚的京派画坛,连连在北京举办画展,声誉鹊起。

1934年,张大千重游北京,随身拿出一幅手卷,请溥心畬题诗。溥心畬打开一看,原来是张大千1929年作的《三十自画像》。这是一幅四尺立轴,画中人宽袖长袍,虬髯秀目,神采奕奕,背景是一棵并砥双枝的参天古松。画的四周题满数十位当代名流的诗文,其中有张大千的老师、名画法家曾衣髯，诗坛泰斗陈散原，著名学者朱强村，诗人兼书法家林山腴、谢无量，书法家叶恭绰，画家黄宾虹、吴湖帆等。溥心畲稍稍沉思了一会儿，便挥笔在空白处题了一首五言古诗。诗云：

> 张侯何历落，万里蜀江来。
> 明月尘中出，层云笔底开。
> 赠君多古意，倚马识仙才。
> 莫返瞿塘棹，猿声正可哀。

这次题赠也许是溥、张定交后的第一次书翰墨缘。不久，他俩合作了一幅《松下高士》，溥心畲画松，张大千补高士及山石，并题诗道：

> 种树自何年，幽人不知老。
> 不爱松色奇，只听榕声好。

画上钤了四方石印："张爱松印""蜀客""溥儒""旧王孙"。值得一提的是，这四方印中的"蜀客"对"旧王孙"，相映成趣。蜀是四川，是张大千出生之地，但"蜀"字谐音"俗"，俗客者平民也。以一个平民的"俗客"身份与曾经是万户侯的"旧王孙"合作书画，情趣油然而生。这方"蜀客"印章，是张大千为了配"旧王孙"之印而亲自篆刻的。

溥、张都是诗书画三绝的文人画家,都是多面手,又都以山水著称。一个主北宗,偶写南宗;一个主南宗,兼写北宗;一个是雍容华贵写山水,一个是乱头粗服写山水;一个是北方人,一个是南方人。基于以上的一些特点,北京琉璃厂集萃山房经理周毅侯一次当着溥、张两位和于非闇的面提出了"南张北溥"之说。于非闇心领神会,当即在集萃山房写下一篇《南张北溥》的短文,后来发表在《北京晨报》上。文中写道:"张八爷(张大千行八)是写状野逸的,溥二爷(溥心畬行二)是图绘华贵的。论入手,二爷高于八爷;论风流,二爷不如八爷。南张北溥,在挽近画坛上,似乎比南陈北崔、南汤北戴还要高一点……"

从此,"南张北溥"在画坛不胫而走,声名日高。

当时北京的一些小官僚政客,为了附庸风雅,既想得到溥、张的合作书画,又不愿意出大价钱去买,往往私下求助于琉璃厂店铺中的小伙计,少出钱让他们去求画。这些小伙计摸透了北京各位画家的脾气个性。他们往往先到罗贤胡同张大千在城内的居处,叫一声"八爷,赏一幅画"。张大千笑着随手从画案上取过一小张宣纸,挥笔画一幅泼墨芋头之类的画给他们;得到画的小伙计又将这幅画拿到萃锦园,再喊一声"二爷,求你一块石头。"功夫不大,一幅溥、张合作的画就出来了。一些小官僚政客就通过这种办法,廉价地买到这样一张溥、张合作画。

溥、张合作,往往是在谈诗论画之余,心有灵犀一点通,发思古之幽情。有一天,溥心畬到张大千在北京城外寄居的颐和园听鹂馆做客,两人谈起北宋大学士、大诗人苏东坡的诗、文、词,兴味颇浓。张大千画兴勃发,在一张四尺宣纸上,寥寥数笔勾勒了一叶扁舟,舟上一位散发古人仰首而坐,然后对溥心畬说道:"请心畬先生补景。"溥心畬心领神会,以宋元笔法补上了赤壁山水,一改明山秀水为黑山白水。张大千在一旁看了,不由捋须呵呵大笑道:"好一幅《东坡居士赤壁夜游图》!"

又一日,张大千取石涛画荷之法,画了荷花中难得见到的一茎四萼的"四面莲",请溥心畬题诗。溥心畬欣然提笔写道:

池塘秋日净,荷花晚及香。
菖菡多凌水,飘然送夕阳。

在日寇入侵、民族危急严重的时刻,溥、张忧心如焚。他们借诗画抒发内心的忧国之情。据书家黄均先生回忆,北京沦陷前夕,有一次,他到寒玉堂向溥心畬请教诗文,适逢张大千也在座。溥、张议论了一番北京时局,不一会儿,张大千站起身来,走向书案,从笔筒里取出了一枝大毫,挥笔画了一棵老树,这棵老树被风刮得摇摇欲坠,可是树身上缠挂的藤条却依然相安无事。溥心畬站在

一旁看着,长叹一声,稍稍沉思了一会儿,挥笔题诗道:

大风吹倒树,树倒根已露。
尚有树枝藤,清清犹未悟。

然后题上"秋意图"三字。这幅画经他题诗点题后,意境显得更为深远。

"七七"事变后,北京沦为日占区,溥心畬由恭王府迁出,蛰居于颐和园万寿山,与住在听鹂馆的张大千结伴为邻,过从甚密。他们一起谈诗论画,切磋艺事,合作书画的机会更多了。《梅竹双清》《荷花鸳鸯》《细嚼梅花读汉书》等作品,都是这段时间合作的墨迹。

后来,张大千通过友人帮助逃离北京,辗转回到了故乡,蛰居在青城山上。溥心畬仍蛰居在万寿山。一南一北,遥遥相隔,整整分别了八年,后又在台湾相聚。

徐悲鸿与张大千

徐悲鸿和张大千,是中国近代美术史上的两位成就卓著的绘画大师。他们出生的年份相近,又几乎同时扬名海内外。尽管他们所走过的艺术道路不尽相同,但是在长期的交往中建立了深厚的友谊。

早在20世纪30年代初期,徐悲鸿任南京中央大学艺术系主任兼教授时,他就与张大千建立了画谊。据张大千的学生、北京画家刘力士回忆,1932年秋,他拜张大千为师学画时,在上海的张先生家里,曾看到过两幅老师的画像。一幅是张大千的《三十自画像》,另一幅是徐悲鸿为张大千画的全身正面像,无背景,画上题写着郑曼青的一首五言长诗。

张大千是个十分好客的人,他的家里经常高朋满座,当时徐悲鸿就是他家里的常客。他们在一起看画谈诗,一起用膳,一起摆龙门阵。徐悲鸿曾在《张大千画集》序中写道:

> 大千蜀人也，能治川味，兴酣高谈，往往入厨作羹飨客。夜以继日，令失所忧，与斯人往来，能忘世为二十世纪。

1933年1月，徐悲鸿应欧洲多国的邀请，前往举办"中国画展"。他携带了向国内的好友（如齐白石、张大千、高剑父、吕凤子等人）征集的作品和自己的佳作、收藏品，共二百余幅，先后在法国巴黎、比利时布鲁塞尔、英国伦敦、意大利米兰、德国柏林和苏联的莫斯科、列宁格勒等地展出。这次中国画展览震撼了欧洲艺坛。法国政府选购了其中的十二幅作品，并在国家画廊内开辟了"中国现代绘画展览室"，十二幅作品中，有一幅就是张大千的《金荷》；张大千的另一幅作品《江南景色》，被苏联政府购藏，陈列于莫斯科博物馆。这是张大千的作品第一次在欧洲展出。

徐悲鸿不仅向国内美术界介绍和评述张大千的作品，而且在他主持美术院系工作期间，多次聘请张大千担任中国画教授，而且与他一起带着艺术系学生上黄山写生；课余，徐悲鸿还请张大千到家里鉴赏自己收藏的名贵字画。

1946年8月，原在四川盘溪开办的中国美术学院迁到北京，院址就暂和北京艺术专科学校在一起。徐悲鸿任中国美术学院院长兼北京艺专校长，他又聘请张大千为北京艺专的名誉教授。

徐悲鸿十分推崇张大千独具个性的创作,尤其喜爱张大千的山水、花鸟画。他在《中国今日之名画家》一文中对张大千的评价是:

> 大千潇洒,富于才思,未尝见其怒骂,但嬉笑已成文章,山水能尽南北之变(非仅指宗派,乃指造化本身),写莲花尤有会心,倘能舍弃浅绛,便益见本来面目。近作花鸟,多系写生,神韵秀丽,欲与宋人争席。夫能山水、人物、花鸟,俱卓然自立,虽欲不号之曰大家,其可得乎?

张大千对徐悲鸿的人品和画品都很赏识。20世纪30年代,张大千在上海中华书局出版的第一本画集,就是请学西洋画的徐悲鸿写的序。他对徐悲鸿能将西画的长处融入中国画中,深表钦佩。他认为,徐悲鸿的画,笔墨好,能够寓书法于画法之中。他叹服徐悲鸿画的人物,但是更叹服徐悲鸿画的马。他曾经不止一次对人说:"徐先生画的马很绝,我学不到这一手。"

据说,有一次,有人问他对郎世宁和徐悲鸿画的马有何感想,张大千说道:"郎世宁的马,有许多西洋的笔法,不能算纯粹的中国画。"他还说过这样的话,从前我和两位中国画马的名家都是好朋友,一个是徐悲鸿,一个是赵望云。但是因为徐悲鸿比赵望云有名,因此赵望云很不服气。有一天,赵望云来问我:"大千,人家都说徐悲鸿画的马比我画得好,你说说到底是谁的好?"我说:"当然是他的好。"赵望云听了以后,大失所望,追问道:"为什么?"于是我说:"他画的马是赛跑的马和拉车的马,你画的是耕田的马!"从这段谈话中,也可以看出张大千对徐悲鸿画马的评价。

当然,张大千对徐悲鸿的作品也有过批评,比如他认为徐悲鸿画的马有一些是跛足的,而这种跛足是一个缺点。应该说这也是一种艺术批评,正如徐悲鸿认为张大千画荷喜欢用浅绛也是一个缺点一样。

过去一些有名望的画家,往往都喜欢收藏古代字画。他们的收藏是为了便于鉴赏,而鉴赏又是为了丰富和提高自己的创作能力和水平。徐悲鸿和张大千也不例外,而且是两位收藏颇丰的收藏家。有趣的是,这两位收藏家,由于鉴赏标准的不同,还交换了一幅在一般收藏家看来价值相差甚远的画卷。这就是张大千曾经用一幅清代金冬心的《风雨归舟图》换取了徐悲鸿的一幅北宋董源的巨幅中堂山水《西岸图》。关于换画的经过,徐悲鸿在《风雨归舟图》的题跋中这样写道:"一九三八年秋,大千由桂林挟吾画董源巨幅去。一九四四年春,吾居重庆,大千知吾爱其藏中精品冬心此幅,遂托目寒赠吾,吾亦欣然。因吾以画为重,不计名字也。"在徐悲鸿看来,金冬心的《风雨归舟图》"乃中国画中奇迹之一。平生所见,若范中正《溪山行旅图》、周东村《北溟图》,与此幅可谓世界所藏中国山水画之支柱也"。徐悲鸿与张大千这段换画故事,倒也不失为收藏史上的一段佳话。

1949年冬,张大千往返于澳门、香港与成都之间开画展。当时,成都尚未解放。徐悲鸿以老友的身份,致函张大千,劝他到新中国的首都北京任职。可是张大千犹豫再三,最终还是到印度大吉岭去讲学了。从此他没有再回祖国内地,这两位艺术知音天各一方,再也没有机会晤面,惜哉,惜哉!

张学良与张大千的画谊

张学良与张大千，是中国现代史上两位极富传奇色彩的人物。张学良曾是位叱咤风云、统率三军的少帅；张大千则是享誉海内外的国画大师。他们一个生在东北辽宁，一个生在西南四川；一个曾官至三军副司令，一个却是一辈子平民百姓。而中年之后，他们的情况又大有不同：一个被秘密羁押，身陷囹圄，身不由己；一个却如闲云野鹤，无拘无束，四海为家。有趣的是，这两位身世经历截然不同的文武奇才，却有一段颇有情趣的书画奇缘。

20世纪20年代后期，张大千在上海、北京、南京的国画界已颇有声名，特别是他的仿石涛画作已到了可以以假乱真的境地。当京、沪等地掀起"石涛热"时，爱好收藏中国古书画的张学良，也耗费巨资从各地搜集了不少石涛的作品。后来，社会上盛传石涛的作品中不全是真迹，大半是出自张大千的仿作时，张学良也为自己大上其当而感到震惊。但他并未大怒，却很想结识一下这位仅比自己大两岁的仿石专家。

1928年12月29日，张学良已由奉军少帅调北京任国民军海陆空三军副司令。翌年，张大千北游故都，张学良听说后，递柬请他吃一顿便饭。为此，张大千有些为难：去吧，素不相识；不去吧，却之不恭。有友人提醒张大千，这恐怕是"鸿门宴"，要清算假石涛画这笔账。张大千考虑再三，还是应邀去了。临行前嘱咐家人，如果逾时未归，就要托人打听关照。张学良邀请张大千吃的不是"便饭"，而是一顿宴席，赴宴的还有北京书画界的名流。见到张学良对自己颇有礼贤下士的谦恭之风，酒席筵间，谈笑风生，这才使张大千放下了心里的"石头"。但张学良也点了张大千一下，他拍着张大千的肩头对其他客人用介绍的语气说："这位便是仿石涛的专家、鼎鼎大名的张大千，我的收藏中就有好多是他的杰作。"张学良虽是很有气度地如此幽默了几句，却也使仿石涛名家的张大千捏了一把汗。随着张学良的笑声，在座的宾客，连同张大千在内，也一起大笑起来。这就是张学良与张大千第一次带有戏剧性的见面。从此以后，他们便交上了朋友。后来，张大千曾以石涛笔法画了一幅《黄山九龙潭》赠给张学良，画上题了一首借景寓意颂扬张学良雄才大略的诗，诗中写道：

天绅亭望天垂绅，智如亭见智慧水。
风卷泉水九叠飞，如龙各自从潭起。

他们虽是交上了朋友,但在收藏字画方面,遇到共同喜爱的,有时又难免发生点龃龉。有一次,张大千逛北京琉璃厂,在一家古玩铺中看到一幅新罗山人的《红梅图》,构图新颖,形象生动,敷色鲜明,秀逸明快。他细细鉴赏一番,认定是真迹,便问古玩商要价多少,古玩商索价四百大洋,分文不减。张大千掂量此画价还算公道,可不巧的是,他这段时期正"闹饥荒",囊中羞涩,便与古玩商说定,此画保留三日,三日之内,只等他拿钱来取,绝不卖给别人。

谁知张大千走后不久,张学良带着侍卫也来到琉璃厂,他走进古玩铺,一眼就看上了尚未来得及卷起的《红梅图》。古玩商唯利是图,违背前约,他将张大千看中的《红梅图》,以六百大洋的价格,卖给了张学良。事后,张大千得知,连声叹气,后悔当时没有带钱买走。

1935年10月,张大千应杨虎城之邀到西安小住,准备数日后即返回北京。这时,张学良特来拜访,并索画。张大千答应日后补赠,而张学良却说:"作画后用专机送先生回去。"张大千欲拒不能,只好暂住到张府,精心绘制一幅《华山山水图》。画成,张大千执画在炉边烘烤,因距火太近,画被烧着了,还殃及张大千的美髯。这时,天色已晚,张大千为酬答张学良的盛情,便连夜重新作画,直到一幅更为壮丽的《华山山水图》完成后才休息。次日,张学良得知此事,非常感动地说:"这幅凝结着先生情意和精神的画,是我收藏珍品中不可多得的瑰宝。"

20世纪70年代初,张大千从美国回到中国台湾探亲访友。经过多方努力,有关当局终于批准他前去拜访正在软禁中的张学良。几十年没见面了,两位老朋友相见,自有一番人生感慨。张大千临返美时,张学良送给张大千一卷东西,对他说:"一点小礼物,不成敬意。不过,你一定要回到寓所后,才能打开来看。"张大千回到寓所,打开这卷东西一看,原来正是他们三十多年前在北京琉璃厂共同看中的那幅新罗山人的《红梅图》。张大千不由感慨万分,联想到与张学良的生死契约,不禁思绪翻滚,夜不能眠。他欣然提笔,画了一幅《腊梅图》,寄赠张学良。

70年代末,张大千从美国迁到中国台湾定居,住在台北双溪摩耶精舍。此时,张学良已被解除软禁,因此,张大千与张学良之间相见的次数日益频繁。后来由他们的好友张群提议,每月在张大千的摩耶精舍聚会一次,参加的还有原"立法委员"王新衡,人称"三张一王团团会"。张大千不但是大画家,而且是少有的美食家,他的厨艺也身手不凡,能博采众长,融会贯通,形成了独特的"大千风味菜"。对此,张大千曾笑对朋友们作过自我评价:"以艺术而论,我善烹饪,更在画艺之上。"据说,他家宾客如云,很多是仰慕他家美食之盛名,前往一饱口福的。

1981年元宵节次日,张大千于摩耶精舍设午宴,招待张学良夫妇,作陪的有张群等人。这次宴席,自然是张大千精心设计,一手"导演"而成。席间共上有十六道菜点,真是山珍海味兼而有之,京粤苏川佳肴云集,当然是一席地道的"大千风味菜"。后张学良要求张大千重新手书菜单并题跋留念。翌年,张学良还将收藏的"大千菜单"装订成册,特在前面留下空白册页,请张大千书题留念。张大千在上面画了白菜与萝葡,题名"吉光兼美",并题诗云:

萝菔生儿芥有孙,老夫久矣戒腥荤。
脏神安坐清虚府,那许羊朱踏菜园。

于非闇和张大千的友谊

六十多年以前,张大千在北京旅居的几年中,于非闇是他形影不离、交往密切的一位挚友。他们经常在一起作画,又多次联名在稷园(今中山公园)水榭举办画展;他们还结伴逛琉璃厂,鉴赏、搜求古代名画,又一同出入故宫博物院古物陈列所观摩历代名画真迹;他们同任过古物陈列所国画研究馆的导师,又同为正社书画社的社员;他们同观过昆明湖的荷花,同去天桥听戏,同进翠华楼、恩成居用餐……

于非闇,名照,满族,出身于清贫的书香门第,自幼随父学画习字,毕业于满蒙师范学堂。他是一位博学而又多才多艺的人。他善画,善治印,会种花,会养鸽,会钓鱼,又写得一手好字、好文章,著有《都门养鸽记》《都门钓鱼记》《都门艺兰记》。他曾任《北京晨报》文艺副刊《艺圃》的专栏编辑,经常在这个副刊上以"闲人"的笔名撰写文艺随笔、艺坛掌故、名人轶事,可说是一位渊博而多产的专栏作家。

于非闇比张大千年长十一岁。他第一次结识张大千是20世纪20年代在北京名画家陈半丁的家中。这次结识,说起来十分有趣。

陈半丁是当时北方很有名望的画家兼收藏家。有一次,他扬言新搜求到一部石涛画册精品,为此,特地设宴邀请北京艺苑名流在家中鉴赏。受到邀请的有当时中国画学会会长周养庵以及徐燕孙、马晋、王雪涛,于非闇也应邀参加,但张大千未在被邀之列。张大千是一个"石涛迷",他风闻有此艺林雅聚,就径往陈府求见,欲求陈半丁赐赏所收藏的石涛画册。那天,陈半丁请帖上邀请客人的时间是下午6点钟,而张大千3点钟就去了。陈半丁很不客气地对这位后生说:"我邀朋友来共赏,请帖上的时间是下午6点,我不能单独先给你看,要等朋友到齐了大家一起欣赏。你想见识,可以,但不是现在,要等到6点。"说完,便离开了,留下张大千一人在客厅里坐等。

到了6点,客人们齐集之后,陈半丁在宴会上讲了一通开场白,自称幸获名迹,不敢私密自珍,愿与友好共赏。张大千被挤在这批名流的外围,等陈半丁捧出他的宝贝画册,刚刚展开,张大千就大声叫道:"是这部画册呀!不用看了,我晓得。"陈半丁揶揄地学着张的四川口音问:"你晓得,你晓得啥子嘛?"

张大千立即朗声指出,第一页画的是什么,第二页画的是什么，题的什么款，用的什么章，一一道来，丝毫不错。陈半丁边听边看，翻阅时惊奇得连眼镜都滑落到地上。

于非闇在席上默默地听着、看着，心中也大为惊异，便不由得问道："您怎么记得如此清楚？"

张大千得意地回答说："这是我的画，咋个不晓得！"

这就是于非闇与张大千的第一次相识。此后，张大千的"假石涛"越做越多，越做越真，越传越广，越传越神。张大千的高超临仿技艺给于非闇留下了深刻的印象。

20世纪30年代初期，张大千应当时中国画学会的邀请，到北京参加画学会在稷园举办的国画联展。在这次联展上，张大千展出了三件作品：一件是仿石涛山水，一件是《墨荷》，一件是白描《天女散花》。山水、花卉、人物俱全，工写彩墨齐备，笔墨淋漓，意态生动，为具有古老传统的北京画坛吹来一股春风，带来一片新意。这三件作品引起了画学会中许多老画家的关注，尤其引起轰动的是张大千与于非闇合作的一幅《仕女扑蝶图》。

这幅画是张大千拜访于非闇时，两人在于非闇的画室中合作的。于画了两只翩翩起舞的蝴蝶，请张补景，张提笔画了一个简笔仕女执扇做扑蝶状，并随手题诗曰："非闇画蝴蝶，不减马香江。大千补仕女，自比郭清狂。若令徐娘见，吹牛两大王。"在这首题画诗中，张大千把于非闇比作明朝"善山水，又喜杂画，信手作人物，辄有奇趣"的、以清狂之画名闻天下的郭诩，意在对当时北京画坛上专攻人物画的名家徐燕孙（诗中的徐娘）开一个小小的玩笑。

《仕女扑蝶图》展出后，引起了一场轩然大波。当时与徐燕孙在展厅中同观此画的有中国画学会会长周养庵。周是浙江绍兴人，他用绍兴官话对徐说："孙儿，你看这幅画，是存心同你开玩笑的，徐娘者就是指你徐燕孙也！"徐燕孙一听，大发雷霆，认为张大千竟然公开侮辱他，于是延聘当年在北京名气甚大的梁柱大律师，具状地方法院，控告张大千恶意诽谤。张大千也只好兵来将挡，你找大律师，我找更大的律师，他与于非闇商量后，就聘请了律师江庸为他辩护。江庸曾代理过北洋政府司法总长，又是梁柱的老师。官司还未打到法庭，江庸就把梁柱约到家中，斥之为小题大做，要梁柱从速调解；后又经傅增湘、周养庵从中调停，这场风波才不了了之。官司虽然没有打起来，但徐燕孙、张大千由此结下积怨，并引起了长达两年之久的一场笔战。

在这场笔战中，于非闇成了张大千的代理人。徐燕孙在《小实报》上撰文挑战，于非闇在《北京晨报》副刊及画刊上发文应战。一个剑拔弩张，一个皮里春秋；一个博古通今，一个议论纵横；一个要维护北方画派的传统，一个想引进南方画派的新风。正是在这场笔战中，张大千连年在北京举办画展，誉满京华；也正是在这场笔战中，于非闇和张大千更成为莫逆之交。

在1934年到1936年间，张大千先后在北京参加过五次联展：第一次是《正社书画展》；第二次是《张氏昆仲（张善子和张大千）扇展》；第三次是《张大千关洛画展》；第四次是《张大千、于非闇、方介堪的书画联展》；第五次是《救济赤贫，张大千、于非闇合作画展》。环绕着这几次联展，于非闇在《北京晨报》上亲自撰写发表了数十篇文章，这些文章对研究张大千的书画及他客居北京时期的活动，具有很大的史料价值。

梅兰芳的诗画缘

人们每每盛赞我国戏曲融汇着诗画艺术的神韵,具有浓烈的诗画情意。的确,古往今来,梨园界不少名伶都研习书画,诵读诗文,从中汲取丰富的艺术营养。

在戏曲和诗画交相贯通的艺术实践中,梅兰芳可说是一位既精于剧曲表演,又深通诗书画艺的一代宗师。他从涉足舞台以后,即与众多的诗画名家交往甚密,并悉心研习,进而便和诗画艺术结下了不解之缘。

1913年11月,梅兰芳应邀首次赴沪演出,便结识了吴昌硕、况夔笙、朱古微、赵竹君、俞粟庐、徐凌云等名家,经常同席聚会谈诗说画。翌年12月,梅兰芳第二次赴沪演出,上海《时报》主持人狄楚青特设宴为梅兰芳接风,并邀请吴昌硕、朱古微等名流作陪。席间,吴昌硕还热情地对梅兰芳说:"畹华,你这次来,我要好好地给你画一张着色的红梅。"时过不久,吴昌硕果然为梅兰芳画了一幅《红梅图》,上面还有于右任的一首题诗。

辉映天人玉照堂，嫩寒青晓试新妆。
皤皤国多情甚多，嚼墨犹矜肺腑香。

梅兰芳得到这幅珠联璧合的诗画墨宝，深为感激，不禁激起了学诗习画的兴趣。

两次赴沪，梅兰芳深切地感到戏曲发展的趋势是跟着观众的需要和时代的进步而变化的，不能总是原封不动，应该走向新的道路去寻求发展。为此，他一方面着手编演新戏，探求新的发展；另一方面则通过研习诗画，加强艺术修养。他开始先临摹祖父梅巧玲留下来的画谱、面具和墨迹，后来又通过热爱戏剧的诗人罗瘿公推荐，拜画家王梦白为师，开始临摹古代画幅范本。王梦白见梅兰芳学画用心，日有长进，便启发他说："临摹范本，为的是打基础，同时也要观察自然景色、生物动态，作为写生资料。"于是他们又常在一起观察小鸟起飞、回翔、并翅、张翼的各种姿态，品赏香山山水树石的风采气韵，甚至还细致端详螳螂、蝈蝈的种种动态。因此，梅兰芳笔下的花草山水渗透着一股清丽素雅的灵气，而他的书法亦与日俱进，具有一种清柔端丽的风采。

1920年春，梅兰芳第四次赴沪演出，又与吴昌硕、何诗孙、朱古微、陈散原等名流聚会。梅兰芳即兴画了一幅《香南雅集图》、吴昌硕备极称赞，欣然在画上题写两首七绝：

明珠拂袖舞垂髫,嘘气如兰散九霄。
寄语词仙听仔细,异源乐府试吹箫。

堂登崔2初写罢,陪君禅语定香南。

临别之际,梅兰芳特到吴府辞行。吴昌硕又慨然赠送梅花一幅,并刻"清到梅花"石章送予梅兰芳的原室王明华。

从1914年起,梅兰芳即开始编演时装新戏。时隔不久,他又创排了古装新戏《嫦娥奔月》《黛玉葬花》《千金一笑》等。在编演这些古装新戏时,人物的头饰服装就成了新的课题。梅兰芳主张"应该别开生面,从画里去找材料"。于是,许多热心的朋友便分头为他或借或买了好些古画。梅兰芳根据这些古典中仕女的装束,作为编演古装戏头饰服装的蓝本。

后来,梅兰芳又编演了《天女散花》,其中的绸舞就是根据古代绘画《天女散花图》的有关形象创造出来的。天女服装上的特征是两条风带,显示着驭风而行。梅兰芳就利用这两条风带来加强动作的舞蹈性,创造了歌舞联翩、声画辉映的绸舞。此剧首演于北京吉祥剧院,一时轰动京华,备受赞誉。

1918年春天,那位爱戏爱才的诗人罗瘿公,特请从沪来京的徐悲鸿观看《天女散花》。观戏后,罗瘿公又出面约请徐悲鸿为梅兰芳画一幅《天女散花图》。徐悲鸿慨然允诺,随即以西洋画的写生技法和中国画的线条勾勒,画了一幅长约四尺的《天女散花图》。罗瘿公看到这幅婉丽多姿的画幅,喜不自禁,便在画上亲笔题写了一首古绝:

> 后人欲识梅郎面,无术灵方可注颜。
> 不有徐生传妙笔,焉知天女在人间。

日本学者久保得二当时亦观看了此剧,而且还喜得梅兰芳相赠的一幅《天女散花》剧照,亦欣然写了一首长诗,今节录几句:

> 一自司隶赋戏场,菊部南北较短长。
> 殊色昔有王紫稼,绝技今见梅兰芳。

在梅兰芳早期的艺术生活中,编演新戏和研习诗画是紧密联系,相互促进的。他热心于探求戏曲艺术的发展,更从亲身的舞台实践,领悟到戏曲艺术和诗画艺术息息相通的美学原理。因此,他始终以"学无常师,谦谦有容"的诚挚态度,广泛求师问艺,虚心向王梦白、陈师曾、金拱北、姚茫父、齐白石、陈半丁等名家学习。

1920年秋,有一天,齐白石来到缀玉轩,梅兰芳谦逊地说:"今天要请您画给我看,我要学您下笔的方法,我来替您磨墨。"齐白石笑着说:"我给您画草虫,您回头唱一段给我听就行了。"梅兰芳说:"那现成,一会儿我的琴师来了,我准唱。"随后,梅兰芳一边磨墨,一边谈话;齐白石则对着白纸沉思了一会儿,就从笔筒中挑出两枝画笔,画了几幅草虫鱼虾。到了琴师来了,梅兰芳即唱了一段《刺汤》。齐白石听后点头说:"您把雪艳娘满腔悲愤的心情都唱出来了。"接着,齐白石便在画纸上题写了两首七绝:

飞尘十丈暗燕京,缀玉轩中气独清。
难得善才看作画,殷勤磨就墨三升。

西风飕飕袅荒烟,正是京华秋暮天。
今日相逢闻此曲,他年君是李龟年。

黄宾虹游蜀

日前在老友处偶见黄宾虹《蜀游诗草》及《蜀游画册》,由此联想起这位大画家游蜀的故事来。

那是1932年冬,黄先生入蜀游览,翌年初夏才回到上海。他在四川半年,先后登峨眉,游青城,涉夹江,抵灌县,又顺嘉陵江东下,探巫山十二峰。每到一处,他都以诗画纪胜,集成此"诗草"与"画册"。

黄老入蜀时,已年逾花甲,却没有一点儿龙钟老态。有一次去犍为,一日往返九十多里,老人健步如飞;夜晚回寓,仍作画达旦。回京后,有朋友让他谈感想,他兴奋地说:"不入蜀,不知雨中乐。"何谓"雨中乐"?原来其中有一段奇妙的经历。

那是早春天气,他去青城。清早出门,天气已有雨意;走了个把小时,雨就下起来了。老人照样前行,未料从金岩背转过朱岗口时,小雨竟变成了倾盆大雨。就在此时,他突然看到对面的崖壁,悬挂着许多条飞瀑。尽管雨下得大,老人仍选了块平整的岩石,坐着欣赏起来。此时风声、雨声、水声、松声在他周围交作。老人一边注视着千尺流泉,一边得意地吟诗一首:

泼墨山前远近峰,朱家难点万千重。
青城坐雨乾坤大,入蜀方知画意浓。

那时,他好像泡在水池里,不但带去的写生本浇透了,连带去的干粮也变成了"粉糊"。老人只觉得世间好像只有他享受着这名山奇妙的雨景。

回到下榻处时,已是灯光通明,朋友看到他浑身的泥浆,都来慰问。及至他把情况说明,在座的诗人李亚衡即饶有风趣地说:"顾虎头痴绝,柳叶遮眼又隐身;黄宾虹痴绝,大雨饿肚游青城。"引得同屋人捧腹大笑。

次日清晨,他说身体不适,要求朋友们不要惊动他。其实,他是在"蒙被假寐打腹稿",想把雨中所见,细细体会,然后从中找出画法规律。躺了半日,奋然披衣而起,磨墨展纸,一气呵成"青城烟雨图"十余幅。有的用泼墨,有的用焦墨,也有的用干皴而加彩墨。后来他在"题画嘉陵山水"中把这些体会加以总结,写道:"我从何处得粉本,雨淋墙头日移壁。"关于这个"雨淋墙头",他曾在一封信中加以说明:

青城大雨滂沱,坐山中三移时。千条飞泉令我恍悟,若雨淋墙头,干而润,润而见骨,墨不碍色,色不碍墨也。

可知他是从大自然中吸取笔墨颜色变化的。

李可染以牛为师

牛年来临之际,已故国画大师李可染的故乡江苏徐州发行了制作精良具有珍藏价值的金银牛卡,几百套印制有李可染牛画的金银卡一售而空。李可染的牛画有着长久的艺术魅力,而他以牛为师的精神更为可贵。

李可染自幼家贫,父母均不识字,却有着一股顽强上进的犟劲头,十三岁时因爬墙头痴迷地观他人作画,而有缘得画师钱食芝赐教。青年时代求学于上海美专、杭州国立艺术院,1932年,所作大幅《钟馗》入选于南京兴办的第二届全国美展,在画坛崭露头角。抗战爆发后,赴武汉参加郭沫若主持的政治部第三厅的文化工作,创作了大量抗日宣传画。作品《是谁破坏了你快乐的家园》抒发了国破家亡的悲愤,激起了广大同胞的共鸣。

1942年,李可染与郭沫若等文化人同住重庆郊区金钢坡。由于敌机狂轰滥炸,许多事想做却做不成,而见到居处农家的粗壮水牛,却依然每天"日出而作,日入而息",

默默耕耘。李可染耳濡目染，并联想起鲁迅的"俯首甘为孺子牛"、郭沫若的"生也牺牲，死也牺牲"等对牛的赞语而深有感触，遂决心以牛为师，在艰苦的抗战岁月里，以牛的精神去做人的工作。

他将画室命名为"师牛室"，并刻有"师牛""师牛堂""孺子牛"等印章自勉。他以牛为模特儿，寄托自己的理想。他在画牛跋语中题词道：

> 牛也，力大无穷，俯首孺子而不逞强；吃草挤奶，终生劳瘁，事农而不居功；性情温驯，时亦强犟；稳步向前，足不踏空；皮毛骨角，无不有用；形容无华，气宇轩宏。吾崇其性，爱其形，故屡屡不厌写之。

把牛作为中国人民勤劳、踏实、善良、奉献等美德的写照，是李可染持四十多年塑造牛的形象且乐此不疲的驱动力。

李可染笔下的牛画，或充满了勇敢和力的阳刚之美，如《斗力图》的二牛相争，《犟牛图》的牛与牧童的较力；或具有温顺和平的阴柔之美，如一幅牛画所题："牧童悠然牛背上，信口漫唱和平歌，1985年为拯救地球上的生命而作"；或具有自然美与人物美和谐统一的意境，如《梅花开时天下春》的牧童和牛同赏梅花，简直分不清是牛像李可染，还是牧童像李可染了。据有人统计，抗战期间，李可染就画了几十幅牛图；而他流传于世的全部绘画作品，估计总数不足八百幅。他逝世后出版的《李可染书画全集》四卷，"牛"与"人物"就列为一卷。

李可染以牛为师的精神不仅体现在他的画上，也体现在他成就最大的山水画的创作上。他以"精读大自然""峰高无坦途""以最大的功力打进去（指艺术传统），以最大的勇气打出来""可贵者胆，所要者魂"为指南，足迹遍中华，"为祖同河山立传"。七八十岁还为治疗叠趾症而狠心截去了三个脚趾，实现了登井冈、上黄山的凤愿。面对来自中外的巨大荣誉，他谦虚地说："我不依靠什么天才，我是困而知之，我是一个苦学派。"这正是牛的锲而不舍的精神。

李苦禅拉洋车

著名画家李苦禅,在中国画坛上卓有成就;可谁知道,他年轻的时候,竟为了糊口而拉过洋车呢。

1923年,李苦禅从山东来到北京,投奔齐门,拜白石老人为师。他寄居在古旧的慈音禅寺,每天要到北京艺专听课,还要赶去齐家学画,生活十分艰苦,若无家中接济,连大饼红薯也吃不上。

一天,李苦禅在西四碰上了拉洋车的旧友丁五,灵机一动,对丁说:"丁哥,我想请你帮我租一辆洋车,俺也干你这个行当了。"丁五问他:"哪有大学生拉洋车的?"他无可奈何地答道:"为了生活,没有办法呀!"丁五见他一片诚意,便点头应允。李苦禅非常高兴,一把将丁五推上车说:"现在我来试车,你是第一个乘客。"说完拉起车就跑。跑着跑着,一下未掌握好平衡,差点儿让丁五翻下车,急得丁五忙喊:"快压平,用力压平。"两人边教边拉,一口气跑到阜成门的洋车铺,由丁五担保,租到了一辆旧洋车。

　　李苦禅租到车后,把车藏在慈音寺后堂里,每天照常听课学画,傍晚或假日就去拉客。每回拉车,他都尽量远离白石老人的住所——跨车胡同,免得被人撞见,丢了老师的面子。一天,白石老人因事暂停教画,李苦禅抓紧时间,拉着车子去了商店多、生意好的王府井。不曾想路过一家书画店时,正遇上白石老人和几位朋友从里面走出。李神色紧张,刚想转身躲开,已被老师发现。白石老人大声喊道:"苦禅,快过来,送我回家。"李下意识地"哦"了一声,转身请老师上车,话也不敢说,拉起就走。路上,老师问他:"你生活艰苦怎么不告诉我啊?"李答非所问道:"我给老师丢脸了。""丢什么脸,我是当木工出身的,也算丢脸吗?都是凭力气吃饭,是正当的。"

　　回到家里,老人语重心长地对李苦禅说:"苦禅,你现在学画是最主要的。"白石老人劝他把洋车退掉。为了帮他解决困苦,老人当天便叫他搬到自己院内的一间厢房里居住。又挑选了他的一些画,亲笔提款后送去画店卖掉,资助他学画。

　　白石老人非常赞赏李苦禅的画和为人,曾在这位得意门生的一幅《墨扁豆》上风趣地题写"旁观叫好者就是白石老人"。还曾在苦禅早年的一幅作品上写道:

　　　　余门下弟子数百人,人也学我手,英(苦禅

名)也夺我心。英也过我,英也无敌,来日英若不享大名天地之间是无鬼神矣!

他在对学生讲课时,也常以苦禅为例,并居然断言:"你们数十年后便知,白石后笔墨便推苦禅。"白石对一个后辈作如此赞语,除李苦禅外,无第二人。

有几年时间,由于苦禅对白石的敬重与崇拜,对老师的作品手摹心随,处处效法老师的技法,谁知却受到白石老师的告诫,反对他如此学法。提醒他应学人家之长处,而不能食而不化,博采众长才能自成一家。要明白"学我者生,似我者死"的道理。

苦禅把老师的谆谆教导铭刻在心。几十年后,当他成为绘画大家后,也教导他的学生,博采众长,走自己的路,艺术上才能有所成就。

齐白石慧眼识苦禅,苦禅也不愧为白石衣钵传人。

吴作人战地写生

著名画家吴作人是国画大师徐悲鸿的入室弟子。1930年5月,在徐悲鸿的推荐下,他到法国巴黎高等美术学院学习,后又赴比利时皇家美术学院接受全面的美术训练。1935年毕业时,以一幅《男人体》油画被评为全校第一名,获金质奖章。学成后受徐悲鸿聘请,回到南京担任中央大学美术系讲师。

但是,在吴作人刚刚步入教师生涯有了一个稳定的生活环境之后,上海"八一三"事变很快发生了。紧接着,日本飞机便大肆轰炸南京,迫使学校停课,吴作人只得停止教学,把教具等运往重庆。当时,他正值血气方刚之年龄,对侵略者切齿痛恨,决心投笔从戎,以报效国家和人民。在徐悲鸿的大力支持下,他辗转到达武汉,找到当年的老校长、时任总政治部宣传厅文艺处长的田汉,被分配做文化宣传工作。

此时,田汉正在物色赴前方战地写生的美术人员,吴作人的到来，使他喜出望外。吴作人接受此项任务也感到十分高兴。然而，当他们逐级上报审批时，却遇到了麻烦。厅长郭沫若和副主任周恩来都表示积极支持，但主任陈诚却迟迟不肯签字，致使赴前线写生的计划被拖延了下来。

事情传到老师徐悲鸿那里，他想了一下，便写了一封介绍信，让吴作人直接去找参谋长白崇禧和第五战区司令长官李宗仁。此二人均为桂系军人，当年徐悲鸿在桂林时曾绘制一巨幅油画《广西三杰》，把李宗仁、白崇禧、黄绍闳三人的骑马像画得气势非凡，深得三人之赏识。这一招果然灵验，白崇禧批示由办公室主任程思远亲自接待并提供一切经费和方便。吴作人手拿战地通行证，立即出发了。他来到前线，见到了刚刚指挥完"台儿庄大战"的李宗仁，表示了极大的敬佩之情。李宗仁一派儒将风度，礼贤下士，为吴作人接风洗尘，并专门指定一名军官做向导，保护吴作人到前方实地写生。

吴作人在纵贯豫东、皖西一千多里的土地上，登碉堡、下战壕，探伤兵医院，访难民收容所，看到了军民团结一致、不屈不挠、誓与侵略者战斗到底的决心。在军营里，他见士兵们军容严肃，训练繁忙，摸爬滚打，枕戈待旦，一场更大规模的战斗已如弓上弦，势在必发。此时此刻，画家的心已和战士的心紧紧贴在一起，情绪异常激动。他艺术灵感大发，用速写记下了许多感人的英雄形象和轰轰烈烈的动人场景。他把汗水和士兵们一起洒在了阵地上,在战斗打响之前,李宗仁用车把他接回了信阳指挥部。

　　通过战地写生,吴作人不仅把抗战将士艰苦卓绝的斗争以及在日寇铁蹄下千万同胞的悲惨情景活生生地画了下来,并且还综合绘制出一幅《赴战前夕》的大型油画。他们浓郁的气氛表达了中华民族宁死不屈、忘我战斗的气概,也抒发了画家强烈的爱国之情。回到重庆后,在徐悲鸿的指导下,吴作人举办了"战地写生画展",起到了极大的宣传鼓动作用。

玉泉道旁风眠居

西湖的西北角，山峦起伏，林木茂盛，清静幽雅，颇受艺术家们的青睐。故而，此地有栖霞岭麓的黄宾虹故居，有马岭山下的林文铮老屋，还有玉泉道旁的林风眠旧宅，它们都依山面湖，风光无限。

林风眠的旧宅位于植物园山门的北侧，是一幢青砖黑瓦的两层小楼。南面是台阶和大门入口，西边为一凸出之平房，朝北则是附属用房。室内的顶壁、墙面、地板都以本色木信板拼嵌，自然大方，返璞归真。据说整幢别墅是按照林风眠先生的创意设计建造的。

林风眠于1900年出生于广东梅县农家，祖父是石匠，专造石制墓椁、碑石。风眠儿时便当上了祖父的小帮手，祖父对他疼爱有加，整天叫他在一旁磨凿子、递榔头、学画图案、刻花样，还教了他许多做人做事的大道理。十七岁时，他离开家乡，赴法国勤工俭学，毕业于艺术专科学校。二十五岁，应蔡元培先生之邀，创办国立北京艺专，为最年轻的大学校长。颇得蔡元培的器重和厚爱,时常给予精神鼓励和物质支持。

1928年春,西湖国立艺术院成立时,蔡元培着意让林风眠担任院长,当年他任校长的北大已成为新文化的摇篮,他有心把国立艺术院亦创建为新艺苑沃土。因此开学典礼时,他不仅偕夫人亲临,而且有意寓居西湖北山葛岭下林风眠的木屋陋室达五天之久,在此接待各界人士。此举无异于向社会推崇林风眠这位不可多得的艺坛英才,使之站稳脚跟,办好学校。

由于蔡元培的全力支持,林风眠与其他学者又热诚工作,从而使西湖国立艺专办得非常出色,培养和造就了不少美学人才,赢得了"艺术家摇篮"之美誉。

林风眠在他的居所里植有竹、海、月季、玫瑰、菊花、鸡冠花、南天竺等花卉树木。在台阶的水泥条梁花架上,则又爬满了蔷薇、凌霄、紫藤等攀缘植物。花园的周围,还种了草莓、玉米、向日葵等蔬果。林先生于教学作画之余,常常自己动手,在花园里浇水、剪枝、锄草。有时,他还会指着这些花木,笑谓人曰:"这是我作画的模特儿。"他曾说:"要画好花,有条件不妨自己也动动手,种种花。画花的人,应当比别人爱花、惜花。只有这样,画起花来才有感情,才能画好花。"20世纪50到60年代,林先生寓居上海南昌路,寓所虽然没有了花园,也没有了草地,但他仍爱在门前、家中,特别是在画室内,摆上几种瓶花或盆花，如葛兰、绣球、玫瑰、月季、瓜叶菊等四季花卉，让自己的家充满花的芬芳，洋溢美的气息。

花，是林风眠笔下出现最多的画题。在林先生的画作中，常常可以看到那密密麻麻的一大堆花，也不乏疏疏落落的两三朵花。林先生赋予了他画中的花深刻、美好、丰富的内涵，或描绘人间悲欢离合，或寄托自己的抱负和理想。

他在临终前曾有过表示，要"将自己的骨灰用作养花的养料"。林风眠的一生确与花结有不解之缘。

傅雷为黄宾虹卖画

1937年6月,画家黄宾虹应故宫博物院和北京艺术专科学校之邀,去北京鉴定古书画和教授国画。孰料甫到北京,"七七"卢沟桥事变爆发,为了维持生计,只好靠卖画为生,除北京的好友外,上海的翻译家傅雷也曾为他出过力。

1943年,适逢宾虹先生八十诞辰,北京艺专的日本顾问要为他开祝寿会,宾虹先生毅然拒绝。傅雷得知消息后,遂与上海的宾虹弟子、友人发起举办"黄宾虹八秩书画展览会"。远在北京的黄宾虹欣然同意,加紧创作,寄往上海。

展览会主要由傅雷等人负责。由于黄宾虹的画件并非一次寄到上海,而是创作一批寄一批,虽给博雷带来麻烦,但他总是认真对待此事。每有来件,必清点登记,然后复信报告宾虹。

为了办好此次画展,傅雷又联系图录印刷、场地布置、光线照明、售件定价等,事无巨细地都要一一过问,直到满意为止。画展地点是借在宁波同乡会馆内。布置会场,悬挂画件,傅雷从半夜忙到天亮。

10月19日是黄宾虹的诞辰日,这天画展如期开幕。这次画展共展出黄宾虹供出售的近作一百七十七件,另有历年所作赠送给诸子弟好友的作品三十九件,供人观摩。画展期间,共计卖掉字画一百六十件,售得款项约十四万三千元,去掉各项开支,"大致净盈余在十二万左右",这样的成绩是空前的。

黄宾虹的画在一般人看来有草率艰涩之感,为使观众深入理解,傅雷特撰写《观画答客问》一文,阐述宾虹的艺术的魅力所在。这篇五千余言的文章,刊于当时画展特刊上,是迄今为止解释宾虹艺术最为深刻的一篇文字。

画展结束后,剩余的十多幅画存放傅雷家,由傅雷物色买主。以后,黄宾虹每有新作,总要寄至傅宅,托其代售。傅雷总是尽心尽力,设法予以介绍流布。但傅雷为宾虹售画有一原则,即只售给那些真识宾虹画的人。傅雷在给宾虹的信中曾写道:

> 敝处历来传播法制,均以不落俗手为原则,且寒斋往来亦无俗客,而多寒士。大抵总不致使吾公有明珠暗投之叹,可以告慰耳。

对傅雷的尽力帮助,宾虹非常感激,常将自己的得意之作赠给傅雷,或让其自由挑选。对此傅雷常诚惶诚恐,总是设法筹款回报,彼此揖让,表现了两人在利义关头的高风亮节。

傅雷为宾虹经手画款,至1948年宾虹南下杭州而结束。前后虽不过五六年时间,但友谊与日俱增。黄宾虹一直为认识傅雷这样一位目力过人的后进而深感庆幸。

1955年宾虹临终之时仍念叨着傅雷的名字,说是他平生一大知己。

郭沫若喜绘兰草

提起郭沫若,人们只知道他是诗人、剧作家、历史学家、古文字学家……恐怕很少人知道他还喜爱绘画。

抗日战争时期的1938年,郭沫若担任国民党军事委员会政治部第三厅厅长,驻湖北武昌。当时,郭沫若在日本福岗九州帝国大学的同学范寿康正担任武汉大学哲学系主任。范把郭沫若和于立群安顿在珞珈山武汉大学教职员宿舍里,两家朝夕见面。有一天,范寿康的女儿范令棣拿出一把檀香骨的小折扇,打开白扇面,央求郭伯伯绘画题字,郭沫若推却不过,拿起笔来画了一小撮兰草花,并题了如下的字:

> 我本不善画画,但令棣世侄非要索画,只能勉为其难,识者见之,当发一笑。

兰草花虽仅寥寥数笔,但配上苍劲潇洒的题字,显得非常精神。多少年来,范令棣一直珍藏着,可惜在十年浩劫中也当作"四旧"给毁掉了。

郭沫若素来喜爱兰草花的高洁。就在逃离日本回归祖国前的1937年初夏,郭沫若曾给日本友人小原荣次郎的《兰花谱》题诗:

> 菉葹盈室艾盈腰,谁为金漳谱寂寥。
> 九畹既滋百亩树,羡君风格独嶕峣。

郭沫若在诗中斥责了"菉葹"(恶草,喻反动势力),并赞扬了兰花的洁白坚贞,表示了自己虽身居异国,但与祖国革命力量仍息息相通的深挚感情。这种感情又再次表现在他给范令棣的兰草花中。不同的是,他已经逃出日本军国主义的虎口,投身到祖国神圣的抗日战争的洪流里来了。

郭沫若给范令棣画兰草花,并非偶然兴起。其实,郭沫若在少年时代就曾一度喜爱绘画。话得稍微说远点。清代光绪十八年至三十二年(1892~1906),郭沫若在家乡四川省乐山县沙湾镇上一座院落里度过了十四个春秋。他在家塾"绥山馆"里,除读"四书""五经"等古书外,还喜欢描摹《芥子园画谱》。他大哥郭开元也善书画。开元从外地寄回来《启蒙画报》,成了少年郭沫若喜爱的良师益友。据沙湾镇的父老说,郭沫若小时候不仅会画兰草花,还会画菊花和梅花。

沙湾镇郭沫若故居内有一间郭沫若小时与九弟郭开运共读的书房。房外小厅壁上悬挂着一幅开运绘的国画,画的是葵和菊。1943年12月27日,郭沫若在重庆天官府寓所给这幅画题了一首五律诗:

> 不因能傲霜,秋葵亦可仰。
> 我非陶渊明,安能作欣赏。
> 幼时亦能画,至今手犹痒。
> 愿得芥子园,恢复吾伎俩。

从诗和题款中,我们可以知道郭沫若少年时代曾一度倾心于丹青。再从他后来给徐悲鸿、刘海粟、傅抱石、关良、张悲鹭、东方人等人的题画诗中可以看出,郭沫若对绘画的欣赏能力是很高的。

小说大师爱丹青

提起张恨水，人们都知道他是中国现代章回小说大师，又是著名报人。他一生写了一百多部小说，共约两千多万字，据说打破了中国文学史上的最高纪录。他每天可以写五千字，一直到"文革"中的1967年，才放下笔。他写的名著《啼笑因缘》，从1929年在上海《新闻报》连载起，到现在仍然有口皆碑，许多地方还在改编上演。他从事新闻工作多年，被人誉为旧时代新闻界的"安徽三剑客"之一，另两位是张友鸾和张惠剑。但是，他在写作和办报之余还喜爱绘画，这就鲜为人知了。

"文革"结束之后，笔者曾去拜访过张友鸾，老先生告诉我一件张恨水绘画的故事。那是抗战时期在重庆时，有位朋友拉张友鸾到官场中去。他自命清高，婉词拒绝。张恨水知道后，就提起画笔，在他的书页上画了一座山峰，几棵松树，并题了一首诗道：

托寄华颠不计年，两三松树老疑仙。

莫教坠入闲樵斧，一束柴薪值几钱。

张恨水题完诗笑着对张友鸾说："你若不喜欢，就撕掉吧！"张友鸾说："何必撕掉呢？留下作个纪念吧！"

这个故事说明张恨水的为人，也是名士清高，不恋尘俗。他写了一辈子文章，做了几十年新闻工作，从未涉足官场，在旧社会里，也算是难能可贵的。

像许多文人一样，张恨水也爱养花。在他那堆满文房四宝的书桌上，常有盛开的鲜花。但以菊花最多，张恨水爱养菊花，也就更爱画菊花。他曾写过一首咏菊的词《浣溪沙》：

添得茅斋一味凉，瓶花带露供书窗，翻书摇落满瓶香。

飘逸尚留高士态，幽娴不作媚人装，黄花同类哪寻常？

张恨水北京住宅的墙壁上悬挂着一幅嵌在镜框里的《菊石图》：画上有一块石头，四朵菊花，一朵红，三朵黄，楚楚可观。书的上角题了两句诗："托根唯有石，矫叶不知风。"

还有两件张恨水画菊的故事。1947年夏天某日，张恨水去访好友左笑鸿,见其手中摇着一把新买的白纸折扇,于是拿过来看了看,问:"怎么不着一字呢?"左笑鸿说:"一把粗扇子,不值得写画。"张恨水说:"我来。"于是提笔画了一幅墨菊,上下还落了款。这时,曾给梅兰芳编过很多戏的齐如山一步迈进,就一把拿过扇子相看,左笑鸿就说:"还有一面,白的,偏劳啦!"盛情难却,齐如山只好提笔写了字,落了款。以后很多人见到此扇,都说是一把"双绝"的扇子。

也是1947年,张恨水的好友张友鸾过生日,左笑鸿特意买了个黄铜铸的墨盒,想请张恨水添些墨笔再送给张友鸾。张恨水很高兴地在上面画了一幅菊花,还签上"应笑鸿嘱为友鸾作"数字。左笑鸿看后十分高兴,又挥笔写了"笑鸿特赠友鸾兄"几个字。由此可见三人友情之深厚了。

丰子恺蜀中卖画记

抗战时期,丰子恺卜居重庆沙坪坝,以卖画为生,署名"缘缘堂"。

1944年春,笔者曾到沙坪坝拜访丰子恺,共进午餐,在座的有重庆和成银行秘书萧伯钧和巴金主办的文化生活出版社发行人吴朗西。

酒酣耳热之际,大家谈笑风生。我说:"丰先生的漫画别具一格,富有生活情趣。抗战前我看到丰先生画的《穿了爸爸的衣服》那一幅画,寥寥几笔,小孩的天真神态活跃纸上,至今尚留有深刻的印象。"丰子恺笑笑说,他的画不一定每个人都能理解。

接着,他就说了一个故事:他初到重庆时,准备以卖画为生,特制缘缘堂画笺,亲绘版式,交给沙坪坝一位擅长细木活的木工刻版,作为复印底子。这位木工刻好后说:"丰先生,布画的版式四条边线都是弯弯的,四只角也不成直角,我用木工专用工具角尺给布校正过来,比你原来画得好得多了！"丰子恺说："你刻的这张板子我不要了，另外照我画的原样再刻一张吧，我加倍给钱。"这位木工大感不解。丰子恺又说："我和你不同，我就靠那几笔弯弯卖钱，你把它刻成笔直的线，我的画就卖不掉了。"

同年12月，重庆商务日报记者蒋良仙陪丰子恺到川北良中县举行画展，嘉陵江的水光山色和川北地区人物的朴实生活，曾收入他的画卷，受到当地人士的欢迎。丰子恺对嘉陵江秀雅绝伦的风光和山区人民勤劳、朴实和富有人情味的风貌，留下深刻的印象。

当年重庆的哑巴诗人陈未云也曾陪丰子恺到川东酆都县举行画展，丰子恺对那里的无数神奇传说感兴趣。丰子恺在酆都参观了十一座阎王殿，对庙中塑像的造型艺术颇为欣赏，但他并未像唐代画家吴道子那样，让千奇百怪的鬼魔群像在他的笔底出现。有人向他索画时，他常爱画一幅阿弥陀佛的坐像相赠。

丰子恺抗战时期在重庆的生活颇为艰苦，蜀道也不平坦，他毫无怨尤，安之若素，苦撑到抗战胜利，才离开四川。

丰子恺作古已多年，想到他那光风霁月的胸怀，使人顿忆起丰子恺的老师李叔同（弘一法师）1942年10月10日圆寂前三天写的偈语：

吾子之交，其淡如水。

执象而求，咫尺千里。
问余何适，廓尔忘言。
华枝春满，天心月圆。

关山月第一次在成都办画展

近日偶然阅读《关山月传》一书,不禁回想起这位领南画派大师五十年前在成都第一次举办画展的趣闻。

抗日战争当中,关山月偕夫人李小平来到大后方的四川省会成都。他们借住在督街与老马街拐弯处楼上的留法比瑞士同学会。同时,许多国内外著名的文化界人士,如吴作人、庞薰琹、马思聪、刘开渠、余所亚、黎雄才、叶浅予,以及四川的张蓬舟、谢趣生、车辐等人也都居住在附近。无论是开音乐会、演出话剧,举办一切艺术活动,都是为了抗日,争取民族战争的最后胜利。

关山月年轻勤奋,每天埋头作画,坚持不留积墨过夜。他在成都举行画展的时间是1942年,那时他刚新婚不久,妻子又患重病,处于穷困之中,幸得朋友们大力帮忙,诸如由画家姚石倩出面担保才租借到展览会场。画展开幕之前就得到张蓬舟(《大公报》特派员)、谢趣生(成都《新新新闻》漫画版主笔)、车辐(《华西晚报》外勤记者、漫画家）这几位新闻界好友的广泛宣传报道。开幕当天，文艺界的前辈、巨匠、画师刘开渠、赵望云、庞薰琹、叶浅予、吴一峰、黄独峰、黄笃维、张采芹等都及时到会祝贺。出人意外蜀中大画师张大千竟然也来了。关山月喜出望外，忙上前接待，并陪同参观。张大千在看完一遍画展作品之后问关山月："您的作品最高价格订的是好多嘛？"关答："最多的为一千元。"原来张大千早已选中一幅立轴，张大千对该画再次细看，便亲笔在红色标签上写了"张大千订"四个字。

这个消息立即传开，很快被报纸刊登出来。有家小报竟用醒目的标题"张大千钉'订'著关山月"予以报道，一时轰动了锦官城。要论那时一千元确乎是个大数，因为张大千这一大出手，使得购画者更加踊跃，光是继订张大千所"钉"的这幅《玫瑰花》佳作的，就有二十多位。这些画展后，关山月夫妇上青城寻幽，到峨眉觅景，且沿川陕公路穿翠云廊、观赏剑门七十二峰，过广元明月峡，漫步千佛岩，饱览三国故道，谒留侯庙，入庙台子。往西行走到黄土高原，踏朔北沙丘，上祁连山，至敦煌石窟，畅写大自然风光，登上艺术更高峰，其知名度亦大大提高。

沈醉与白石老人的画缘

人们只知道沈醉先生是起义将领,生前出过十余本有关军统内幕的书,也能诗擅画,但他在鉴赏方面的造诣却不大为人所知。

沈醉在抗战胜利后,曾参加故宫古物清点,颇得益于鉴赏名家的教益。他在担任军统局少将总务处长期间,经手不少文物古籍,耳濡目染,也熏陶了他的鉴赏本领。但他虽喜好书画,却无力收藏。他所收藏的字画,大多是"文革"以后当代名书画家赠予的。

不过,沈醉却因偶然的机遇,一次就得到齐白石老人赠给他的三幅精品和两方印章。那是1946年春,沈醉以军统局接收大员身份来到北京。偶然一天,一位朋友要去拜访齐白石,向沈醉提及。沈醉惊喜过望,他与白石老人同为湘潭同乡,且仰慕已久,早有求画的愿望。况且,沈醉的家庭是书香门第。他幼年出生、睡觉的大床床头上就有当年白石老人雕刻的莲花、牵牛花等图案,卧室木柜的玻璃柜门后也贴的是齐白石的四幅画。他稍长后，作为南社诗人的母亲多次向他提起过齐白石。所以，沈醉可以说是自幼便耳熟能详了这位大画家的作品和名字。

沈醉见到白石老人后，因是同乡，老人首先便有亲切之感。当沈醉提到那四幅老人的早期作品时，老人竟激动得站起来，请求快把那些画拿给他，他情愿用十幅换一幅。

沈醉没有放过这次机会。他火速发电报给湘潭老家。数日之后，家人日夜兼程把画送到京，只是有一幅因年久破损已揭不下来了。当沈醉将《吉庆有余》等三幅早期作品送到白石老人寓所时，老人听说有一幅已破损，十分懊恼。但他仍然很高兴。当即回赠给沈醉《百虾图》《枇杷图》《百鸡图》三幅精品。虽然不是十幅换一幅，但沈醉已是大喜过望了。这几幅并非即兴应酬之作，皆为用心而作的精品。更令沈醉惊喜的是，老人因为高兴，竟又主动提出为他刻两方名章，老人当即挥刀，边谈边刻，不太长的时间两方章即已刻成。一方为"沈醉"，一方为"沈泡海"（沈醉别号）。沈醉如获至宝，以后他一直将这三幅画和两方印章视为珍品须臾不离。1949年，他将画、章交与前妻带往台湾，后来前妻去香港，沈醉多次询问，其妻已没有印象了。这些珍品大概就永远留在台湾了。在沈醉逝世后也未回归。

说起沈醉的这次机遇也是有前提的：第一与白石老人

是湖南小同乡，第二是送还其早期作品。否则，以白石老人厌恶官场人物的脾气，他是不会给沈醉赠画的。只是遗憾这几件精品得而复失后终未失而复得。

　　不过，沈醉收藏的当代名家书画作品是颇多的，当然都是后来所得。其中有赵朴初、梁漱溟、溥杰、李苦禅、范曾、李一氓等人的作品。至于文学艺术界人士相赠的作品更不在少数，有艾青、臧克家、管桦、郭兰英等。沈醉很珍视这些朋友们赠予的作品，尽管不是古董。沈醉生前多次讲过，这些书画作品几乎每一幅都体现着动人的情谊，每一幅字画都可以讲出一个体现着友谊的感人故事。

伯乐陈垣识启功

北京师范大学启功先生曾应邀莅港讲学，他不但是文物鉴定专家，而且精翰墨、工绘画。他出身于满族世家，姓爱新觉罗，字元白，生于1912年。如果他是千里马的话，那么这与著名学者陈垣先生这个伯乐是分不开的。

启功幼年家境困窘，念到初中就辍学了。但是他发奋攻读，跟随一位老学者戴姜福继续学习。1933年经人介绍认识陈垣先生，陈垣看过他的功课，认为"写作俱佳"，遂推荐到辅仁大学附属中学教国文。两年后，因无大学文凭，遭校方解聘。

独具慧眼的陈垣先生，时任辅仁大学校长，他不顾舆论压力，毅然聘启功来校教授大一国文。这在当时，是需要足够的胆识和魄力的。

陈垣不仅选拔、擢用人才，且将自身多年经验传授后学。他亲自过问一年级各班国文课，并自己教一个班；学年末全校国文课会考，他亲自出题，统一阅卷，评定分数。所以启功能够被辅仁这所天主教会所办的高等学府聘为国文教授，是与陈垣的扶掖分不开的。

由于潜移默化，悉心学习，启功在文物考证、鉴定、书法艺术方面的知识也与日俱增。陈先生的客厅、书房以及卧室，总挂些名人字画，案头或沙发前的桌上，也摆些字画卷轴或书籍，这常是宾主谈话的资料。有时启功去了，陈先生会指着某件字画问："这个人你知道吗？"如果知道，陈先生必大为高兴，连带地引出关于这位学者和他的学问、著述种种评价和介绍。如果不知道，则仅简单指点一下就不再往下多说，例如说"他是一个史学家"就完了。而学生自愧才疏，或者想知道个究竟，只好去查有关这个人的资料。明白了一些，下次再向陈先生表现一番，先生自是既高兴且鼓励。

陈垣先生于书法有很深的造诣。他收藏了许多碑帖拓片，有极高的鉴赏力。他学风严谨，临池亦一丝不苟，其书作秀丽匀称，潇洒自如。这无疑给启功很深的影响，在他的学书经历中，尤其注重古今墨迹、法书精品，形成了温雅清净、自然大方的特有风度，被同道誉为有书卷气的上乘之作。启功的《论书绝句》中有云：

少谈汉魏怕徒劳，简椟摩挲未几遭。
岂独甘卑爱唐宋，半生师笔不师刀。

这也正是陈垣先生艺术思想的写照。

如今，陈垣夫子逝世已几十载，其高足启功亦年过古稀，但启功卓著的学术成就以及对恩师遗志的发扬光大，也足以告慰陈垣先生了。

王森然与齐白石的友谊

1979年8月,在北京中山公园举办了年过八旬的王森然教授的个人画展。中外参观者络绎不绝。著名画家李苦禅留言道:"吾辈一生追求便是如此……森然兄画,耐人长时寻味。"很有意思的是,三十五年前,也是在这里,王森然第一次举办个人画展。而提及那次画展,则不能不谈到王森然与齐白石的友谊。

王森然,原名王樾,直隶定州(今河北定州市)人,1895年生。他早先不涉足画坛,而是致力于文化教育,并有著述十多种。在中学时期,偶然结识了蔡元培。后来考入直隶省保定高等师范,因受五四运动思潮影响,组织了"新教育改进社""新文化研究工会",被曹锟下令通缉,遂改名王森然,化装逃亡北京。蔡元培接他到自己家里,为他安排了生活和工作。王森然从此开始了教育生涯。

王森然的国画为世人所知,是丹青高手齐白石向社会推荐的。齐白石尚未成名时,在石驸马大街卖佛像和人物画挣钱度日。王森然其时在北京师范学校任教，常去买齐白石的画。齐白石后又到北京美术专科学校任教，王森然登门拜访过。齐白石当即挥毫泼墨，送给王森然"一头鹰"。从此，两人交往密切。

君子之交，总以诚相见。当时，齐白石的画已有声誉，但对治印中的篆书尚在学习中。有人出钱请齐白石治印一方，不久又退了回来。王森然托起这方印章一看，原来是将大篆小篆混用了。他也不客气，对齐白石从钟鼎金文讲起，直到大篆小篆，后又赠送《六书同》一册。齐白石的篆刻，经王森然的指点，大有改观。

1944年5月，王森然画了一幅京剧的花脸脸谱，颇为得意，就送给齐白石去看。齐翁看罢，便在上面题道："森然弟不尝作画，此幅老辣活泼不常见，如若苦禅见之当再挥笔不已。"他不信是王森然手笔，竟直率如此。王森然急了："你是不是不相信是我画的？"齐白石笑着点点头。第二天，王森然只好请来了李苦禅对证。李苦禅老老实实地说："我没画过这种画。"齐白石仍然不信，对王森然说："将你的画统统拿来看看。"王森然这才将授课之后、著述之余，画的三百多幅花鸟山水画，都抱出来，请齐白石指正。谁知齐白石看了，惊喜得拍案叫绝，连声说："我要给你办画展，马上就办！"王森然没有钱装裱，齐白石便拿出钱先垫上，并亲自题词，共有二百余幅，还为画展撰写了前言。前言中说：

森然之画,用工几四十年,凡昔时名家法,当冶为大成。余早知森然考据音韵,创作文艺,未知画亦能事……

在齐白石的主持下,王森然第一次个人画展便誉满京华。五天内,所有展览作品,销售一空。从此,王森然一脚踏上画坛,并与当时画坛名流赵望云、李苦禅、王雪涛、胡佩衡、徐悲鸿、王青芳、许麟庐等结为好友。

闻一多的绘画和篆刻

提到闻一多,人们想到的是"诗人、学者、民主斗士"和他的《红烛》、他的《死水》,他在古典文学研究方面"前无古人"的成就以及他壮烈的牺牲。然而却很少有人知道,他在绘画方面也有着很高的造诣。1999年11月24日,是闻一多百年诞辰的日子。在这前后,中央美术学院和炎黄艺术馆在闻一多子女的支持下,共同举办了"闻一多美术作品展",这个展览使几乎每一个参观者感到惊讶,他们在这里看到了闻一多的另一面——一个画家闻一多。

据闻一多的三公子、中央美术学院油画系教授闻立鹏先生介绍,美术界人士看过展览后也感到吃惊,并对展出的作品给予高度评价,认为其许多作品如《死水》和《猛虎集》的装帧设计,《梦笔生花》《对镜》《水墨人物》等绘画作品,不仅在当时是一流的,即使在六七十年后的今天看来,仍堪称杰作。据悉《中国美术全集》和作为回顾与总结20世纪中国美术最高成就的《20世纪中国美术作品展》均收录了闻一多的美术作品。一些美术界、艺术界、学术界知名人士观看展览后认为应当重新认为闻一多在中国美术史上的地位。展览的前言也指出：闻一多"留至今天的美术作品已寥，但足值珍贵。它们是极富思想含量和感染力的。从这些作品中，可以看到他对社会现实抱以关怀的赤诚之心，看到他在艺术上求真的力度与寄注的深情，看到他在古今之变、中西之争的世纪转折之中深邃的思考和非凡的创造力。"

其实，闻一多以诗人、学者和民主斗士闻名于世，而他的人生道路其实恰恰是从绘画开始的。早在清华读书时，他就受到美术方面的训练并表现出极高的天赋，1922年至1925年在美国留学时，又学了三年的油画，受到正规、专业的训练。回国以后，他积极参与了中央美术学院前身——北京国立艺专的教学建设，曾担任该校教务长，并一度兼任油画系主任。而他作诗、做人，也都追求着美，追求着美与真和善的统一。他的诗，追求绘画的美、建筑的美和音乐的美；他的人生，追求着精神的美、人格的美：他由追求美的艺术到追求美的社会，并为了这追求而献身。他的一生就是一首美的诗，一幅美的画。

尽管如此，美术创作活动毕竟只是闻一多全部生活的一小部分，由于种种原因，保存下来的闻一多的绘画作品更是数量极少。我们今天能看到的，只有抗战期间他随清华、北大和南开组成的临时大学由长沙步行到昆明途中所作的三十余幅速写,以及早年在清华做学子期间为《清华周刊》所画的插图和后来为友人徐志摩、梁实秋、潘光旦等人作的封面设计等。但各路专家认为,尽管留存下来的闻一多的美术作品数量极少,篇幅也不大,但其艺术质量与价值却是很高的。这些作品不但在艺术技巧上达到高超的水平,其鲜明的时代色彩、中国风韵和个性特征也体现了闻一多创造"中西艺术结婚后产生的宁馨儿"的艺术追求,可以说,它们是20世纪中国美术前辈名师融合中西艺术精粹的一种成功的尝试。

闻一多不仅喜爱美术,1925年他回国之后,还对篆刻钟情浓厚,1927年夏,他给饶孟侃写了一封短信:

> 绘画本是我的原配夫人,海外归来,逡巡两载,发妻背世,诗升正堂。最近又置了一个妙龄的姬人,篆刻是也。似玉精神,如花面貌,谅能宠擅专房,遂使诗夫人顿兴弃扇之悲。

奇特的构思,凝练的诗言,巧妙的比喻,拟人的修辞,令人读后拍案叫绝。多么幽默、活泼、超脱。从简短的信中,可窥视闻一多走过的从艺道路和情感的变化。其子在电视节目中介绍,闻一多经常刻字到深夜,睡梦中都能听到刻字的声音。"何妨一下楼"这枚传世印章,据说是闻先生半月闭户不出门而创作出来的。

由于闻一多的修养是多方面的，因此他的篆刻也与众不同。类别上有仿秦印，也有仿汉印；刀法上有切刀，有冲刀；文字上有甲骨文、钟鼎文；布局或屈曲缠绕，或平直方正。虽多为名章，但件件都可当成艺术品。其分朱布白，疏密有致，刀法刚健，风格或苍劲挺拔，或端庄浑厚，给人以雍容、古朴的艺术享受。古人云："诗言志"，闻一多则"印亦言志"。他一生不知亲手刻下多少印章，其边款皆为名言警句。1944年，他给华罗庚刻印一方，边款镌刻：

> 顽石一方，一多所凿。
> 奉贻教授，领薪立约。
> 不算寒伧，也不阔绰。
> 陋于牙章，雅于木戳。
> 若在战前，不值两角。

短短的四十个字，生动流畅，自然亲切，道出了印章的材质、功能，赠与好友礼轻情谊重，表达了先生的赤诚之心。

一信一诗，足见闻一多的才华横溢。文笔锋利，但尤为可贵的是他的幽默、诙谐，给后人留下不可磨灭的印象。在中国古代，苏东坡、唐伯虎、纪晓岚等文人机智风趣的妙语成了他们轶闻趣事的源泉，触景生情，出口成章，妙语连珠，寓意其中。闻一多一生爱国，学识渊博，语言惊人，超过前辈，实乃中华民族的骄傲。

中石与白石间的趣闻

欧阳中石是逻辑学教授,也是著名的书法家和京剧奚派传人,但最近报载他的玉兰丹青,出手不凡,震惊艺林。

其实,20世纪40年代中石在北京辅仁大学读书时,经一位友人介绍认识了齐白石老人的三公子齐良焜。良焜字子如,时与白石老人同住北京西城跨车胡同。中石和子如一见如故,过从甚密,子如便将中石介绍给齐老。齐老得知欧阳中石正在辅仁大学读书,则称其为"洋学生"。

有一次,中石到齐府,正逢齐老躺在藤椅上晒太阳。老人看见中石进来,便呼道:"洋学生,过来。"

听到齐老的喊声,子如也从他的房间走出来。

"洋学生,给我讲讲什么是平行线。"齐老接着说道。半天,中石还摸不着头脑,小声地问道:"你的意思是?……"

齐老解释说:"我是问你平行线的定义。"于是中石把平行线的几何定义背给齐老听,齐老听毕,非常感兴趣地说:"你能不能用通俗的话给我说一遍?"

中石稍加思索后,便回道:"您看见过火车道吧,火车道轨就是平行线。"

齐老点点头,以示明白,随即把子如和中石叫到画室,铺开一张宣纸,竖画两道又斜着画两道后问道:"你们看,这是不是平行线?"两位后辈点头称"是"。齐老拿起笔在纸上戳戳点点,转瞬之间,纸上的平行线找不到了。却成了一幅水墨画。中石当时如在云雾不明所以,即请教于子如:齐老为何对平行线那么感兴趣?子如讲了其中原委之后,中石恍然大悟。原来国画中最忌平行线,视为画艺禁区。可齐老时已名闻天下,却仍在前人不敢问津的禁区苦苦求索,这是何等的胆识和勇气!这种敢于超越前人、牺牲自我的博大胸襟深深地折服了中石。他日后每忆及此便有无限感慨。于是也常教诲弟子们:一定要尊重前贤的艺术成果,在不断的探索中否定自己,那才是最难最难的啊!

从此,欧阳中石在白石老人指点下不时也习练丹青。前年,林业大学的朋友们邀他到北京西山大觉寺,正值已有三百年树龄的两棵玉兰怒放,那沁人肺腑的清香,引发了他的诗兴。当即口占一绝:

大觉亭亭白玉兰,香清色雅不辞寒;

先花胜谢多情客,未负东风三百年。

后兴犹未尽,又写七律一首:

应春未叶竟先花,恐误东风细雨斜。
不欲人前争夜露,何须道上弄朝霞。
清香自在山深处,绰约天然萼绽芽。
古木经年常谢客,亭亭束素玉无瑕。

从此萌发了画玉兰的念头,一发便不可收。

徐悲鸿扶助田世光

20世纪40年代，徐悲鸿大师曾与笔者慨叹：为在北京未发现巨幅作品而感遗憾。

这件事徐先生肯定也同别人讲过，所以很快被当时才三十多岁却很有志向的田世光先生知道了。于是田便在自己的一次画展中，特意展出了一幅丈二画卷《幽谷红妆》。当时任北京艺专校长的徐悲鸿先生参观画展时，立刻被那栩栩如生、意境深远的画面吸引住了，伫立良久，连连点头赞叹不已，觉得作者确不失为一位有才华、有前途的良才，可惜并不相识。

过后，徐先生留下一封信，诚恳地邀请田到他家里做客。当时徐先生已是享有盛名的大师了。年轻好学的田世光接到这样的邀请又惊又喜，但因不善言辞又有些踌躇，因此延搁了几天，未料，爱才如宝的徐先生又派人来送口信了，请田世光择方便之日，徐悲鸿亲来拜访。田先生一听便觉自己失礼而劳驾不起，连连辞谢。

当时,田世光先生生活较困苦,全家住在北京新街口一处狭窄的房子里,怎能容得下一位世人崇敬的大师呢。于是,他便立刻前去拜访了徐先生。徐见到这位才华出众、年轻有为的画家时十分高兴,初次见面就谈得非常投缘。当徐了解到田曾受过另一国画大师张大千的教导、毕业于京华美专时,更是喜出望外,连连称道:"真不愧是名师出高徒啊!"立即提出聘请田先生为艺专的工笔画师。田世光先生被大师的深情和器重所感动,立即欣然接受了。

那时教师的待遇也是较微薄的,而且一部分开支还要用在自己的事业上,所以田先生的家境仍然较清苦。一次天气寒冷,大师见到田衣着单薄,立刻脱下自己的毛衣让田穿上,田推辞不过只好从命。

随着时间的推移,他们之间的感情不断加深。在大师的教诲下,田先生的画艺也不断提高。后来他们双双挥动画笔,常常在同一张纸上作画。大师画集中的《竹外桃花》便是二人合作的精品。

据悉,中共执政后,田世光一直在工艺美术学院和中央美术学院任教。其近年作《春晖》,高八尺,长丈余,画面是两只黄莺在高雅圣洁的玉兰花丛中喃喃地歌唱,一对喜鹊展翅翔空,另一只仍梦在枝头等待佳偶;盛开的杜鹃花和马兰花簇拥的岩石面上,成双的锦鸡昂首雄姿,望着吐艳的花朵,构成一剧宏图大志、景象万千的媚色。原画挂在中南海紫光阁内。由此可见画家的地位及艺术,然其中又渗透着多少大师的心血呢!

经亨颐与寒之友社

世人皆知西子湖畔有个西泠印社,但20世纪二三十年代还有一个金石书画的组织就鲜为人知了,那就是已故教育家、金石书画家经亨颐创办的寒之友社。

经亨颐,浙江上虞人,晚年号颐渊,是一位多才多艺的学者。早在浙江第一师范任校长时,他就推行"与时俱进"的办学方针,聘请陈望道、夏丏尊、刘大白、李次九等新派教员,支持新文化运动,遭到军阀当局的嫉恨,要把他撤职;广大学生却舍不得这位可敬的校长,从而导致了1919年浙一师"驱经"与"挽经"的风潮。

1921年冬,经亨颐回故乡创办了春晖中学,其间,一有空就喜欢在自己的"长松山房"里作画。他爱画大松树,宣纸总有五六尺长。有一天,他叫一学生去帮忙,学生见他长身玉立、挥毫舔墨那种洒脱的风度,竟出了神,不小心把一盆墨汁碰倒,把画纸染黑了一大片。当时这学生吓得脸色发白,连说:"这怎么好?"经先生却笑容可掬地宽慰道:"别急,别急,这块墨迹倒成全了我。"说着,拿起大笔,就着墨迹画成了一座假山,还在假山添上了一株苍松,天衣无缝地把墨迹掩盖掉了。看着这幅画,这学生的心才安定下来。瞧着经先生慈爱的眼神,他想,别人常说经先生是个严厉的校长,可眼前的经先生分明是个宽厚慈祥的长者。

经亨颐善书法、精治印,五十岁始学画,出笔不凡,无师自通。所画的题材不外乎竹、菊、松、梅、水仙等,借以表现自己刚正不阿、不随流俗的性格。他于20世纪20年代客居上海时,与沪杭的书画名家常相往来,聚谈之余则风雨泼墨,诗酒联欢,旋即首倡成立寒之友社。当时参加者均为一时之俊杰,如黄宾虹、张大千、诸闻韵、谢公展、王陶民、马孟容、张聿光、方介堪、郑曼青、潘天寿、姜丹书等人;稍后,经先生移寓南京,更常与旧友王祺、何香凝、陈树人等相往还,寒之友社一时名重艺林。有天,某报记者询以何谓"寒之友社"?经先生莞尔曰:"寒,热之对立面。世人好热衷,然而寇深矣!同人蒿目时艰,畏热昏,遐而立其对立面,假寒以清心、寡欲,俾不为横流席卷,当知'岁寒然后知松柏之后凋也'的意境,此寒之友社之由来也。"寒之友社所作之画,虽以"岁寒三友"的松、竹、梅较多,然章法的变换,无一雷同。经先生画松,一如其人,身长鹤立,霜皮十围,直指苍穹;何香凝画红梅,老干虬曲,错节盘根,凌霜傲雪,彻骨不屈;陈树人绘竹,风姿潇洒,任风吹雨打,表现其亮节高风,大有"不可一日无此君"之概。

1937年春,经亨颐托潘天寿、姜心白、姜丹书在西子湖畔物色一地,准备建筑寒之友社社址,并仿照西泠印社之制,不做子孙遗产,而永为金石书画家的游息之所。不久由姜心白访得仁寿山麓、东山买内坡地数亩,经邀潘天寿、姜丹书等一起去实地勘测后十分满意,当即斥资并将其夫人兑换首饰之款,得两万余金购地招工,自己亲自设计图纸,赶造寒之友社,预计当年年底完成时遍邀社友开落成酒宴。不料工程尚未及半,抗日烽火骤起,杭城迅即沦陷,工程被迫停工,兵燹中建筑毁坏,材料尽散。经亦仓皇避难上海租界,翌年竟忧愤成疾而病逝。

刘博琴为毛润之刻章

1984年9月,北京著名的篆刻家刘博琴先生与世长辞了。

我认识刘博琴是在20世纪40年代,那时"博琴铁笔"驰名琉璃厂,求他治印的人络绎不绝。我在取灯胡同刘的寓所见到了他,三十多岁,为人质朴,讷讷不善言。那天他出示了所刻的各种印拓,其中铁线篆无疑是刻得最好的,刚劲挺拔,无纤细的感觉。当时老篆刻家张樾臣最擅长刻铁线篆。1957年张樾臣逝世后,刘博琴就独步京华,现在刘死了,我担心这项技艺将成绝响。

刘博琴和我谈起他的家世,流露出一种留恋的神情。他称得起篆刻世家,他的曾祖父刘宽夫(位坦)是道光年间有名的藏书家、书法家和篆刻家,家住在著名的前孙公园——清初大藏书家孙承泽的故居,刘博琴幼时还在那儿住过。家里都是文物宝藏,历史学家谢国桢就说他们家太阔了,阔得能用汉砖垫床。刘博琴给我看过他曾祖父书写的扇面,字写得飘逸秀丽。他的祖父刘子重是同光(同治和光绪）年间的碑帖收藏家和篆刻家，他所收藏的碑帖拓本后来不少流落到鲁迅手里。叔父刘士彦在松笑斋（荣宝斋的前身）当学徒，变成了职业篆刻家。刘博琴的父亲早亡，他是向他叔父学会篆刻的。有了这样渊源的家学，难怪他能刻出各种篆法的图章。他宗秦汉印，后学浙派，最后学赵之谦。他综合各家之长，难怪拿起刀来是那样地从容自如了。关于他的家庭，还有一段轶事：刘宽夫藏有甲戌本脂批《红楼梦》，不知怎的流落到红学家周汝昌手里，于是研究红学的人，为了弄清这部著名版本的源流，差不多都找过刘博琴。周汝昌在《红楼梦新证》一书里，还有一章讲刘宽夫，也讲到其曾孙篆刻家刘博琴。

在刘博琴的治印生涯里，令人津津乐道的是他为毛泽东（润之）治印的故事。"七七"事变以后，华北上空乌云翻滚，不少富户举家南迁，市场萧条，刘博琴的治印生涯变得冷落起来。一天，有人找到取灯胡同刘的寓所，指名要他刻方"润之"的石章，说是送给一个远方朋友的礼物。刘博琴认真地刻了。1949年内地易帜之后，有个身穿军装的人又找到刘博琴，要刘刻"毛氏藏书"的图章，指定要模仿明朝古印的字体，他带来关于刻这方印的要求信，刘博琴拆信一看，是毛泽东写的。刘才明白他很早以前已经为毛氏刻了图章。

刘博琴的字也写得好，在日本颇有名气，北京街头很多商店的匾额是他写的。近几年，他的字流传到深圳，有人见过。

画虎名家结戏缘

与张大千、张善孖昆仲学过画的著名画家中,北京有胡爽盦,天津有慕凌飞。现在胡爽盦已经故去,就只剩下慕凌飞了。

慕凌飞一生结缘翰墨,他除了绘画,最大的爱好要属京剧。他自己曾说过,如果当年不是拜了国画大师张大千、张善孖弟兄为师,真是差点下海唱了京剧。

1929年前后,慕凌飞在上海齐鲁公学上小学,李少春姐弟四人也在这所公费学校念书,而且那时他和李少春还是非常要好的朋友。

李少春的父亲小达子是很有名气的花脸演员,家庭生活很宽裕,每周都要用汽车把少春姐弟接回家团聚,慕凌飞也常常被叫了同去。到晚上吃完饭又一块儿去大舞台看戏。当时小达子演的《狸猫换太子》,一演就是几个月,不仅唱、念、做、打俱佳,还有机关、布景,都很是吸引观众。过后,少春的父亲曾对凌飞说:"你长得很漂亮,将来要是唱戏应该唱老生，可别像我勾个大花脸，什么也看不出来了。以后我给你找个师父，你会有出息的。"从此，慕凌飞就迷上京剧了。什么余叔岩、杨小楼、盖叫天、梅兰芳等名伶的戏，每演必看，因为悟性好，当时十五六岁，就会唱很多戏段。

人的生命真是变幻莫测。正在这时，慕凌飞绘画的天赋被人看中，经介绍拜在了张大千、张善孖门下，从此便走上了绘画之路。两位老师对慕凌飞格外喜欢，把他安排在自己家，不但教艺，而且还包吃、住、穿。张家是个大家庭，张善孖排行第二，慕凌飞叫他"二老师"；张大千排行第八，就叫他"八老师"。

张大千和张善孖虽已是著名的大画家，但业余特别喜欢看戏。既爱川剧又爱京剧。家里有京剧唱片，每次放时慕凌飞总侧耳细听。有时也随两位老师到剧场去看金少山、梅兰芳、程砚秋等名家的戏。一次慕凌飞陪八老师看完程砚秋演的《荒山泪》后，张大千画了一张水墨淡彩的人物画，形神兼备，令程砚秋爱不释手，从看戏到画在纸上，使慕凌飞大开了眼界，从中学到了如何观察人物动态和如何在宣纸上挥洒笔墨。

我与慕凌飞早年相识，他常说："我虽潜心于中国绘画艺术，但同时也没有放弃对京剧的爱好。"说着便悠然唱起了《骂毛延寿》和盖派的《武松打虎》。

算起来，慕凌飞现在应该是八十有二的老人了。据说，精神矍铄，谈锋甚健，平时除画虎外，仍不断听京剧、唱京剧。

戏曲演员与书画艺术

在戏曲史上,许多表演艺术精深的演员,多与书画结缘。

京剧"四大名旦"之一的荀慧生不仅创造了别具特色的"荀派"艺术,而且擅长丹青。早年他演出《丹青引》(扮演女画家杨云友),在舒展的慢板唱腔中,手执画笔,几分钟内便画出一幅十分传神的山水画,观众为之赞叹。荀慧生在青年时代就曾拜名山水画家胡佩衡为师,每天演完夜戏,他都要精心作画,翌日晨携画到老师家求教。他曾说:"借鉴国画艺术,融化在戏剧舞台上,更能丰富我们的艺术创造。"胡佩衡对他的绘画艺术评价很高,曾题词咏道:

性灵烂漫见天真,余事丹青妙如神。
信是纤尘原不染,本是明月作前身。

著名京剧表演艺术家李万春，不仅戏演得出色，而且绘画水平也相当高，尤以画牡丹、菊花见长。他十三岁时即拜张大千为师，学习画人物、仕女、花卉。天长日久，练就了一手绝妙技艺，并与张大千结下了忘年交。张大千晚年曾请人烧制了一百个瓷瓶，亲自在瓷瓶上作画题诗。去世前夕，曾托香港的朋友捎给李万春一个。画面是一枝清素淡雅的梅花，旁题专为李万春写的七绝一首：

> 万里春归故国山，溪边结得小屋麗。
> 种梅买鹤余生了，月下花前伴君眠。

河北梆子著名女武生裴艳玲，自幼学戏，声名远播海内外。她为了演好《钟馗》，以坚强的毅力练就一手草书。这出戏中有"院试"一场，即科考。考场上扮演钟馗的裴艳玲当场题诗：

> 一树梅花一树诗，顶风冒雪傲奇枝。
> 留取暗香闻广陌，不以颜色媚于斯。

诗的内容是钟馗人格的表白，他要在考场上展现自己的人格和才华，凭本事取士，不搞蝇营狗苟，不谄媚他人。在写这四句诗时，艳玲边唱边写，允称绝妙。每次演出，总有人在台后等候取走"墨宝"。

龙江剧一级演员白淑贤的当场题诗更是一绝。白淑贤主演龙江剧《花木兰》时，演至高潮处，她在横贯舞台的条幅上书写"荣辱得失身外事，兴国安邦赤子情"十四个大字，时而正面写，时而背面写，时而正写，时而反写，一气呵成，表现出深厚的书道功力。

传统评剧《人面桃花》表现唐代诗人崔护与都城南庄少女杜宜春的爱情故事。剧情源于崔护传世的名诗《题都城南庄》："去年今日此门中，人面桃花相映红。人面不知何处去，桃花依旧笑春风。"扮演崔护的演员，一般都是当场题这四句诗。石家庄市评剧院著名小生尚世华当年扮演崔护，边唱边写，右手写第一句，左手写第二句，到第三四句时，左右手同时落笔，又同时收笔。每演到此处，台下总是掌声雷动。他为了练好这四句诗，写过近千张纸，用掉几桶稀释的墨汁，终于练出一手绝活儿。

齐白石盛誉"刻刀张"

早年间,北京前门外有一家张顺兴刻刀铺,以制作刻刀、镊子出名,人们亲切地称呼店掌柜为"刻刀张"。

第一代刻刀张叫张正新,河北人,十五岁到北京一家铁铺当学徒,学做各种小刀。经过三年多,他学到一手好技艺。出师后,自己在前门外开了个小作坊,打造一些小工具出售。他制作的镊子,姑娘出嫁时用来开脸,又精细,又好使。他用铁铺做兵器剩下的下脚料打出的刻刀,不齵不卷,经久耐用,故特别受人们欢迎。

光绪六年(1880),他挂出了张顺兴刻刀铺的牌子,由于信誉好,生意很是兴隆。他在自己的每件产品上,都刻上一个"不"字,意思是货真工细不骗人,价格合理不欺人,"不"字产品很快受到信任,于是"刻刀张"名扬全国。

"刻刀张"代代相传,到第三代叫张凤鸣,他不仅继承了祖辈传下来的技艺,而且还上过三年私塾,颇喜欢书画。因此有缘结识了著名国画大师、金石篆刻家齐白石先生，齐对其刻刀的宣传发展起了很大作用。

民国二十年（1931）初春的一个下午，张顺兴刻刀铺来了一位三十岁左右的女子，买走几把金石刻刀。三天后，这位女子又回来了，一进门便高兴地说："你们的刻刀确实很好。"她请张凤鸣再给加工几把，并特别关照说："这是送给我老师齐白石的，他老人家学的是汉代凿印，刻前不打样，刻时不回刀。如果他能看上你的刻刀，你就不用到处推销了，篆刻家们会主动登门前来求购。"

原来，她就是深得齐白石真传、金石篆刻造诣很高的刘淑度女士。齐白石赞扬她的刀工"无女儿气，取古人之长，舍师法之短，殊闺阁特出也"。她曾为鲁迅刻过两枚名印，鲁迅非常珍爱。但刘淑度和其他篆刻家一样，常为没有称心的刻刀而苦恼。她到处求人托友，寻求好刻刀。经友人介绍，来到张顺兴刻刀铺，买回家一试，果然锋利无比。她异常兴奋，故又特来为老师买刀。

事后，张凤鸣亲自为齐白石做了几把刻刀。白石老人试用后，也非常满意。便在刘淑度陪同下，专门乘车来到刻刀铺致谢。他称张凤鸣为凤鸣兄，大有相识恨晚之意。此后，他们即成为好朋友，相互往来不断。因齐白石已年逾古稀，行动不便，张凤鸣便经常主动到西单劈才胡同家中为老人送刻刀。为表示感谢，白石老人曾亲手为张凤鸣题写一副堂联，上书"君有钳锤成利器，我由雕刻出神工"，上款"凤鸣兄惠存"。而且对张凤鸣说："你是一个匠人，在手艺上有如此深的研究，很不容易，我也是一个匠人，早年做木工，深知匠人手艺不可小视。"

1936年齐白石回南方之前，特意为张顺兴刻刀铺写了一块牌匾，在"顺兴刻刀"四个苍劲有力的大字旁边写着："予居京华二十年，喜用张顺兴刻刀，越明年将南归，书此赠之。"

佳作聚珍
JiaZuo JuZhen

吴昌硕的塑像及刻像

近见米景扬等先生编辑之《西泠印谱》,不禁忆起杭州之西泠印社。

西泠印社为吴昌硕先生及其同道于光绪三十年(1904)创办的研究篆刻的学术团体,吴生前曾任社长。社址在杭州孤山脚下,面对西湖,因地近西泠桥而得名。

一次,我到杭州,伫立于孤山上,西湖美景尽收眼底,默念着苏轼"欲把西湖比西子,淡妆浓抹总相宜"的诗句,不觉心旷神怡。忽见一些人举香而过,以为是善男信女上山拜佛,便随其前行,来到一个洞口,见不少人在洞中向一尊塑像叩头进香。我初以为是尊佛像,细看竟是吴昌硕先生之塑像。先生盘膝而坐,神情自若。向别人问起,方知塑像原出自日本雕塑名家曹昌文夫之手,携来西泠时为铜铸半身像,后西泠同人以石料接为全身盘膝坐像,看上去却浑然一体。吴昌硕生前,塑像已置小龙泓洞中,常有人前往顶礼膜拜,足见世人对先生艺术之景仰。

然吴本人却不大赞成，常作为笑话讲给朋友听。一天他闲步来到小龙泓洞，见人们在给塑像叩头，笑叹道："怪不得这几天我老是头昏。被他们一拜，不昏也要昏了！"

西泠石壁上，也有吴昌硕的刻像，款云："仓颉先生吟坛行看子，光绪丙戌十月山阴任颐。"方知是据任伯年手笔镌刻的。画面并无背景，全用绣像式手法表现。吴先生刻像身着长衫，双手后背，目含悲愤，表情抑郁，显示出人物失意、穷困之窘境。顾恺之云："传神写照正在阿堵（指眼珠）之中。"实不谬也。从题款看，此画作于1886年，彼时吴昌硕正值不惑之年，为生活流离颠沛，历尽艰辛，尝作自题诗云：

> 频年涉江海，面目风尘枯。
> 深抱困穷节，豁达忘嗟吁。
> 生计仗笔砚，久久贫向隅。
> 典裘风雪候，割爱时卖书。

此诗似可为刻像之注脚。

陈师曾与《北京风俗图》

著名画师陈师曾1924年逝世。陈先生逝世之际,我正是青年学子,不及弱冠,但已知梁启超谓为中国文化界之"大地震",曾在江西会馆举行追悼会,并展览遗作。后来北京淳菁阁又收罗各家藏品及其家中遗作,用珂罗版精印二十册之多,以为纪念。

记得其中曾刊有《北京风俗图》数幅,这是为梁启超所画。陈先生家学渊源,祖为陈宝箴,父为清末民初大诗人陈散原(三立)。他的画师从吴昌硕、萧谦中。后在北京数所美术学校任教。从日本归国后,画风为之一变,尝用传统笔法表现当时民俗生活。此图绘于光绪丙午年(1906),署名"闲园菊农",这是陈先生的别号。闲章是"槐堂",这是陈先生在北京的书画斋堂。在陈先生笔下,当时北京民俗一一毕现。凡当年在北京生活过的人,今日若把卷观之,定会油然而生亲切之情。比如驮煤的骆驼、卖胡琴的、卖菊花的、卖水果的栩栩如生,颇为真实。又如那"落子馆",今天的小辈们只能从张恨水的《啼笑因缘》里去觅旧踪了,那书中说大鼓书的沈凤喜,就是陈先生笔下《落子馆》中的无名艺人。以陈先生这样出身世家名门驰誉南北的名画师,居然挥毫为下层人物写丹青,在那时是极难能可贵的。他在《卖胡琴》那幅图上曾题有一首短诗意味深长,颇耐人沉吟。诗曰:

> 知音识曲,自谓不俗。
> 此丝此竹,聊果吾腹!

据说陈先生不仅与文人墨客交,也与三教九流交。民国初年,北京琉璃厂西门内路南有一家专售铜墨盒的"同古堂"。陈先生与店主人张樾臣、张寿臣兄弟最为莫逆。那时名人对"京铜墨盒"是不屑一顾的,崇尚古墨名砚乃为正宗。而陈先生却极愿为张氏兄弟作画稿,并与之交往,这也看出陈先生不从流俗的品格。至于他于北京识齐白石老人并为之掖助之事,更是众人皆知的佳话。当时毁白石老人者多,而陈先生不为流俗所囿,独具慧眼怜心,致使"海外都知老画家",这也可见陈先生感人品格之一斑,难怪白石老人终身不忘感为知己了。

于右任与《岁寒三友图》

于右任先生大笔如椽,一生所作诗词甚多,其中不少与中山陵有关。1928年1月,于右任、何香凝、经亨颐、陈树人一起到紫金山晋谒正在建造中的中山陵墓。何香凝是人们崇敬的革命家和艺术家;经亨颐是廖承志夫人经普椿的父亲,一生高风亮节,诗书画印的造诣都相当高;陈树人则是岭南画派的创始人之一。他们四人谒陵后,合作了一幅《岁寒三友图》,何香凝画古梅,经亨颐作翠竹,陈树人绘奇松,然后由于右任在上面题诗二首:

其一:

紫金山上中山墓,扫墓来时墓已寒。
万物昭苏雪启蛰,画图留作后人看。

其二：

> 松奇梅古竹潇洒，经酒陈诗廖哭声。
> 润色江山一支笔，无聊来写此时情。

诗中的"经酒陈诗廖哭声"一句，于氏曾经有过注解：

> 经先生豪于饮；廖夫人以仲凯先生殉国所为诗，直皆血泪；陈先生诗名"寒绿吟草"。

1932年"一·二八"之后，何香凝约当年合作《岁寒三友图》的老朋友，组成了寒之友社，他们用写字作画来排遣胸中愤慨。到1936年，国运之危，殆如累卵。于右任与何香凝、陈树人、经亨颐又重新合作了《岁寒三友图》二十幅，何、陈、经分画竹、松、梅，于右任仍旧题写1928年作的那两首诗，件件都有特色。1936年11月，何香凝在南京主办书画义卖展览时，这批《岁寒三友图》被很多人争相购买。冯玉祥、马超俊、杨杰、梁寒操、李宗狱等人都各买了一幅，钱大均的夫人买了两幅。义卖得款，连同书画展览的其他一百多件作品的笔润所得，全部捐赠给奋战在冰天雪地里的抗日义勇军将士。

1949年于先生到了台湾，但他对故乡、亲人、旧友无时不在思念中，对中山陵也从未忘怀。这《岁寒三友图》

后来有一幅流落到台湾画市上,他的一位朋友买了回去。于氏重睹当年和老友谒陵后合作的字画,不由感慨万端,联想当年寒之友社的经亨颐、陈树人早逝,潸然泪下,于是提笔在画上补写了一"时"字,增题了两首诗:

　　三十年来补一字,完成题画岁寒诗。
　　相逢回念寒三友,泉下经陈知不知?
　　破碎山河期再造,凋零师友记同游。
　　中山陵树年年老,扫墓于郎已白头。

齐白石的《却饮图》

齐白石名璜，字濒生，取"濒老生萍"之意，又号寄萍老人，他是由刻木、刻石成为现代书画家、篆刻家的，故自称"木居士""三百石印翁"。1860年生于湖南湘潭南乡白石村，1957年殁于北京。

白石老人初到北京是在庚子后一年（1901），他因和夏午诒有旧，随夏入京。后来夏去江西赴任，齐又与夏同到南昌，夏欲出钱为其捐官，白石宁愿用此钱回乡买田，自耕自种，强似当官做老爷。结果，夏午诒真就照他的意见办了。齐白石回到白石村，闭门读书，学习山水翎毛，花草虫鱼，寄情于诗书画刻。民初，湖南兵乱，汤芗铭被逐，陈宧督湘，又遭军民反对，局势动荡不安，老人乃离开乡井，重赴京师，从此，就在北京定居下来。

20世纪30年代初，我在北京上大学，曾与老人有一面之缘。那时他住在跨车胡同一五三号，门禁森严，前后门经常上锁，而钥匙则带在自己身上，仆人不得擅自开门。门外挂一"白石老人心病复作,停止见客"的小牌,客来在小窗窥探后才开门。当时他已年逾古稀,为了谢绝应酬煞费苦心,终于画了一幅《却饮图》张挂室内。这幅画上有两个人,一人手拿酒壶,左手提壶,向左立老翁做招饮状,而老翁则右手执笔,头扭向左面,表示谢绝状,并题字于画上:

> 凡我好友最怜爱我者,不在饮食,请以心爱,吾亦心领。孔子曰:"老者安之。"苏子曰:"每出劳人,不如闭门之有味也。"吾年老神倦,不能冒暑热,伤夜寒,作无益奔走,画此画,谨申鄙意,以免见招不应之罪。

白石鬻画,按尺论价,除自愿赠送者外,无不照付笔润。一次,他有个学生要出国,向他索画,说留个纪念,老人未加可否,叫他明日再来,第二天学生按时到达,室内有两个孩童,老人对孩童说:"快去给客人行礼,他要到外国去,请他买些外国玩具给你们吧。"客人闻言很知趣,立即掏出五十元钞,说还是在国内买吧。老人即将作成之画交来人,问他可高兴,客人忙说:"高兴,高兴。"老人说:"孩子有钱买玩具和你一样高兴,这叫皆大欢喜。"于是相顾大笑。

司徒乔绘孙中山像

今天，当人们来到举世闻名的中山陵，到孙中山纪念馆——"藏经楼"参观时，很少有人知道五十多年前，楼内曾有一帧巨幅孙中山先生肖像。这幅油画被当时的美国《国家地理杂志》誉为"惊人的肖像画"，它是由著名画家司徒乔创作的。

司徒乔自小家境贫寒，靠半工半读自修成材。鲁迅称他是"不寻导师，以他自己的力，终日在画古庙、土山、破屋、穷人、乞丐"。他年轻的时候在北京曾亲眼目睹五个警察如狼似虎地对待一个弱小的穷人，便热血沸腾地画下了速写《五个警察和一个零》。这幅"初出茅庐"的作品被鲁迅买下了。司徒乔在法国巴黎时，常常带着几块黑面包，整天泡在卢浮宫，在西方绘画大师们的杰作前流连忘返。大戏剧家梅兰芳在美国访问演出期间，司徒乔促成了罗马尼亚著名肖像画家斯托恩内斯库为梅兰芳画像。当时，恰逢印度大诗人泰戈尔也到美国讲学，司徒乔运用大刀阔斧的笔触绘出了泰戈尔的肖像。这幅泰戈尔肖像参加了1936年于南京举办的全国第二届美展。南京的报纸评论这幅画是："笔画朦胧，而神思清澈，诗哲丰采粲然，如在目前。"盛名之下，中山陵园管理处特邀司徒乔于当年秋天到南京绘制藏经楼内中山先生肖像。

当时中山陵园图书馆已有一幅中山先生肖像，是大画家徐悲鸿的手笔，因此许多画家都深感棘手而未承担这一任务。司徒乔知难而进，认为这是光荣的使命，有幸的是：他少年时曾瞻仰过中山先生的丰采，并亲耳聆听过中山先生的演讲；中山先生还和他握过手，并赠他一幅与孙夫人的合影照片。他决心用画笔再现神情毕肖的伟人；他竭力追忆自己脑海里伟人的印象；又从孙夫人处借来许多照片作参考；施展自己多年来画肖像的心得和技巧；废寝忘食，八易其稿，经半年多的精雕细刻才完工。画面上，中山先生端坐在桌旁按稿凝思，目光英慧，仪态庄重；衬托人物的图书、地球仪等井井有条。

司徒乔呕心沥血绘制伟人像，不幸积劳成疾，肺病发作，生命垂危。如进私人医院，仅押金就需一百多元，而他此次作画的酬金总共才有二百多元，起初公办医院推脱将他拒之门外，幸亏一位同乡向南京的"中央医院"交涉，才出动救护车接他住院治疗。另外，作画时由于他一丝不苟，多次返工，二百元材料费远远不够。司徒乔和夫人毅然将私人衣物送到当铺以弥补材料费。

全面抗战爆发以后,日机空袭南京,司徒乔积累了十几年的作品、书籍、文稿等不幸化为灰烬。日军占领南京期间,藏经楼遭破坏,那幅中山先生肖像亦不知所终,其下落至今还是一个谜。

何香凝的梅花横幅

何香凝老人在1932年春画的一幅梅花横幅上，题的词句是"先开战风雪"五个字，第二行是"湜德先生纪念，何香凝壬申春"等字样。壬申就是1932年，"一·二八"淞沪抗战时期。

"湜德先生"是谁？为什么老人要用"先开战风雪"这样高度赞扬的词句亲笔书赠给他呢？所谓"先开"是含有起带头作用的意思，而"战风雪"则是有"与艰苦环境奋斗不屈的精神"。用梅花来赞誉受赠者，足见老人对他的尊重和敬佩，而非一般应酬之作。

原来，湜德先生姓顾，是上海的民族资本家，住在上海茂名路九十三号，夫妇俩开了一家"南京汽车出租公司"，备有自用的大小轿车、货车等，夫妇俩生活优裕，十分阔气，当时正值壮年有为之时。

"一·二八"淞沪战争起，香凝老人在租界后方组织了一个救国团体，接受社会上各界爱国人士捐献给前线浴血奋战的需用物资，还有救济难民的各种生活用品。当时在租界住的中国居民激于爱国义愤，再经何香凝老人带头振臂一呼，各界人士莫不踊跃响应。收到很多款项及各种救济物资，很快便堆积如山。

钱和物资有了，前方急需，但缺乏运输工具，很难把这些物资及时送到所需要的地方。顾氏夫妇得知这种情况，主动挺身而出，与香凝老人商定，自愿将他们自己公司的各种车辆，不要任何代价地请老人吩咐使用，无偿出人开车，由老人指挥，这在当时解决了大问题。

当时救济难民的物资，全在租界里，分发比较容易，办理也比较顺利。用车也方便，而支援全部前线的物资，必须要冒着枪林弹雨的危险，才能送到目的地。顾氏夫妇的亲朋好友都奉劝他们不能不顾及车、人的丧失而给何香凝卖命。可是顾氏夫妇对亲友的劝告置若罔闻，毅然驾驶着他们的名牌菲亚特汽车运送前线需用物资，往返多次，直到最后完成了这项艰巨而危险的任务。

顾氏夫妇的义举，使何香凝老人深受感动，因无以为谢，便画了这"先开战风雪"的横幅，送给顾氏夫妇作为纪念。顾氏夫妇接过这幅画，激动地说："何老您的爱国行动确实感染了我们，我们夫妇对您非常尊重和钦佩。我们用激动的心情收下您这段时间画出的礼品。"顾氏对这件横幅极为珍视，把它配上考究镀金的镜框，悬挂在客厅正面墙上。即使在以后的白色恐怖情况下，顾氏也不把这张画取下来。

  谁知十年动乱期间,顾氏夫妇因此画而备受"造反派"百般殴打凌辱,画幅也被抄去。直至落实政策,顾氏夫妇已经作古,这张画才发还给顾氏的后人。这幅顾氏生前最珍惜的何香凝老人的梅花横幅,能合浦珠还,也算是很幸运的了。

珠联璧合一幅画

我曾于荣宝斋副总经理、画家米景扬先生寓所见到一幅写意山水画《秋涧清流图》,系两位大师级的国画家——陈少梅和董寿平的合作珍品。只见巉岩绝壁,杂树丛生,一股急流自远处奔腾而来,切断山崖,倾泻而下。有动有静,意境深邃,笔墨娴熟,浑然一体。但是,谁又能想到,在这同一幅画面上,两位画家的着笔时间,竟相隔了二十六年。

这究竟是怎么回事呢?且先看画右侧的董寿平先生的题字:

> 时一九五四年秋,老友陈少梅与予合作者,未及完成而少梅遽归道山,已搁置二十六年矣!顷少梅之婿米景扬同志持以见示,并嘱补成。予老手荒率,勉为补足,心手两拙,愧对老友多矣!时在一九八年冬初

并署"董寿平补笔并识"。

董寿平先生今已九十四岁高龄,是当今活跃于画坛的画松、竹、梅、黄山大家,其故乡山西为他在晋祠专建了纪念馆,两年前在中国历史博物馆还举办了轰动中外的书画展览,是人们熟知的画坛巨擘。而提起陈少梅来,除去年荣宝斋在北京饭店拍卖了他的一幅山水画《江南春》,成交额四十六点二万元,一个《西园雅集》扇面成交额二十九点七万元,创扇面价最高纪录偶有耳闻外,一般知者就甚少了。

陈少梅名云彰,字少梅,号升湖,湖南衡山人。其父陈嘉言(字梅生)早年任清末翰林院编修,晚年主持衡阳书院(即船山学社),曾积极支持何叔衡、毛润之将书院改办湖南自修大学。生于书香世家,少梅幼习诗文书画,天资聪敏,勤奋好学,十五岁即加入著名国画家金北楼主持的"中国画学研究会",因其最小,被誉为神童。后又加入金北楼子金开藩1926年成立的湖社画会。1930年比利时举行建国百年纪念国际博览会,湖社选画品前往参加,陈少梅作品荣膺银奖,时年仅二十一岁。翌年,湖社成立天津分会,派其前往主持,直至解放。他的山水、人物、花鸟等,不论工笔,还是写意,无不擅长。老一辈画家曾用"当代唐伯虎""唐寅以后第一人"、"马夏再世"等赞语来称颂他。启功在手书的《陈少梅画集序》中说:

画诣在同门中卓荦无少逊色。我比少梅先生虽仅小两岁，但学画时望先生的作品，已如前辈名家，可见他成就之早。

另在为少梅遗作《钟进士醉酒图》题诗注中云：

其纸不过三十年，其笔则三百年。

仰慕之情，溢于言表。启功先生又写道：

一九五四年九月，先生来北京不久，一天他怀中带着两个干馒头去向老母问安，自说已用过了饭，不意就在老母面前突然倒下。先生生于一九〇九年，这时仅有四十五岁。

实际情况是这样：1953年初冬，时任天津美协副主席的陈少梅，应钱杏村、叶浅予的邀请来到北京，先是寄住在好友张伯驹家中，后又到风景如画的北城西海畔板桥头条一号赁房而居。1954年9月9日上午，少梅先生的好友董寿平先生前来拜访，两人促膝而谈。这时董寿平已参加了荣宝斋的工作，敦促陈少梅也去，少梅说："你这可谓是鲍叔荐管夷吾了。"并随口吟杜甫《贫交行》诗：

翻手作云覆手雨，纷纷轻薄何须数。
君不见管鲍贫时交，此道今人弃如土。

董先生见桌上铺着一张高丽纸，便提议两人合一幅画。少梅欣然同意，然后把笔挥毫，很快就画好绝壁、杂树，笔墨酣畅苍劲。因时近中午，少梅还要去南城看望老母和几个孩子，两人相约次日董先生再来画远山近瀑，便匆匆而别。孰料，这画好的半张画竟成了少梅的绝笔。当天下午少梅先生突发脑溢血，在老母面前倒下了。当医生赶到时，画家的心脏已停止了跳动。

时隔二十六年之后的1980年，正是"文革"风云已过，因家亟待振兴之际，陈少梅之婿米景扬先生想起了当初二人相约合作的半成品，持之亲往董府，请健在的董寿平先生补足。不愧是两位卓然大家，虽时隔多年，但从笔墨、神韵、气势，很难识别是出自两人之手，真可谓"珠联璧合一佳作"了。

陆小曼山水长卷题跋

陆小曼是中国早期著名白话诗人徐志摩的夫人。1931年11月19日晚,徐从南京搭飞机去北京,不幸飞机在山东济南附近失事遇难。在料理遗体时,有一张陆小曼画的山水长卷却还完好,居然保留了下来。

陆小曼是江苏常州人,与徐志摩结婚后,住在上海,曾拜贺天健为师学画。这轴长卷更为珍贵的是它的跋,计有胡适、杨铨(杏佛)、贺天健、梁鼎铭等人之手笔。

当时,徐志摩在北京大学任教,同时又在南京中央大学、上海光华大学兼课,所以经常南北往来。这年,徐志摩于夏间携此长卷往北京装裱。胡适在上面题了一首诗:

画山要看山,画马要看马,
闭门造云岚,终算不得画。
小曼聪明人,莫走这条路,
拼得死功夫,自成真意趣。

接着又题曰:

小曼学画不久,就作这山水大幅,功力可不小!我是不懂画的,但我对于这一道却有一点很固执的意见,写成韵语,博小曼一笑。适之二十(1931年)、七、八,北京。

这诗和跋所表现的胡适在文学上的观点,与他以前所发表的文学见解是一致的。

接着,杨铨又在此长卷上题了一首待,与胡适唱反调。诗曰:

手底忽现桃花源,胸中自有云梦泽;
造化游戏成溪山,莫将耳目为桎梏。

又题曰:

小曼作画,
适之讥其闭门造车。
不知天下事物,
皆出意匠,
过信经验,
必为造化小儿所笑也。

质之适之,
小曼、志摩以为何如?
二十年七月二十五日,杨铨。

在此诗中,杨先生提出了自己的观点,即不能过信经验。这年中秋,陆的老师贺天健在上海为这幅画卷题了一首绝句:

东坡论画鄙形似,倪瓒云山写意多;
摘得骊龙颔下物,何须粉木拓山河。

亦是针对胡适之论点而发的。梁鼎铭接着在题词中也表达了一通意见:

只是要有我自己,虽然不像山,不像马,确有我自己在这里就得了。适之说,小曼聪明人,我也如此说,她一定能知道的。适之先生以为如何?

陈蝶衣的一段文字较长,其中语云:

小曼天性聪明,其作画纯任自然,自有其价值,固无待于各名家之赞扬而后显。

题后又画了一张猫蝉小幅,写了"两部鼓吹"和"蝶道人戏笔"诸字。

此画作于1931年春,那时陆小曼二十四岁,风华正茂。她1965年在上海去世。死前将画辗转赠给浙江博物馆收藏,经十年"文革"而未丢失,也可告慰地下亡灵了。

苏曼殊画《梦谒母坟图》

1983年5月2日是辛亥革命前后曾风靡一时的人物苏曼殊逝世六十五周年的日子。苏曼殊是个多才多艺的人，除了诗、小说、翻译等倾倒一时外，他的画亦为时人所推重。其同乡孙中山先生，就对他的画颇为激赏；他的老友柳亚子曾有诗赞为"千秋绝笔"；有名的"侠士"刘三咏道："苏子擅三绝，无殊顾恺之"；于右任先生亦作诗感叹："世人莫评曼殊画。"这当然是因为他的画潇洒绝尘，画中有诗，有极高韵致和艺术感染力。当时一代名士莫不与之交往，以能获得其墨宝为荣。但曼殊颇不轻易许人，且所绘之画多有不落款和加印者，因之传世不多。

曼殊曾为当时音韵学大师黄侃画过一幅《梦谒母坟图》，并有章太炎题跋，黄侃记文，堪称珠联璧合之珍品。黄侃在"五四"前后曾任北大文科教授，其父黄云鹄乃当代著名经学家，黄侃幼承家训，后又拜章太炎为师。章氏极欣赏他的才华，将平生所学悉心传授。黄侃后来又拜精于音韵训诂之学的刘师培为师,其实黄只比刘小两岁。但刘师培世代家传训诂之学,其祖、父均列传于《清史稿》,因之黄侃心悦诚服。黄侃后来出版了《音略》《声韵通例》《集韵声类表》等书,而致声名鹊起。

说来有趣,章、刘、黄三人竟都被同时人称作"疯子"。章氏在东京主办《民报》,因反对中山先生,致被黄兴斥为"疯子"。刘师培则是因其不修边幅,常年蓬头垢面,因之亦被视为"疯子"。黄侃则由于他的一件怪癖。因其乃翁过世早,他一直与母相依为命。他经常来往于故里湖北蕲水与北京,每次必奉母同行,而每次亦必携带着老母的寿材,直至其母弃世为止。因之人们都把他视为"疯子"。由于苏曼殊在日本与黄侃同寓,又为挚友,所以黄侃便请曼殊画了一幅《梦谒母坟图》以寄哀眷之情。那时刘师培已经死了,所以只是章太炎题跋,否则黄侃亦必请刘师培赐笔以志不朽的。

后来,曼殊因对当时社会的黑暗和封建家庭不满而出家为僧,但亦并不认真面壁修行而浪迹天涯,诗酒啸傲,所以又被视为"畸人"狂僧,他自己曾有诗表白:"无端狂笑无端哭",这亦难怪世人把他说成"疯癫"了。但是,曼殊是保持晚节的,他临死前还表示要追随孙中山北伐,便是一例。

几经磨难《流民图》

北京出版了大型的《蒋兆和画册》，巨幅《流民图》画卷亦印载其中。这使笔者记起此画的一段不平凡的经历。

蒋兆和先生的《流民图》，系慕宋代画家郑侠的《流民图》之名而画的。蒋兆和创作此画，从构思、搜集素材，到脱稿，约有十年之久。最后在1942年6月至9月，蒋兆和于北京东城南小街北口竹竿巷的一所四合院内，完成了这幅规模宏大的《流民图》画卷。画卷高七尺，长九丈，据说是在一块高不足六尺、宽不及四尺五寸的画板上，各自分段完成的。北京宝华斋装裱时因房间太小，遂借用韵古斋、静观阁、益古斋三家店铺门外的砖台阶，连夜托裱。装裱工师徒三人守护，一夜未眠。巡警过往，险遭践踏。翌日清晨，翻卷裁边，附近许多市民围观，无不啧啧赞叹，不期而成了盛大的街头预展。

此画卷完成之后，几经周折，于1943年9月首次在北京太庙公园展出，笔者亦曾往观。蒋先生所独创的水墨人物画风格，确令人叫绝。全画卷以一片瓦砾为背景，描绘战乱中劳苦大众流离失所之惨状。画面上有的乞讨，有的痛哭亡人，有的正要悬梁自缢，还有流浪汉、鳏寡孤独等，共有百余人物，皆近乎真人大小，个个栩栩如生。因画卷展示了由日寇侵华而造成的民族灾难，为日寇所不容，故仅展半日，即被宪兵队查禁。

第二年春，上海举办捐画展。蒋兆和与其新婚夫人萧琼女士，应友人之邀，携《流民图》欣然前往。于是此画在上海的法租界内再展，但展后即被当局变相没收，多年杳无音讯。

到了20世纪50年代，《流民图》画卷复归其主，但仅存半卷，且已霉损不堪。蒋兆和先生见此，感慨万端，遂重新装裱，装裱后的残卷，曾随画家到苏联展出，后即由历史博物馆收藏。报载，近年《流民图》再次装裱，并于1981年在深圳举办的《蒋兆和、萧琼书画展览》中展出。至今，此卷名画，自创作四十年来共装裱三次，展出五次，其经历坎坷，沧桑磨难，为绘画史上所罕见。所幸在第一次半日展之前，为防不测，蒋兆和曾委托照相馆将此画拍成照片，洗印四十套，方使《流民图》受损后，于今仍可得见其全貌。

孙之隽与《武训画传》

写过一篇《七七前夕漫画展》,意犹未尽,更加怀念起该画展的主办人、著名漫画家孙之隽先生。

孙之隽(1907～1966)字近之,河北藁城县人,自幼酷爱绘画,中学时代便以绘画闻名乡里。早在1920年就有漫画作品发表于《北洋画报》。1930年毕业于北京国立艺专西画科。学习期间,更有大量漫画作品散见于各大报刊,如《华北画报》上的《饭碗问题》即是当时的代表作,先后曾在《小时报》《世界日报》《晨报》《新北京日报》《大公报》等都发表了大量作品,用近之、之隽、CCT、小苏、苏恩、特哥、慕雨柯、慕鲁委以及"彻底抗日"四个字的字头等作笔名,还出版了以北方生活为背景的《王先生外传》等漫画集。

1936年,孙之隽采用农村年画中四条屏形式和报纸连载形式开始创作《武训画传》,登在《大公报》上。1943年在重庆办育才学校的陶行知曾将画稿三次再版,又由加拿大友人文幼章译成英文，发行到英国、印度、美国和加拿大等国。这部最早的《武训画传》向国外第一次介绍了那位奇特而执着地兴办义学、广受人尊敬的山东农民。

20世纪40年代末，陶行知委托友人带话给孙之儁，如能得暇，一定再画一幅更好的《武训画传》。孙之儁得此消息，便重新构思，改用水墨技法，精心绘制，以不负陶之重托。该画于1951年由上海万叶书店钱君匋主持出版，异常精美，孙瑜、赵丹二位书写前言，郭沫若题写书名。未料，刚刚问世，便赶上了批电影《武训传》的风暴。主演赵丹、绘画者孙之儁自然在劫难逃，各大报纸的劈头盖脸的批判，使他们蒙受了极大的压抑和屈辱。

从此孙之儁销声匿迹，化名孙信，在北京师范学校从事美术教育。由于他在油画、水彩等方面的高深造诣，故深得学生爱戴。他不但自编自绘出版了老舍的《骆驼祥子》上下集，还出版了《曙光照耀着莫斯科》《鼓手的命运》《大人国游记》《小人国游记》《吹牛大王历险记》《巴黎公社的故事》等三十几部连环画。可是就这样一位才华出众、功绩卓著的画家，却仍未逃出"文革"的浩劫，于1966年含冤离开了人世。

有的评论家说，孙之儁"不但是中国漫画界承上启下的人物，而且还是最早的工艺设计的开拓者"，此言颇为中肯。早在20世纪30年代初，李苦禅先生的第一本画集的封面就是他设计的。40年代北京中电三厂拍的最早的恐怖片《十三号凶宅》的彩色宣传画也是他创作的,背景是王府大门,主体是身着长袍、面目恐怖的守宅老人,充分表现了恐怖影片的特色。当时贴满京城,影响巨大。

顷闻,孙之儁有爱女孙燕华,与其北京国立艺专同窗李苦禅令郎李燕结为连理,都从事美术行业,他在九泉之下也当瞑目了。

颐和园半廊上的字画

颐和园乐寿堂东跨院南端有一段游廊,游廊的南半被墙砌住,只剩下了半边廊子,所以叫作半廊。上边有一幅奇怪的字画。时间写的是"中华民国三十二年六月二十六日"。接下去写有"天顺建筑厂重建乐寿堂,窝头每斤一元三毛六厘,工人每日所得之饭钱不足以一人之日费"等字,并署有"镜坡道人留此以做后人之参考"云云。

这幅奇怪的字画,距今已有四十多年了。笔者当年寓居北京,曾对此充满血泪的故事有所耳闻。

当时有一位叫赵守义者,其家祖祖辈辈都是油画匠,因为手艺精湛,在北京颇有名气。后来他跟一个裱画的姑娘苏玉兰结了婚,生一男孩,取名"小山"。小山十岁那年,有一恶少见苏玉兰有姿色,非逼着给他做小老婆不可。玉兰不从,寻机悬梁自尽了。

赵守义咽不下这口气,就写了状子,告到官府衙门。结果判他"无理取闹",要把他抓进大牢。他闻讯带着小山连夜逃出了北京。

转眼十几年过去了,听说要修颐和园,招募油画匠,父子俩就赶回北京应招,一同在颐和园描油彩画。

这年春天,乐寿堂的玉兰花开放,赵守义看着玉兰花,就想起了妻子苏玉兰,触景生情,心中过度悲伤,一下子病倒了,病情日渐加重。每天六元钱的工钱,乍一听不少,其实只能买四斤玉米面,吃都不够,哪还有钱抓药?临死前,把儿子叫到跟前说:"欺侮咱家,害你母亲的那个坏人,有朝一日你要是碰见,一定要报仇啊!"

事也凑巧,小山父亲死后不久,颐和园修缮工程处新来一个管事的,正是赵家的仇人。小山日夜牢记着父亲的话,买了一把尖刀藏在身边,想找机会杀死仇人。

这天晚上,小山独自提盏马灯在画彩画,正画到乐寿堂半廊时,猛听背后有人恶声恶气地喊:"赶紧干,干好了老子有赏,不好好干,哼!别怪我不客气!"小山看清楚说话的人正是自己家的仇敌,怒火满腔,他看看周围黑乎乎的,没有旁人,就假装没听见。那坏蛋一看这个画匠不理他,心里十分恼怒,冲上来揪住小山就要打。还没容他举手,小山已把明晃晃的尖刀刺进了他的胸膛。

杀了仇人,雪了恨,小山抄起笔在游廊上写了上面的字,然后趁着天黑逃出了北京。据说以后再也没回来,不知他写的字今天还保留否?

法海寺的壁画

北京西郊翠微山的法海寺,是一处有名的佛教圣地。昔日,每于春秋之际,香客络绎而往,那时,笔者虽非进香之客,却也去观赏过寺中的古壁画。

那年,一个秋高气爽的日子,我们出城西行,经过石景山,再往北进入翠微山麓,一座群峰环抱、苍松翠柏掩映中的古刹,就是法海寺。它翘角重檐,红垣绿瓦,金碧辉煌,在蓝天、白云、青山衬托下,更显得气魄宏伟。

院中有"法海禅寺碑"一块,据碑文载,此寺是明英宗的近侍太监李童倡议,由工部营缮的,建于正统四至八年(1439~1443)。全寺有大雄宝殿,伽蓝、祖师二殿,护法金刚殿,钟鼓楼及云堂、厨库、寮房等,而我们主要观赏的是大雄宝殿里的壁画。

原听说这里的壁画经过了五百余年仍完好无损,色彩灿烂如新,到实地一见,果然名不虚传,堪称中国大壁画中的罕见佳作。

正面，扇面墙上画有三壁云气和左右两壁佛会图与林泉环境，扇面墙背后画的是巨幅观世音、文殊、普贤三大士像，总共十铺佛画，都是仪轨严格，没有掺杂儒、道二教的题材，系明代早期壁画特点，气势恢弘，构图严整，形象完美，继承了唐宋以来宗教壁画传统，珠光宝气、辉煌艳丽的服饰，贴金沥粉、锦绣斑斓的图案和细入毫芒的精勾细描，多流露着宫廷绘画的特色。

画面里共有七十七个人物，不同身份的人物的形态和气质也都不一样，四大天王眼神灵动，威武尊严；风神、雨师目光迷离，勇烈慓悍；侍女温婉矜持，亭亭而立；童子活泼天真，令人喜爱。特别是河利帝母与毕哩厚迦亲子之情的动作，形神皆动，使人叹绝，她置身于诸天神行列之中，神情肃穆，表现出皈依佛教的虔诚，但她又用左手轻抚爱子头顶，流露出发自内心的母子温情，这样的形态神情，突破了宗教的氛围，把观者拉回人的感情世界……

昔日一观，印象之深至今不忘，听说法海寺壁画今日尚同往昔，中外游客多有慕名而往观者，他们想必也有深切的感受。

朱仙镇木板年画

新年前夕,接到河南朋友寄赠的一本《朱仙镇木板水印年画》挂历,新颖别致,欣喜异常。

朱仙镇是中国古时四大名镇之一,自北宋起,即为东京汴梁(今开封)之水陆交通要塞。其木版年画,亦兴起于北宋。据宋代益元老《东京梦华录》载:"近岁节,市井皆印卖门神、钟馗、桃板、桃符及财门钝驴,回头鹿马,天行贴子。"说明当时民间过年,家家户户都要买几幅年画贴于家中,以求来年风调雨顺,国泰民安。

朱仙镇木版年画分春版、秋版两种。春版为全年开作,制作精美、价格较贵;秋版多为秋后开作,应时赶制,价格便宜。每年"九九重阳"过后,各地年画客商便纷纷云集此地订货,而后肩背担挑到四方去卖。

朱仙镇年画采用木版与镂版相结合,水印套色。木版设置墨线(称主板)、水墨、章丹、木红、笤绿、葵紫诸色;镂版设置槐黄、永红诸色。高档年画增设套全版;低档年画采用五版套色。颜料一般采用本地产植物和矿物质材料制作，纸张也多选材于本地的草纸、连丝纸、本胎纸、毛边纸、黄丹纸等。采用这些传统工艺印制出来的年画色彩艳丽，庄重浑厚，线条简练，粗犷流畅，有着强烈的民族艺术风格和浓郁的乡土气息。

朱仙镇木版年画种类繁多，有门画"门神"、灶画（灶王爷）、中堂，及桌裙、门头、影壁、斗方、对联等。画面中装点着象征吉祥如意、福寿平安的点缀物，借物寓意，常见的有牡丹（高贵）、荷花（和睦）、戟（吉祥）、磬（庆）、蝙蝠（福）、瓶（平安）、柿（事事如意）等。内容大多取材于人们熟悉的历史戏剧、演义小说、神话故事和民间传说，如《长坂坡》《铜锤换御带》《岳飞大破金兀术》《祭塔》《哪吒闹海》《罗章跪楼》等。

五十年前，鲁迅先生曾大量收集过朱仙镇的年画，并给予高度评价："河南门神一类的东西，先前我的家乡绍兴也有，也贴在厨门上、墙壁上。"据说他所收藏的朱仙镇年画，至今仍有十九幅珍藏于北京和上海的鲁迅纪念馆中。

友人函称：现在朱仙镇木版年画不仅仍保留着传统的艺术风格和地方色彩，而且还有创新。1982年，当地成立了朱仙镇木版年画社，法国还出版了《朱仙镇木版年画》专集，许多旅游者把它当作"东方的民间艺术珍品"购买收藏。

年画中的《关帝诗竹圣迹》

武强年画博物馆最近推出龙年传统题材挂历,其中一幅为《关帝诗竹圣迹》。此画没有大红大绿的热烈、奔放,只用黑白对比衬托出反差,但也表现了遗世独品的孤高、雅洁。画中的竹叶巧妙搭配,组成了一首诗:

不谢东君意,丹青独立名。
莫嫌孤叶淡,终久不凋零。

画上印着:"弘治二年十月十八日扬州淘河获出汉印,共重二斤四两,文曰汉寿亭侯之印。"画上还印有道光己酉秋日,直隶定州同知会稽劳志恩对关羽和画倍加赞美的题跋。

相传三国时关羽作的这幅画,并不是普通的竹画,而是由关羽自己的一首诗拼成的竹字画,或者可以说是一种特殊形式的书法,对于世传绝少的关羽竹画来说,它是有一定意义和研究价值的珍品。细看竹叶，如果仔细辨认推敲，即为单个的字，每层竹叶从右向左，由字连成诗句，耐人寻味，饶有风趣，越看越爱看，越读越爱读。

其实，此画记载了一个历史故事，刘备与曹操徐州之战后，刘备败逃，关羽被曹操所俘。曹操爱关羽的勇武忠义，所以，"上马金、下马银""三日一小宴、五日一大宴"，盛情款待关羽；并送去美女、战袍和宝马，企图收买关羽。关羽在曹营时，斩颜良，诛文丑，也确实立下大功，汉献帝册封其为"汉寿亭侯"。可是关羽一直思念结义兄弟刘备，当得知其下落后即刻告辞曹操，但曹操不肯放他，拒而不见。关羽义气太深，不好不辞而别，特作画一幅，竹叶组字，以竹喻志，以画藏诗，留给曹操，然后"挂印封金"，保护着甘、糜二位皇嫂，过五关、斩六将，冲出曹营，寻找刘备而去。曹操见到这幅画，玩味良久，恍悟关公去志弥坚，更加钦佩他的忠义。以后曹操每每见到这幅画，欣赏品味，感叹唏嘘。

《关帝诗竹圣迹》是武强画中的传统名字，在其他地方也有此碑刻，名《风雨竹》。涿州有块《风雨竹》碑，碑上刻有风竹、雨竹，还刻有"汉关夫子手笔"。上海淞江县有一块，其碑形制为立幅，上为雨竹，下为风竹，碑上记载："清初雍正年间，贵州学史官场赞善群人王奕仁在朝做官时，于京城正阳门外见到关羽画竹的刻石，后来买了拓本，回淞江后刻于石上。"北京故宫、西安碑林、北京房山县关帝庙内、河北正定县博物馆等地均有碑刻,形制有异,内容大体相同。

据《中国古代画史》《画论》中所记,三国时的关云长的确是个善画竹的高手。上海复旦大学伍蠡甫教授考证,中国最早的竹画画家正是关羽。在涿州这块《风雨竹》碑上,镌上一首后人的赞诗:

美髯遗雨竹,笔墨著千秋。
字迹精神在,横斜万古留。

老月份牌画面面观

月份牌画指流行于民国时期,由商品广告、月历、擦炭素描加水彩画面这三种成分融合的印刷品。最大的产地是上海,其雏形是随进口商品配发的招贴广告,画面不外乎欧美风景、肖像等,对中国人缺乏吸引力。国内画家和商家很快瞄准这一有着广阔市场的新画种。在内容上,经过传统年画题材的移植和时事题材的尝试后,至20世纪二三十年代,确定了艳装丽人和豪华都市生活场景的统治地位。

在载体上,月份牌画得力于20世纪初引进的彩色石印技术。这种技术生产的月份牌画保真度高,色彩鲜艳,成本及价格低廉。其视觉效果和经济效益大大超过了传统木刻年画并取而代之,成为民国时期最大宗的时令性印刷消费品。1949年春节期间,仅上海就发行月份牌画八百万张。最大的发行点设在上海的"青莲阁"茶楼,每年10月起,外地批发商云集到此,挑选来年的新画样。零售方式也很独特。尽管卖年画的店铺均出售，但只要购两包英美烟草公司或南洋兄弟烟草公司的香烟，就可凭烟盒内的赠券换得一张画。不少大商店还推行"购物一元，获赠香艳海报一张，多购多赠"的促销手段。

许多大财团为提高商品的知名度，都不惜重金买断月份牌画稿佳作。如商务印书馆开给郑曼陀的稿费是每张三百银圆。郑早年就职于杭州"二我轩"照相馆。因当时像片放大技术不完善，他便用擦炭画法对着照片绘制大幅素描，以满足需要大幅照片的顾客。1914年，他闯上海滩，以擦炭加水彩绘制的月份牌画稿一炮打响，使大药商黄楚九率先订货，从此门庭若市。

20世纪20年代，郑的垄断地位终于被打破。杭稚英、金梅生、徐咏青等人绞尽脑汁，破解了郑的秘法，还吸收了国际上最新的迪斯尼卡通画的某些手法，使月份牌画面的人体结构、光影、色彩、形象、背景更加准确、逼真、鲜艳、新潮、多样。杭还成立了"稚英画室"，雇用了一批年轻画家，在产量、质量上独领风骚多年。到三四十年代，金梅生使月份牌画演变成为纯欣赏性的美术品。英美烟草公司则以高薪长期聘请胡伯翔、张光宇等十几位知名画家，并在上海浦东开办了美术学校，专门造就月份牌画的设计和生产人才，以大投入、大产出来确保占有市场的份额。上海之外最著名的月份牌画家是广州的关惠农，被广东人誉为"月份牌皇帝"。

月份牌画给后人留下活生生的、以十里洋场上海及广州为代表的大都市生活缩影的形象化史料，具有"民国时代""市民与商业化"的艺术特色，因而具有较高的收藏价值。

烟画一席谈

提起"烟画"一词,起码得追溯到五十年前,这种附在卷烟盒内的硬纸画,就像一张张的扑克牌,它虽然是烟草公司的一种促销手段,带有商业色彩,但画法非常高超,色彩非常艳丽,内容非常丰富。

烟画是"洋烟画"的简称,又称"洋画儿",最早出现于半封建半殖民地的清末时代,彼时洋人瞄准中国广阔的市场,竞相来华创办烟草公司,垄断中国所产烟草制售卷烟,因竞争日趋激烈,遂于高级或中档香烟盒内各附装潢精美的画片,以此吸引顾客。

当时高级洋烟卷儿的商标有"三炮台牌""土耳其牌""加立克牌""老刀牌""丁字牌""黄金龙牌""白金龙牌"以及"人顶球牌"。皆二十支装,其中的前三种,一枚之资相当于一斤面粉的价格,普通烟民望而却步。中档者计有"双刀牌""红锡包牌""大联珠牌""大前门牌""哈德门牌""大美丽牌"以及"翠鸟牌""金鼠牌""品海牌""菊牌"等。

各家烟草公司在中国的土地上激烈角逐,不仅确保烟丝的质地,而且不惜重金聘请丹青妙手,绘制成本大套的人物、山水、翎毛、花卉乃至风俗画,每盒烟内附加一张,极有吸引力,日积月累,凑成一套,便是值得珍藏的艺术品,闲时把玩,意趣盎然。

"老刀牌"的烟画,所绘皆名见经传的"古人",诸如周武王、姜子牙、介之推、楚霸王、张良、姚期、秦琼、尉迟恭、诸葛亮、关云长、张飞、赵云等,其形象千差万别,毫无雷同之处,藏者无不宝之。

"品海牌"的梁山泊人物,诸如"行者武松""黑旋风李逵""豹子头林冲""鼓上蚤时迁""智多星吴用""花和尚鲁智深""母夜叉孙二娘"等,其仪态或堂堂,或威武,或凶恶,或狡黠,或妩媚,神采栩栩如生,得之者每每爱不释手。

"人顶球牌"烟画为"三百六十行",所绘市井人物有轿夫、车夫、堂倌、木匠、铁匠、锯碗匠、剃头匠、打小鼓的、摇煤球的、吹糖人的、捏面人的、磨剪子磨刀的等,高矮胖瘦丑俊不一,极富有生活情趣。

"哈德门牌"所附的烟画,则是"江南风物",其画面如苏州的沧浪亭、狮子林、拙政园、寒山寺,杭州的六和塔、虎跑泉、岳飞墓、雷峰塔、三潭印月等,线条流畅且色彩协调,将优美的自然风光和巧夺天工的园林建筑微缩于方寸纸片上,令人叹为观止。

"大前门牌"烟画所涉及的内容,皆是中国成语故事,与画面相对应的文字诸如"昔孟母,择邻处""雁来秋色新""三天打鱼,两天晒网""水有源头木有根"等等,图文并茂,三尺孩童把玩之,遂得以启蒙。

此外,尚有"菊牌"的各色菊花,"红锡包牌"的各色禽鸟等,皆各有特色。收藏者兴致之高,实不亚于集邮。

阅古楼碑帖历沧桑

不畏风雪寒，经历八百年的北海公园，地处北京城市中心。湖光塔影、楼台亭殿、画阁曲廊，极富诗情画意。在公园中琼岛的西北，有一座小楼阁，依山面水，古槐映盖，这就是北海公园里藏有《三希堂法帖》的阅古楼。

阅古楼建于清乾隆十八年（1753）。楼呈弓形，西面为弓背，东为弓弦。楼里珍藏着中国著名的《三希堂法帖》石刻和部分拓片，因此，它是书法爱好者流连不忍离去的胜地。

据史料记载，乾隆年间，局面稳定，偃武修文，朝廷除了进行编书修史、科学选士以外，还提倡书法、绘画等。乾隆皇帝尤其喜爱书法、诗文。他的题诗、题字、记文等全国各地都有。所谓"三希堂"，是指从养心殿西暖阁隔出的一个面积仅六平方米的小室。弘历自撰《三希堂记》中说："内府秘笈王羲之《快雪帖》，王献之《中秋帖》，近又得王珣《伯远帖》皆稀世之珍也。因就养心殿温室易其名曰'三希堂'以藏之。"

镌刻这部法帖历时六年。先选高手钩摹出底本，然后镌刻于房山县产的青石之上，共刻四百九十五块。同年，在北海白塔西侧专门修建了一座阅古楼，将这些刻石嵌安于阅古楼四周壁上。

当人们走进阅古楼内，往往会被满壁古朴雄健的书法所吸引。《三希堂法帖》共收集了中国从魏晋以来到明朝末年一百三十五位著名书法家的三百四十件楷书、行书、草书等作品，总计约十万多字。书法家们风格各异，有的笔势奔放；有的风度端庄；有的给人以潇洒、宕逸、舒展、雄健之美感。石刻艺术也颇精细，甚至连浓墨、破峰也清晰可见，诚属美不胜收。

但是，今天能完整保存下来，也不是一帆风顺的。

袁世凯于1916年做了八十三天洪宪皇帝，于当年6月病死，灵柩运往河南彰德安葬，随后家属迁出中南海。新任北洋政府总统的黎元洪由东厂胡同住宅迁入中南海，派副官唐中寅先带人去打扫。唐办事认真，派多人巡逻。忽有一队搬运工抬着多块碑石要出新华门，巡逻者一看是《三希里法帖》刻石，当即阻止，并报告唐中寅。唐赶到现场，将他们的雇主找来，此人乃袁世凯之第三子袁克良。唐责袁不应私运国宝，袁蛮不讲理，强令搬运工起运。唐大喝："我不怕你这皇三子，王子犯法，与庶民同罪，你私运国宝就是不行！"袁恼羞成怒，先摔坏一块石刻，中断为二，再摔一块，碎裂为四，然后扬长而去。事后，唐中寅找来石工，将袁克良未能盗走的刻石又全部嵌安于阅古楼原处。被袁克良摔为两块者，是梁诗正等所撰《三希里法帖》跋文；裂为四块者，系弘历的御题诗，碎裂处有些字已不可见。这两块断石，游阅古楼可见；从1916年以后的《三希堂法帖》拓本上亦能看出。此实盗窃国宝之罪证也。

南诏古碑今犹存

大理古迹很多,其中南诏德化碑和大唐天宝战士万人冢,是南诏时期存留不多的两处重要古迹。

南诏德化碑立于"赞普钟十五年",即唐代宗大历元年(766),至今已有一千二百多年的历史,是中国首批公布的全国重点文物保护单位。此碑位于下关至大理古城途中的一片农田里,背靠苍山,面对洱海。早些年,碑为土坯房保护,现已建成唐代风格的大型碑亭,很气派。碑高三点零二米,宽二点四六米,厚六十厘米,呈长方形,顶有榫孔,原应有额,今已不存。

此碑碑文长三千八百多字,词藻斐丽,文理通达,朗朗上口,一气呵成,许多句段写得极为精彩。例如,写到唐朝大军全军覆没时,仅用了"流血成川,积尸壅水,三军溃衄,元帅沉江"十六个字,形象生动又高度概括了这场战争的结局。又如,在谈到修建阵亡将士万人冢的用意时,文中又这样写道:"生虽祸之始,死乃怨之终,岂愿前非而忘大礼,遂收亡将等尸,祭而葬之,以存恩旧。"寥寥数语,入情入理,表明了阁罗凤及南诏国不得已与大唐作战之处境,而又不忘旧恩的心迹。史书记载,阁罗凤曾经说过:"后嗣悦归皇化,但指太和城碑及表疏旧本呈示汉使,足以雪我前过也。"总之,尽管已经打了胜仗,但是南诏不能脱离大唐统治。应该说,这便是竖立德化碑的用意所在。同时说明,这位南诏王确实是一位明智而又颇有预见性的君主,二十八年后,南诏与唐王朝又果然和好了。

南诏古碑的内容与史书的记载是吻合的。唐天宝十年至十三年(751~754),正是唐玄宗李隆基对杨贵妃宠爱有加之时,宠臣杨国忠等人操纵朝政,权倾朝野,是非颠倒,穷兵黩武,给内地和边疆民众带来了深重的灾难。紧接着,天宝十四年便发生了长达八年的"安史之乱",唐朝国运从此走向衰败。李白、杜甫、白居易等不少大诗人都以此为题,写过许多著名的诗篇,愤怒地谴责了这场不义的战争,无情地揭示了这场战争给民众带来的极大危害。

这段历史,或者说这两处重要古迹,实在发人深省。它至少说明在边疆民族地区应该实行什么样的政策,以及应该委派什么样的官吏。对边疆少数民族的任何歧视、侮辱和压制都只会激化民族矛盾。同时表明,云南这个民族自治省,早在一千二百多年前,即使在发生尖锐激烈的民族矛盾及至战争的情况下,对中华民族这个大家庭也有着强烈的认同感。

书家认为,南诏德化碑不仅文字畅达动人,书法亦是唐碑中的上乘。其书写流利挺拔,萧散朴茂,秀逸可爱,有晋唐风貌,兼具北海遗风,此碑应出自大家之手。并考证说,此碑的撰写与书法,很可能均出自时任南诏清平官的郑回。此君后来为恢复南诏与唐朝的关系做出了很大贡献。

可惜的是,由于历史久远,南诏德化碑已风化得很厉害,加上当地人将其视为"神碑",大凡生病者,家人均从碑上取石煎水当药,更是造成了破坏,目前,德化碑所存文字与原碑比,已十不及一。

王法良书写故宫三大殿匾额

北京故宫"太和""昭德""贞度"三大殿,吸引了无数游人,但是这三大殿的匾额是谁写的呢?现在知道的人恐怕已经不多了,原来,它们出自清末著名书法家王法良之手。

王法良,字弼臣,河北省任丘市人。1848年出身于书香门第,幼年学业不佳,其父清朝进士王金台便让他改练书法。未料,他一开始就出手不凡,不但字迹工整,而且秀拔苍劲。王金台大喜,便不时从京中买来名家字帖让他临摹。王法良也倍加勤奋,如饥似渴、如痴如醉地写、练。后来他又得著名书法家、同乡王斌的指教,书艺大进。

清光绪二十二年(1896),慈禧太后命彩画故宫三大殿,更换匾额,招各地书法家试笔,仅翰林院就有二十多位学士、进士应试,谁知皇上都不中意。

此时四十八岁的王法良也来到京中,他苦练几十年之后，临苏帖，仿隶书，皆能神似，他的颜体字能够乱真。翰林院大学士李鸿藻和王金台是同乡世交，他见王法良功力不凡，便向操办故宫彩绘的翁同龢推荐。于是王法良便前往一试。

未试之前，有一天，王法良把自己仿颜的字帖喷上黑豆水，又揉搓几遍，拿到"荣宝斋"书画店，掌柜即以四百两纹银买下。

再说翁同龢这日闲逛，信步来到"荣宝斋"，见到王法良的仿颜帖，暗暗叫绝，竟以五百两纹银买下。进得翰林院正遇李鸿藻，便拿出这幅仿颜帖对他说道："此乃颜鲁公真迹，若有人有如此功力，皇上保能满意。"李鸿藻细看笑曰："此乃王法良所书，不信揭开宣纸。"翁半信半疑，揭开上下层宣纸果见"弼臣书"之印，不禁大喜，忙禀报光绪帝，光绪遂命在三殿门前高搭彩棚，请王法良献书。慈禧又下旨"门字不准提勾，恐皇上出入有伤龙体"。王法良受旨后，高登棚台，蘸足笔墨，稳住笔锋，"太和""昭德""贞度"三匾额一一挥就。皇上一看喜不自胜，爱不释手，连连称赞。自此，王法良名声大振，慕名向他求书写碑者接踵而至，应接不暇。慈禧下旨重赏王法良，并赐他以高官厚禄，都被他一一谢绝。

此后，王法良回归故里，整日闭门研习书画，为家乡父老撰文写碑，直到晚年，1909年，王法良在老家病逝，享年六十一岁。

"天下第一关"书写人萧显

当你在山海关仰望城楼那高悬的巨匾时,感到"天下第一关"五个大字,字迹酣畅遒健,气势开张,与古城雄关浑然一体:和谐、庄重、威严。该匾长一丈七尺七寸,宽四尺八寸,每个字都在一米以上,"关"字最高的一笔为一点四五米,"一"字长为一点零九米。传说手书"天下第一关"匾额的是明代奸相严嵩,实际是当时著名书法家萧显。

萧显,字文明,明山海卫(今山海关)人,少年时在角山寺读书,勤奋好学。成化八年(1472)考中进士,在京城任兵科给事中官职。当时,宦官汪直当权,气焰嚣张,有一名武将以宦官做靠山,谎报军功,希图重赏,该本章已由兵部签署了"情况属实"的意见,转兵科给事中上奏朝廷。萧显不畏权势,竟在该本章后面附了批驳的条陈。他刚直不阿,受到人们的称赞。

那时,宪宗皇帝崇尚迷信,朝野上下纷纷仿效。有个涿州巫人,在京城里招摇撞骗,假托神仙附体,造谣惑众,很多达官贵人深信不疑,特别是当权太监更奉若神明,萧显上疏,请求查禁私建庙宇,取缔涿州巫的迷信活动。皇帝阅览奏章十分反感,扣下奏折不予答复。一天,皇帝诏萧显到左顺门,由一名宦官出面斥责他狂妄。萧显据理直陈,侃侃而言,驳得中官理屈词穷。过了几天,朝廷终于下令驱逐涿州巫出京。

萧显任兵科给事中科八年,勤于职守,廉洁奉公,受到宦官权贵的嫉恨和排挤。一天,他正在家里给客人写草书字画,忽然接到朝廷贬他为镇宁同知的圣旨。镇宁(今贵州镇宁布依族苗族自治县)在遥远的南方,当时那里是贫瘠的蛮荒之地。无疑,这个消息对他是沉重的打击。可是他吩咐儿子立即为他整理行装,泰然自若地把字画写完。

萧显在镇宁当同知八年,为发展边疆生产和传播文化事业做了很多事。后来,调任衢州(今浙江衢县)同知。又二年后,提升为福建按察司佥事,兼管"屯田"事宜,政绩颇著。刑部尚书白昂发现他是人才,打算推荐他到京城为官。萧显看到朝政日非,不愿与贪官污吏沆瀣一气,就婉言谢绝,辞官归里。他隐居在山海关城北围春山(今燕塞湖东),建别墅名"围春山庄",并筑有墨香亭、荫秀亭,以诗酒自娱。曾赋诗明志:

> 三十年来走宦途，乞归白发半头颅。
> 依山结屋尘偏静，临水观鱼兴不孤。

另有《登城述怀》诗云：

> 城上危楼控朔庭，百蛮朝贡往来经。
> 八窗虚敞堪延月，重槛高寒可摘星。
> 风戾怒涛惊海怪，雷轰幽谷泣山灵。
> 几回浩啸掀髯坐，羌笛一声天外听。

这词同他写的"天下第一关"五个大字一样，气魄雄伟！

萧显诗文俱佳，著有《海豹集》《镇宁行稿》，尤长于书法。《临榆县志》载，城北伯山之巅有萧写的草书石刻，早年朝鲜使臣常登山摹拓，当地人叫这块石碑为"高丽碑"。至于他书写的"天下第一关"巨匾更是闻名世界了。每当人们走到山海关，都要登上城楼观瞻这块闻名古今中外的巨匾，感到是一种艺术的享受。

我当年见到的那块匾额已非原物。清光绪五年（1879）因原字模糊，由附生王治勾摹重刻。民国九年（1920）又因年久破裂，由邑人杨宝清勾摹另刻。据传说，原匾额保存在临榆县孔庙大成殿内。时光流逝了三十余载，倘有机会重游山海关，或有缘一睹匾额原物！

旧都牌匾多名家

过去老北京的牌匾，可分两大类，一为商店牌匾，二是古迹题额，就笔者记忆所及分述如下。

商店牌匾之执牛耳者，当推地安门外后门桥的"为宝书局"，这是书法爱好者公认的。该匾白底黑字，刚劲中现出婀娜之姿，柔媚里又呈通健之气，观之回味无穷。这是伪满汉奸郑孝胥所书。其人虽已附逆，然其书法确有功力。

次之，以魏碑为功底，兼呈米芾风格的书法家张伯英，其书法不知为旧都商店增添了多少风采。张伯英老而弥坚，越到晚年其佳作越流利潇洒，深为北京的书法者所赞誉。

张字首见于和平门外琉璃厂，是以其碑帖收藏家和书法家双重身份出现的。所书匾额高悬于古玩店门楣，越发显得古色古香了。此外，以宋版、明版等善本书收藏著称的"翰林院编修"傅增湘（沅叔）题匾，在琉璃厂和宣内头发胡同小市的古旧书店前均有出现，亦颇受重视。

以收藏金石，尤其以收藏着一钤武则天"金轮精舍"玉玺而闻名的金石家陶北渔的书匾额更为增色。陶先生的书法，棱角分明，一如百炼精钢，极具金石韵味。琉璃厂还有位名学者，是原燕京大学教务长容庚的墨宝，也是不可多得的神品。

当然，清末状元刘春霖，老翰林陆润庠、潘龄皋，以及以书颜体字著称的冯恕等所书匾额，既多且精，美不胜收。陆润庠以魏碑享誉中华，潘龄皋则以行书名世。

名胜古迹的题额，虽以御笔为多，但笔出官僚者亦不乏其例。

先说"御笔"，当然以紫禁城中为最多了，最突出者应属太和殿"正大光明"匾，这是康熙写的。当然他不如乾隆写得多，因而也就更显得珍贵。

旧都原来的通衢所建牌坊颇多，最著名的有西单牌楼（设于六部口）和东单牌楼（设于王府井南口）上的"敷文""崇武"两坊，其次为北海桥上的"金鳌""玉𬟽"和北海公园内"堆云""积翠"坊。虽不知这些出自何家手笔，但足以为京都增添一层娇艳的色泽。

更值得一提的是北海迤东三座门大街的"孔绥皇祚"和"弘佑天民"两座牌坊了。据传这两坊是明朝严嵩所写。姑不论真伪，就其书法而言，当无愧于上乘之作也。此外，还有位于北长街原班禅驻京办事处的"泽流九有"和国子监、雍和宫的牌楼,这也都是京中名胜。

最后所要提及的是紫禁城神武门上的"故宫博物院"五个大字。现在这题额是郭沫若所书,原来的却是颜体书法名家李煜瀛的杰作。其书气势磅礴,观之令人振奋。然而,传说这块匾是李公集颜碑之字放大而成。

李叔同、丰子恺与《护生画集》

李叔同是丰子恺的老师,《护生画集》是丰子恺为庆贺恩师生日而编绘的漫画集,这里面还有一个有趣而感人的故事呢。

1927年的一个清晨,青年佛教学者李圆净居士前往立达学园初次参见了李叔同和丰子恺。第二天,丰子恺拿了两幅戒杀护生漫画回访李圆净征求意见。李一见这两幅漫画,就欣喜地对丰子恺说:"子恺兄能画这类作品,在当今之世,实为发扬护生其理无上利器。真该继续绘画一批,以结集济世。"悲天悯人的丰子恺接受了李圆净的恳请。同时想到,两年后李叔同将年届五十,如果绘制一批戒杀护生结集出版,正可作为恩师五十寿辰之纪念。

丰子恺回到家里,向李叔同谈了他和李圆净的设想,李叔同觉得这是个很好的题目,并让丰约来李圆净,一起商定了大体规划:一幅图画配上一篇说明文字;丰子恺绘制图画,李叔同撰写说明,出版、印刷、发行等则由李圆净负责。

在此后半年多时间中，或是先由丰子恺将绘就的画幅寄给李叔同，请他审查提出修改意见，并撰写说明文字；或是先由李叔同写出文字，由丰子恺绘制相应的画面。在这一来一往的过程中，李叔同多次致信丰子恺、李圆净。从信中可以看出，他不仅对整个画集的编绘思想反复作了原则性的指示，而且对字之大小、所占位置如何与画面相称相谐，以至用哪种纸张、如何装订、如何发行等具体细节，也都条分缕析，毫不苟简地予以指点，表现了极其认真负责的精神。

《护生画集》的编绘出版，前后是有变化的。按照初拟计划，原先只收二十四幅图画和说明文字，也并无编绘续集的打算。后李圆净建议，画集出版后可赠送日本有关各界。李叔同觉得此建议很好，但须"再画数十页"。丰、李二人在考虑李叔同的这些意见时，联想到画集当初原为庆祝李师五十寿辰而作，便进一步建议，将规模扩大到五十幅。李叔同自是欢喜赞同。

画集于1929年2月，李叔同五十寿辰前，由上海开明书店出版。但这时仍无编绘续集的打算。直到1939年，在广西宜山躲避日寇的丰子恺，为了庆贺李叔同六十寿辰，才有续绘画集的设想。并想以六十幅庆祝六十寿辰。这个设想很快得到时在泉州的李叔同的赞许与合作。并致信丰子恺说：

朽人七十岁时，请仁者作护生画第三集，共七十幅；八十岁，作第四集，共八十幅；九十岁时，作第五集，共九十幅；百岁时，作第六集，共百幅。护生画集功德于此圆满。

丰子恺复信说：

世寿所许，定当遵嘱。

《续护生画集》出版后两年的1942年，李叔同在泉州圆寂。

《十竹斋笺谱》沧桑

《十竹斋笺谱》是明末清初画家胡正言在崇祯十七年（1644）编印的。胡正言号曰从，自号"默庵老人"，安徽休宁人，生于明万历十二年（1584），卒于清康熙十三年（1674）。

胡正言从少年起，就勤奋好学，博览群书。对绘画、诗文都有很高的造诣，还精于篆刻，并对医学、经学、小学等均有所涉猎。崇祯时曾授翰林院职。

明崇祯十七年三月，闯王李自成进入北京，满族入关南下，南都（南京）沦亡之后，胡正言已有六十余岁，隐居在南京鸡笼山。他在门前种了十余株竹子，并将其书房命名为"十竹斋"。

在"十竹斋"，胡正言先后刊刻珍贵图书约三十余种，其中尤以《十竹斋书谱》和《十竹斋笺谱》二书最为有名。它在明末清初的彩色木刻版画艺术中，不仅创造性地发展了"餖版"和"拱花"两种技法，而且在镂刻和设色上也有卓越的成就。它是中国版画史上极为难得的艺术瑰宝，在世界范围来说,也是非常珍贵的版画典籍。

《十竹斋笺谱》这部珍籍存于世的极为稀少,当时发现的,全国仅有三部,一部原为天津兰泉先生所藏,后又辗转售出,流入日本"文求堂";另一部藏于上海狄氏;第三部便为王孝慈先生所珍藏。

王孝慈是中国版画收藏家,在北京琉璃厂旧书铺,以八百银圆买下了《十竹斋笺谱》,并特制一樟木盒,把笺谱珍藏起来。

王孝慈与郑振铎、鲁迅是书友。郑、鲁两人看到王孝慈珍藏的这部笺谱后,决定将其翻刻一下。

与北京荣宝斋合作重印的《十竹斋笺谱》第一卷,经过差不多一年时间,终于在1934年年底出版了。鲁迅亲自撰出了《重印〈十竹斋笺谱〉说明》。遗憾的是,这部笺谱刻至第二卷,鲁迅和王孝慈先后因病去世,不及见到全书的刻成。

王孝慈去世时,无钱安葬,被迫将其生前遗书出售。《十竹斋笺谱》由北京图书馆代购。至今仍在北京图书馆珍藏。直至1941年6月,郑振铎才将《十竹斋笺谱》四册翻印出齐。

当年鲁迅与郑振铎刊印的《十竹斋笺谱》只印了二百部,大部分为国外人士所购去,国内已不多见。南京图书馆古籍部,幸能收藏一部四册本,书后有鲁迅、郑振铎亲笔签名并编号,极为珍贵。

国画教材说《画传》

在中国画坛上，流传广泛、影响深远、孕育名家、施惠无涯者，《芥子园画谱》当之无愧也。

《芥子园画谱》，又称《画传》，诞生于清代。清代著名文学家李渔，曾在南京营造别墅"芥子园"，并支持其婿沈心友及王氏三兄弟（王概、王蓍、王臬）编绘画谱，故成书出版之时，即以此园名之。此画谱堪称中国画的教科书。

《画传》出世，备受时人赞赏。光绪十三年（1887），何镛在所作后序中写道："一病经年，面对此谱，颇得卧游之乐。"并题联云："尽收城郭归檐下，全贮湖山在目中。"

画谱系统地介绍了中国画的基本技法，浅显明了，宜于初学者习用，故问世三百余年来，风行于画坛，至今不衰。许多成名的艺术家，当初入门，皆得惠于此。称其为启蒙之良师，是一点儿不过分的。

画坛巨匠齐白石，幼年家贫好学，初以雕花匠为生。

三十岁时,随师外出做活,见到一主顾家有部乾隆年间翻刻的《芥子园画谱》,仔细翻阅之后,发现自己所画,多不合章法,故如获至宝,遂借来用勾影雷公像的方法,画了半年之久,勾影了十六本之多。从此,他以所画为据来做雕花木活,既能花样出新,画法又合规则,为其后来绘画打下良好基础。据说直到晚年,白石老人还念念不忘此事。

著名国画家潘天寿,十四岁到县城读书时,从文具店买到一部《芥子园画谱》,成了他学画的第一位老师。无人指导下,他照谱学画,如醉如痴,终成一代大师。

山水画名家陆俨少,从小喜画,苦于无师。十二岁到南翔公学读书时,得到一本石印的《芥子园画谱》,像得到心爱的宝物一样,如饥似渴地临摹,从此迈出了画家生涯的第一步。

郭沫若先生是众所周知的文学家、历史学家和诗人,然其能画,则鲜为人知。他尤喜画兰花,曾画兰赠友人范令棣先生。他之所以能画,是因在家塾"绥山馆"里,常描摹《芥子园画谱》。郭沫若先生曾为其弟郭开运所画的《葵菊图》题诗道:

> 不因能傲霜,秋葵亦可仰。
> 我非陶渊明,安能作欣赏。
> 幼时亦能画,至今手犹痒。

愿得芥子园，恢复吾伎俩。

郭老如能学画不辍，早当成名画坛了。

《芥子园画谱》施惠画坛三百余年，育出代代名家，可谓功德无限。何镛有言，此书"足以名世，足以寿世"，然也。

蔚县剪纸放异彩

蔚县剪纸是具有独特风格的民间艺术，在海外及港澳地区都享有很高的声誉。它用手工雕刻，再用毛笔点染，色彩明快绚丽。当地人把它作为年节的装饰，贴于纸窗，故而又叫"窗花"。

蔚县剪纸历史悠久，民间传说甚多。一说很早以前，蔚县城里有个王先生，还有一名张道士，二人常用剪子和刀子剪刻彩纸，技艺甚精，后来二人便经营剪纸作坊，一个刻纸，一个染色，配合默契。另说，两百多年前，蔚县城里有几家大商号，从苏、杭二州贩来绫罗绸缎，上面贴有许多精美的商标，人们便把它们剪下来贴在窗上作为装饰品，但是，白天好看，晚上便成为黑影。后来，有个老银匠用刻刀把图案镂空了，不仅白天看上去精美，而且晚上也显着玲珑，这就是蔚县剪纸艺术的萌芽。后经代代革新，逐渐创造出手工精巧、绚丽多姿的工艺美术品——蔚县剪纸。

早年在内地,逢年过节必得在窗户上贴几幅剪纸画,以庆吉祥。记得当年蔚县剪纸的题材非常丰富,常见的有戏曲人物、民间传说、神话故事、飞禽走兽、花鸟鱼虫、山水风光、生活场景以及一些谐音的吉祥物象,如表现"连年有余"即刻出鲤鱼和莲花的图案等,洋溢着欢快、健康和热爱生活的情趣。

蔚县剪纸艺术特点,是以"阴刻"为主,"阳刻"为辅,即所谓"阴刻见色","阳刻见刀";刀工精细,色彩浓艳,构图朴实、饱满,造型生动、优美,色彩对比强烈,用色大胆泼辣,有一种特殊的艺术魅力;贴在纸窗上,透过户外阳光照射,就更艳丽夺目、剔透玲珑了。

当年蔚县有一大批杰出的民间剪纸老艺人,我印象最深的是王志赏先生。他以刻画戏曲中的生、旦、净、丑角色而闻名,创作出大量深受群众喜爱的作品。另有周永明先生的剪纸,人物造型优美,在服饰、景物方面,采用图案化、典型化方法,尤其注重细节的镂刻。

令人欣慰的是蔚县剪纸艺术后继有人,今年四十七岁的任玉德又崭露头角了。

收藏鉴赏

ShouCang jianshang

张伯驹抢救《游春图》

隋代名画展子虔《游春图》是中国现存的一幅最早的山水画,堪称国宝。经著名收藏家张伯驹捐献,现藏于北京故宫博物院。张氏为抢救这一稀世珍品,当年曾卖掉自己的住宅,经过情形颇有可述者。

1946年初,在中国东北地区陆续发现一些故宫散失的书画。当时任故宫博物院专门委员的张伯驹即提出两项建议:一是所有溥仪"赏"溥杰单内者,不论真赝,统由故宫博物院作价收回;二是经过鉴定确为精品者,亦作价收回。张氏认为那一千一百八十九件书画中,有价值的精品约四五百件,按当时价格,不需太多经费,便可大部收回。而故宫博物院院长马衡只口头允诺,并未着手进行,遂使许多名作落于商贾之手。

当时,琉璃厂玉池山房马巨川去东北最早,论文斋靳伯声继之。两人皆精于鉴别,有魄力。他们由东北收进许多碑帖字画,马巨川以一些赝品及平庸之作售与故宫博物院，真精之品则售与上海商人牟取重利，甚至勾结沪商，辗转出国。如唐代陈闳的绢本《八功图卷》，元代钱选《杨妃上马图卷》，均已流至国外。后来，这幅《游春图》又为马巨川所收，索价八百两黄金。张伯驹知道后，亟向马衡建议，此为国宝，应收归故宫博物院；甚至提出如院经费有困难，他愿意帮助周转。但马衡不应。张只好自己去和商人商量，最后以黄金二百二十两成交。是时张伯驹已收购了一些宋、元巨制，手头拮据，不得已，以所居房产付款，收回此图。

在此之前，靳伯声收得宋范伯淹《道服赞卷》，后有文同的跋。当时张大千想收买过来，马衡知道，当即追索，靳故避之。最后由张伯驹变卖家产，将《道服赞卷》收购过来。

听说后来张伯驹将珍藏的许多名画书法，全部捐献国家。除上述两件外，尚有晋陆机《平复帖》、杜牧《赠张好好诗卷》、黄庭坚《诸上座帖》、吴琚《离书诗》、蔡襄《自书诗帖》、赵孟頫《章草千字文》等，张伯驹毁家保护祖国文物的精神，颇为友朋称道。

徐悲鸿与《八十七神仙卷》

抗战胜利后,徐悲鸿先生在北京主持国立艺专。一次我去拜望,适先生向朋友展示其珍藏的唐代名画《八十七神仙卷》。这是一幅白描人物手卷,佚名,由于年代久远,绢底已呈褐色,但人物造型优美,体态生动,线条刚中有柔,遒劲而又潇洒。再加上亭台曲桥、流水行云及诸般乐器,不仅宛若仙境,且似有仙乐在耳畔飘荡。数一数确是八十七位神仙,他们列队步行,浩浩荡荡,蔚为壮观。后来,先生谈起他收藏和保存这幅名画的经过,颇感人肺腑。

1937年春天,徐先生在香港举办画展。一天,许地山夫妇介绍他去看一位德籍夫人收藏的中国书画。徐先生一件件观赏着,忽地眼睛一亮,一幅古旧的人物画卷呈现在眼前,他兴奋得手指都有些颤抖了,几乎是叫喊道:"我要这一幅,我只要这一幅!"这幅画就是《八十七神仙卷》。那位德籍夫人提出要价一万元,徐先生一时拿不出,便提议以一部分现金,加上自己的七幅作品作为交换。于是这件流落于外国人之手的国宝,便回归到中国人的手中。

不料数年后,发生了一件意想不到的事情。

1941年冬,徐悲鸿先生赴新加坡举办个人画展,后经缅甸回国,下榻于昆明云南大学。一天,突然响起空袭警报,他匆忙跑入防空洞。待警报解除,回到住所,不禁大吃一惊,门已被人撬开。急奔室内察看,发现《八十七神仙卷》已被人盗走,同时丢失的还有他自己的三十余件作品。他感到似一记响雷,在头顶炸开。极度悲伤之中,他挥毛写道:

> 想象方壶碧海沉,帝心凄切痛何深。
> 相如能任连城璧,愧此须眉负此身。

他深深地谴责自己未能保护住如和氏璧一样价值连城的国宝。1941年,徐悲鸿先生在重庆中央大学艺术系任教。他把《八十七神仙卷》的大幅照片带到教室里让学生临摹,还向学生提起了这件国宝得而复失的经过。一天,他忽然接到一位学生从成都的来信,告诉他说,在一个素不相识的人的家里,见到一幅古代人物画卷,与徐先生失去的画卷完全相同。徐悲鸿先生又惊又喜,他想马上动身赶赴成都,但又担心风声传出会打草惊蛇,使藏画者因怕惹祸而将画毁掉。他考虑再三,决定请一位他熟悉的朋友去成都办理这件大事。最后,他用二十万元现金和十几幅自己的画，终于换回了《八十七神仙卷》。徐悲鸿先生高兴异常，当即赋诗一首：

得见神仙一面难，况与伴侣尽情看。
人生总是对菲味，换到金丹凡骨安。

宋代名画留存海峡两岸

著名古文物收藏家张叔诚,原籍北京通县,为前清工部右侍郎、开平矿务局督办、总办路矿大臣张翼(字燕谋)之子,1922年任山东枣庄中兴煤矿公司监察人,其后改任公司董事、协理及驻矿委员等职。张氏父子两代办矿发家,广有钱财,又都爱好收藏古书文玩,精于鉴别真伪,任何赝品也瞒不过他们父子的眼睛。抗日战争期间,张叔诚隐居天津,闭门谢客,日以欣赏古玩为乐。

张家收藏的古文物,都是稀世珍宝。单说其中的一件,宋代名画家范宽所绘《雪景寒林图》。这是一件三拼绢的大幅立轴,画面上群峰耸立,山势嵯峨,皑皑白雪,看上去寒气逼人,秦岭神采,尽收眼底。清代收藏家安麓村在所著《墨缘汇观》中,盛赞这幅画为宋范宽杰作,在宋代绘画中堪称神品。

范宽是宋代华原人,善画山水,初师李成,后师荆浩,落笔老劲。但范宽作品,传世者不多,至今保存下来的，只有两幅，一幅为张叔诚所藏的《雪景寒林图》，另一幅为《溪山行旅图》，均为无价之宝。

几百年来，《雪景寒林图》经历了许多风风雨雨。明末清初，这幅画存于天津名士安仪周之手；安仪周死后，由其子孙卖给当时的直隶总督，转献给乾隆皇帝。乾隆皇帝甚为珍爱，在画上加盖"御览之玺"，存于圆明园。1860年英法联军焚毁圆明园时，抢走园内大批珍贵文物，《雪景寒林图》被一外国兵抢走，拿到肆上去卖，幸被张燕谋见到，急出重金购回，藏在天津家中，从不肯拿出示人。后来张叔诚继承家业，更视此画为和璧随珠。

至于《溪山行旅图》，原藏于北京故宫博物院，本来极为安全。1931年"九一八"事变后，日本侵略者步步进逼，北京故宫等地存藏的珍宝南迁。在故宫博物院院长马衡主持下，经过挑选、造册、编号、装箱，迁走故宫博物院古物约二十万件，《溪山行旅图》亦包括在内。南迁古物暂存上海，抗战前夕运到四川，后来又转移台湾。《溪山行旅图》今存台湾故宫博物院。

据说张叔诚收藏的《雪景寒林图》连同其他珍藏文物四百五十五件，已于1981年捐献给国家，现存于天津艺术博物馆。

陈簠斋与毛公鼎原拓片

稀世瑰宝西周青铜器毛公鼎,于清道光末年出土于陕西岐山,铭文四百九十七字,记述周王诰诫褒赏其臣下毛公廘事,为现存铭文最长的铜器之一。此鼎对研究中国古代史、西周社会史、文字学史以及冶炼、铸造史,都极有价值,是难得的实物资料。青铜器铭文有十余字已属珍品,此器铭文近五百字,实属珍贵难得。

毛公鼎素为山东潍县陈介祺氏所藏,陈字寿卿,号簠斋,生于清嘉庆十八年(1813),卒于清同治十年(1871),是清代著名的金石收藏家,与江苏金石家潘祖荫齐名,有"南潘北陈"之誉。陈氏后人家学渊源,对金石学造诣亦深,被称为金石世家。后来陈家由潍县移居天津,仍以祖藏毛公鼎知名于世。当年我有幸结识陈氏后人,对这件瑰宝的珍藏有些传闻故事,尚可一记。

陈氏家藏毛公鼎,从不肯轻易示人。盖藏此重器,极易招祸。京剧《一捧雪》演莫怀古因藏玉杯(其实是当事人因珍藏名画《清明上河图》而被当时权相严嵩之子严世藩所害，所谓玉杯及莫怀古等都系假托）送掉性命的故事，剧中人起名"莫怀古"，意指莫藏古董！这是给收藏稀世珍宝的人一个警告。历来收藏家怕惹事，对所藏珍品不是保守秘密，即推说已经出手。陈簠斋有友人吴云，当时任苏州知府，也是有的收藏家，他写信给陈，想看看这毛公鼎。陈簠斋见友情难却，只好送他一份拓片。其后，为满足古文物爱好者的欣赏要求，陈家把拓片又石印若干份委托书店代售，算是公诸同好。

辛亥革命前，毛公鼎已由陈家卖给直隶总督清人端方。从此，盖有"簠斋藏印"的毛公鼎原拓片即已难得。20世纪40年代中，天津曾传言陈家出售毛公鼎前曾赶拓了若干拓片，倘有熟人介绍，原拓仍可在陈家买到云云。近年见有翻印的毛公鼎拓本问世，但总无原拓本清晰，且缺乏手拓感。去年曾托赴津友人在天津寻访陈氏后人打听有无原拓本，今传来口信：四十年代所传陈家出售原拓并无其事，早年石印本也已无存。

陈簠斋先生生前著述甚富，其已刊的《十钟山房印举》《金文考释》等书极为学术界所重视，惜久已绝版。未刊稿也有数种，偶有传抄，多非全帙。据悉，陈氏后人正据原稿整理簠斋全部著述，不久将陆续出版。这却是古文物研究者所欢迎的好消息。

早在辛亥革命以前，端方由陈家买到此鼎不久以后，即奉旨带鄂军入川查办四川路潮，被义军杀死。端方死后，此鼎又辗转由政府收回，现保存于台湾。

鲁迅收藏汉画像拓片

鲁迅先生一生收藏甚富,汉代画像拓片是他藏品中的大宗。

汉代统治阶级生前奢靡,死后厚藏,在门楣、石窟、祠堂、墓室、棺椁……留下了大量的石刻装饰画,尤其以墓葬内的画像留存最为丰富,多用石头或砖建成。在石头上刻的画叫画像石;在砖头模子上刻画,再压成砖胚烧制出来的叫画像砖。汉画像是现存汉代绘画的主要实物,内容涉及神仙传说、古圣先贤故事、社会生产生活、人物生前功绩及死后"升天"等,风格或朴质雄劲或生动遒美,具有很高的文物价值和艺术价值。

鲁迅收藏汉画像拓片,是为了继承和借鉴这一宝贵文化遗产,从中窥见秦汉之典章文物及社会形态,以更深入研究当时的历史和文学;而且"参酌汉代的石刻画像,明清的书籍插画……和欧洲的新法融合起来,许能创出一种更好的版画,或可另闯一境界"。所以他对汉画像拓片的要求很高。在现存的鲁迅手稿中，发现了一本有关这方面的目录。前面写道："一、用中国纸及墨拓；二、用整纸拓金石，有边者并拓边；三、凡有刻文之处，无论字画悉数拓出；四、石有数面者令拓工注明何面。"后面罗列了山东等地汉画像石的情况。很明显，这是鲁迅计划收集的汉画像拓片及对拓工操作的具体要求。这就保证了他收藏的汉画像拓片的精良。

鲁迅对汉画像拓片的收集始于1913年，直至逝世的1936年，可谓尽毕生之精力。收藏途径，一是购自北京琉璃厂的碑帖店，从鲁迅日记中得知，仅1928年7月间，他就去琉璃厂十几次，几乎隔日即去；二是托人在外地代购或代拓，主要取自河南及山东，如1935年底至1936年8月，所托之人寄给鲁迅画像拓片二百三十一幅，他收到后十分高兴，认为"纸墨俱佳"。

这些精品来之不易。如王正朔找了一位拓工同行，几乎走遍了河南南阳各地。发现不少汉画像遗存之处已被改作他用，或作房基、桥基，或作石桌、猪圈。他好不容易拓了六十七幅。鲁迅于1936年8月17日收到王正朔的信及拓片后，立即复信致谢，并托王正朔于水灾退后，将某桥基的石刻拓出寄来。这是鲁迅最后一次收集拓片的记录。至此，鲁迅共收藏了六百多幅汉画像拓片。

鲁迅早就有将自己收藏的汉画像等金石拓片"印以传世"的愿望，但未能如愿。原因一是"为时间与财力所限",二是"精神体力,大不如前"。他晚年在致台静农的信中,说出"收集画像事,拟暂作一结束"的打算。这说明在那个国家积弱、动荡不安的年代,主要靠孤军奋战、个人收藏及出资来为民族文化的发扬光大做出些成果是多么艰难。

  1986年和1991年,在北京鲁迅博物馆、上海鲁迅纪念馆、上海人民美术出版社的努力下,终于先后出版了《鲁迅藏汉画像》(一)(二),共二册,实现了收藏家"印以传世"的遗愿。

叶恭绰慧眼护国宝

叶恭绰是位大收藏家。他藏书甚多,收藏古物更多,曾收藏明代宣德炉四百余件;藏周代、汉代的象牙、铜质之尺多件,并摄影以比较古今度量之异;藏古印,中有宋代名臣李纲之印;喜藏古墨,被誉为民国藏墨四大家之一(另三家为张子高、张絅伯、尹润生);喜藏砚,尤多文豪曾有砚,如苏东坡、鲜于枢、李笠翁、石涛等人之砚;其余如藏旧纸、古钱币、金石拓片……举不胜举。因叶氏藏品之多之精,故能对有价值之文物独具慧眼。

江苏省吴县在甪直镇有座保圣寺,始建于503年,历史上香火极盛,寺院占地几乎达半个镇。该寺不仅建筑高大巍峨,富有苏南建筑的"立脚飞椽"等曲线之美,而且雕塑尤为罕见。占据了整个山墙的塑壁,仿佛像一幅立体山水画,但见其间巉岩挺拔、奇峰突兀、洞窟错列、海浪飞涌。洞窟中有一尊尊栩栩如生的罗汉塑像。正中的达摩祖师像尤为庄重神凝,一派"静处安禅治毒龙"的神态。

其左右的袒腹罗汉、降龙罗汉、讲经罗汉、听经罗汉……都各具特色。雕塑家恰到好处地捕捉了罗汉形象的最动人瞬间神态，加以典型化夸张，使塑像格外传神、耐看。

据考证，这是唐代大雕塑家杨惠之（或北宋人摹仿）的大手笔。元代大文豪赵孟頫所题该寺的一副楹联，准确概括了该寺昔日的辉煌："梵宫敕建梁朝，推甫里禅林第一；罗汉溯源惠之，为江南佛像无双。"可惜到民国初年，该寺已荒芜、坍塌，衰败不堪，所幸罗汉塑像尚保存一半。至1928年，殿宇倒塌一半，半数罗汉遭毁。叶恭绰闻讯后，与马叙伦、顾颉刚、陈万里等人大声疾呼国人保护该寺无价国宝。经和蔡元培商量，由教育部与江苏省政府联合成立专门委员会，由叶氏主其事，经过募集经费，施工复原，建古物馆等措施，终于抢救、保护了珍贵文物。至今来到保圣寺，还能看到中西合璧式的建筑——当年由叶氏等人筹建的古物馆，里面陈列着劫后幸存的罗汉像。

叶恭绰的侄子叶公超曾奉叶氏之命，舍生忘死地保护了一件大名鼎鼎的国宝——西周的青铜器毛公鼎，自毛公鼎出土后，因收藏家陈介祺秘不示人，仅拓其铭文高价出售，故身价倍增。后为清末大臣端方所收藏。端方死后，被其姨太太以五万美元价转让。日本人闻讯后想方设法收购。此事传开后，社会名流纷纷呼吁不能让此珍稀国宝流失外人。结果，一度抵押给天津华俄道胜银行。1926年，叶恭绰出巨资买下此鼎。抗战中叶氏避乱去了香港，因不便携带,遂将此鼎留在上海,叮嘱其侄叶公超好生看管。其侄历经坷坎,终得以护住了国宝。抗战胜利后,毛公鼎归中央博物院筹备处收藏,现藏于中国台湾台北故宫博物院。

张元济三觅涉园图

戊戌老人、著名出版家张元济,一生为弘扬中华文化鞠躬尽瘁,建树卓著。他三觅涉园图的故事,十分感人。

海盐涉园建于清初,为张元济之祖园。经其九世祖张惟赤(螺浮)、八世祖张皓(皓亭)父子精心修葺,成为一邑之胜。清代中叶以后,涉园又是蜚声江浙的著名藏书、刻书之地,文人墨客纷至沓来,堪称江南名园。

康熙年间,张皓仿王摩诘《辋川图》,特请画家王补云将涉园诸景绘成长卷,遍征名人题咏。图为张氏传家之宝。涉园不幸毁于太平天国战争。19世纪80年代,少年张元济返乡时见到的涉园已成废址。他感慨万千地诵读先祖编印的《涉园图咏》,涉园胜景,如历目前,但以未见园图原迹为憾。

民国初,一位海盐张氏族人出示一幅涉园图。这是皓亭公所藏长卷原件,只是年代久远,图已破损,不堪触摩。张元济建议族人重新裱装,以留真迹。可惜意见不为族人所采纳，反而藏之越秘，结果毁于一场大火。张元济闻之扼腕不已。幸而，他先前托人将图上各景临摹成八幅分图，保存了涉园图的概貌。原图未觅得，这八幅简略的摹本也算是欣慰的纪念了。张元济特意配置了镜框，经常悬挂在寓所客厅壁上。

1927年，友人告诉张元济，上海徐轶如处有一幅涉园图。张赶忙求阅。根据题款知道，这是一幅副本，由张元济七世叔祖张珂（东谷）请画家查日华另摹而成，不知何时流于外姓。张元济再三恳商藏主，又请友人撮合，最后花四百元银洋购下此图。图上题咏虽非原迹，却有二十余篇可补《涉园图咏》的不足。翌年张元济编《海盐张氏涉园丛刻续编》，悉数编入此图各篇题咏，原图已毁，此正式摹本就格外珍贵了。20世纪50年代初，张元济将此图捐献给国家，现藏上海图书馆。这是他第二次觅涉园图。

1935年初，一只涉园银樽突然在上海出现，张元济闻之欣喜万分。此银樽高十一厘米，内腔深七点六厘米，重八百六十三克。樽内壁刻有涉园全景，林峦池沼，亭榭楼阁，十分逼真。樽底还镌有清初名臣范承漠咏涉园长歌一首。此物为先祖螺浮公遗物无疑。张元济特借来，请人将银樽和樽内图、诗摄留一影，附印于《张氏族谱》之后。他还撰一短文，备述此樽原委。此幅涉园图近年由海盐政协文史资料工作委员会编的《张元济轶事专辑之二》所转刊。可惜原樽下落不明。

聚散离合"三希"珍

北京紫禁城内养心殿西暖阁有一小室,名曰:"三希堂",此为乾隆之书房。为何以"三希"作室名呢?

原来,乾隆皇帝酷爱翰墨,他从内府藏品中遴选出三件晋帖——王羲之《快雪时晴帖》、王献之《中秋帖》和王珣《伯远帖》,以为稀世之珍,称其为"千古墨妙,珠璧相连"。

关于三件晋帖之真伪,历史上虽有争议,但其保存价值还是公认的。《快雪时晴帖》是王羲之写给"山阴张侯"的一纸短札,全文不过二十八字,但书势端庄,笔意流畅,神采不群,被古人誉作"天下法书第一"。王献之的《中秋帖》也仅三行二十余字,字体古拙肥厚,生动自然,通篇气势充沛,笔韵绵绵不断,令人不忍释卷。《伯远帖》是王珣的一封书信,落墨严谨而疏密有致,行笔遒劲却不失秀丽典雅,挥洒自如,神韵顿生,以羲之婉媚之态兼有自身险峻风貌。

说到三件墨宝的流传，却是各有际遇。《快雪时晴帖》，宋时内府收存，在其前后钤有"绍兴"印章，后经战乱入金内府，还一度落入南宋权臣贾似道之手。明代历经冯梦祯、冯铨递藏，清时冯铨之子冯源济献于康熙，始入清内府。《中秋帖》已知最早在北宋宣和内府珍藏，绍兴内府递藏。入明，为著名收藏家项元汴所有，经董其昌寓目后，在卷尾留下题跋。清乾隆内府将其收进。《伯远帖》于北宋之际，徽宗赵佶亲笔为其题笔，并著录于《宣和书谱》。迨明，董其昌偶获此帖，重新装裱又辗转吴新宇、安歧等人之手。乾隆登基后，将其同前二帖共藏诸"三希堂"。

时间推至民国初年，清废帝溥仪把《中秋》和《伯远》二帖等珍玩带至天津寓所张园。为维持生计，流入郭葆昌私囊。郭氏去世，其子郭昭俊为投身政界，欲以厚礼进献宋子文。后收藏家张伯驹在上海报章上撰文披露原委；宋氏畏于舆论压力，又退还郭昭俊。新中国成立前夕，郭曾怀二帖至中国台湾，旋存放香港一家银行的保险柜中。为防止两件国宝流落异邦，经周恩来总理特批，国家用重金将它们购回，入藏北京故宫博物院。

当年未被溥仪带出宫外的《快雪时晴帖》虽无前二者所引来的种种事端，却也饱受颠沛流离之苦。随着"九一八"事件的爆发，日军迅速占领东北，平津危急，为保护文物的安全，故宫把所存包括《快雪时晴帖》在内的文物精品装箱，南迁上海。不久又转移到南京朝天宫库房。然而,仅过半年,日军在上海发动"八一三"事变,南京亦处于紧急形势下,这批文物不得不分三批西迁入蜀。直至抗战胜利,才重新回到南京,时隔一年半,国民党退居中国台湾之前,再次南迁留存于南京的故宫文物至台湾。及至台北故宫博物院正式落成,《快雪时晴帖》随同众多国宝入住新舍。

"三希"法帖自1924年11月拱手揖别至今,悠悠已过七十五载。如今只能隔海相望,默默无言,虽心存团聚之意,但团聚之日仍无定期。我们相信,只要海峡两岸同胞统一之心相印,终会使"天堑变通途"。到那时,延津剑合的一幕便不远了。

张大千藏画失而复得

张大千收藏的古画中,有一轴唐朝僧巨然的《嘉陵山水图》卷,这是清宫皇家收藏的珍品。清帝宣统逊位,皇室退出故宫时,此画为末代皇帝溥仪族兄溥儒所得,大千以五十两黄金换来珍藏,难得展示于人。偶有密友来访,谈艺兴浓之时,或可展示以同饱眼福。大千先生借寓成都昭觉寺时,方丈定慧和尚、知客佛智法师等与之颇有交谊,常参与会客晤谈,也曾见过此画。他的随师学生也有多人见过此画。大千先生收藏古画珍品,这不是什么秘密的事。

1942年农历二月的一天,大千偶尔查点收藏的古画,发觉巨然的《嘉陵山水图》卷不在了,遍寻不得,询之家人、学生,大家都惊愕和茫然。这事立传给当时四川省教育厅厅长郭有守,因郭与大千先生交情甚厚,希望其协助查访。郭与何北衡同来看视(何任四川省建设厅厅长,也与大千先生友善)。郭有守主张先把和尚弄来审理。他认为大千先生及其家人和学生住在御书楼，出入必然经过方丈住处的院门，而院门副值（僧人）当班，职掌进入通禀，不得须臾离位。大千先生是皈依佛门的三宝弟子，他认为不会有僧人如此贪心，对待和尚要慎重，失落的唐画，应该细细查访。唐画失落，人心惶惶。十几个随师习艺的学生当然会被人怀疑，就是大千的家人也不无嫌疑。那时，大千有三个夫人，一个随他住在御书楼，另两个虽未住在一起，也要来御书楼与大千相聚，何况其中一个还嗜好鸦片。疑云阵阵，人人不安。比较而言，学生的嫌疑颇重。于是，有几个学生便去寺内观音殿焚香礼拜，求签乞示，以解疑团。他们求得的签票偈语大意是：东、南不利，北方吉祥，明日辰时，大吉大昌。大家看了签票偈语大意，将信将疑，姑且待之，但愿完璧归赵，疑释众安。

原来，大千先生有个表弟在四川省政府工作，任职主任，他有个儿子在树德中学读初中。这表弟把儿子带来昭觉寺拜见大千，请求给以指导，让这孩子能多受文艺熏习。因此，这孩子常来张大千处玩耍，日久渐熟，出入也就不用门上通禀。这天星期日休息，大千的表弟检查孩子的课业，发现书包内有卷东西，长约一尺二寸，用报纸包裹，拆开一看，乃是一幅古画，细视之，认出是唐朝僧巨然所绘，上面还钤印了历史上收藏者及皇帝赏鉴的宝印。他询之孩子，回答是向表叔要画，表叔让他去画室随意自取。大千的表弟立刻意会到孩子把话听错了。大千绝不是把这古画给孩子,而是让孩子在自己所绘的小品中"随意自取"。这是个天大的误会。于是,次日早饭后,这位表弟带上儿子,坐上私包车,从住家的天回镇直奔昭觉寺。表弟见了表兄说明来意和情况,将唐画递给表兄,共同展示一看,果真原物。如今完璧归赵,疑云迷雾顿然消散,几天来人们心中的压抑变成了欢快、惊叹。有人想起了观音殿求签的事,念诵起南无观世音菩萨。这时约摸七八点钟,正当辰时。

《清明上河图》遭劫揭秘

北宋著名画家张择端的不朽杰作《清明上河图》，被历代鉴赏家视为无价之宝。然而这幅画在八百多年的流传过程中，却也历经劫难。

当年，张择端完成这一历史长卷后，进献皇宫。宋徽宗赵佶十分珍视，他又用瘦金体御笔亲书了"清明上河图"五字，并钤上双龙小印（宋代皇帝的闲章，用作鉴赏、收藏艺术品的钤记）。宋徽宗成为皇宫第一个收藏此图的人。

1126年12月，汴京陷入金人之手，宫中金银珠宝、名贵文物均被掠走。但金人不识此画的价值，于是，《清明上河图》流落民间。

元朝建立后，《清明上河图》再次被收进宫廷。著名书画家赵孟頫累官至翰林学士承旨，后将此画从藏阁中取出，秘密送回老家湖州，后自留真迹，用赝品归入藏阁。到了明代，这幅画先落入大理卿朱鹤手里。他珍藏数年后，又被名士徐赙以重金购去。数年后，徐染沉疾，弥留之际，将此画馈赠好友李东阳。至今尚有李东阳于1515年所书的长篇跋文。后来，《清明上河图》又几次易主，流落到苏州，被明代学者王鏊购得。

明嘉靖年间，一代奸相严嵩访得《清明上河图》下落，向王鏊索画。后严嵩逐渐失宠势倒，其子被处斩，严府被查抄。这样，《清明上河图》第三次被收入皇宫。

明隆庆时，《清明上河图》被嗜画成癖的成国公朱希忠收藏。后辗转易主，又被一内臣窃得，藏于御沟石缝之内。恰逢天降暴雨，沟内水涨，淹及石缝。待到雨停水退，画已被污损得一塌糊涂。

然而，这时在民间还流传有张择端的另一幅《清明上河图》真迹。那是南宋汴京陷落，张择端南渡以后，因思念故园，又重新绘制过《清明上河图》。这幅画后来几经曲折，流入民间。

清代乾隆年间，张择端的《清明上河图》真迹被湖广总督毕沅买到。嘉庆四年（1799），毕沅因"剿匪不力及滥支军费被处死，家产被抄没入宫"，《清明上河图》第四次被收进宫廷，一直保存到民初。

民国初年，末代皇帝溥仪从故宫盗出大批珍宝文物，其中就有《清明上河图》。1945年8月，日本侵略者战败，有人在长春收集到伪皇宫中流散出去的十余轴画卷，其中便有真迹《清明上河图》。

再后来，到1952年，这幅《清明上河图》第五次归入"皇宫"——北京故宫博物院。这幅画卷虽是张择端之真迹,但不是最初一幅,而是他南渡以后重新绘制的那一幅。最初的那一幅,在明代隆庆时的暴雨中,已损坏。

潘天寿护国宝失己宝

20世纪50年代初,潘天寿任"中央美术学院华东分院"(即后来的浙江美术学院、今天的中国美术学院)民族美术教研室主任。由于当时政治"大气候"的影响,中国画很不景气,几乎要从美院的讲坛上取消。但潘天寿老艺术家怀着对祖国、对民族文化执着的爱,仍坚持从事中国书画的资料收集和研究。

一天,有位画商上门兜售一幅元代大画家王蒙所作山水。潘天涛、吴茀之打开画卷,只见笔精墨妙,画境深幽,越看越舍不得放手;但听画商报价九十元,不免心生疑惑,觉得太便宜了,莫非是伪作?人们都知道在解放前夕,"美丽牌"香烟老板为了不使国宝流失到日本,硬是用一条弄堂房子的高价买下了王蒙的《青卞隐居图》(现藏上海博物馆,系著名珍藏品),一时被传为美谈。而眼前的这幅山水并不逊色于《青卞隐居图》,即使再从纸质、印章、款式、装裱等方面来鉴定,也是真品。但潘天寿深思熟虑，认为王蒙等"元四家"的作品被后人仿制较多，生怕此幅也出自明代造假高人之手。

考虑再三，潘天寿特请来他极为推崇的山水画大师黄宾虹来定夺。英雄所见略同，黄宾虹出言掷地有声："画虽不能肯定，但画得很好。如学校不收，我收了！"最终，潘天寿为学校以七十元价成交。不料，有人却散布闲言碎语："哼，七十元钱收了一幅假画！"甚至还上告到校领导，给潘天寿他们无端增加了压力。

直至若干年后，人们才发现当年潘天寿主持收集的许多古画、碑帖等资料，不但成为很好的直观教材，而且为学校积累了可观的财富。正因为他们在当时经费极少，压力频频的困境中，对收集的每一幅作品都仔细鉴定、研究再三，才使得该校的古画收藏成为全国美术学院之最。

潘天寿为公家护住了国宝，但在"文化大革命"浩劫中，自己的五百多幅巨作却被洗劫一空。潘老一生极少卖画，更不滥画，故幅幅是精品。当时身为浙江美院院长的他被关进了"牛棚"，而那些批斗他的造反派学生们，私下里却瓜分了从老师家中劫来的"战利品"。就连平时练字的毛边纸上的习作也被他们拿走珍藏。而且，潘老师所抄"大字报"，一夜之间也被人揭走。这些人一面假作正经地批判潘老师的"黑作品"，一面却视为奇货可居而掠人之美。如果潘天寿为人乖巧，善于钻营，或许能躲过这场劫难，起码也能少受不少罪。"文革"前，康生对潘天寿十分客气，又是登门拜访，又是赠名砚，又是请进京亲为潘老画展题词……但潘老做人刚直不阿，康生一再暗示，都未主动赠画。后来通过省领导出面，康生才算得到一幅潘老的杰作《柏园图》。康生十分喜爱，还交荣宝斋制作了木版水印复制品。

潘天寿于1971年终因受迫害病重致死，于1977年平反昭雪。但五百多幅被抄的画却只剩下一二百幅。20世纪80年代，潘老的后人遵照他和夫人的遗愿，将他一生留存的书画作品全部捐给文化部，还将所得几十万元奖金设立"潘天寿基金"，用于奖掖人才和学术研究。

周怀民沙里拣金嗜收藏

作为一位收藏家,应具备两个条件:一是鉴赏能力,二是经济条件。已故的集画家、鉴赏家和收藏家于一身的周怀民先生,未有雄厚的经济实力却成就为一位伟大的收藏家。

周怀民少年时代清苦,曾苦学于德公(荣毅仁之父)无锡家园中。十九岁到北京,虽酷爱书画,却无力收藏,只能跑旧货摊、小市,待手头宽裕时才敢到书画店去购买。由于他具有很高的鉴赏眼光,所以后来收买了大量珍贵的古字画。

1987年周老将毕生珍藏的七百七十一件捐给国家,在故乡无锡建立"周怀民藏画纪念馆"。这在当时是一个创举,也引起了国内外的轰动。

当时,出版的《周怀民藏画集》,收录了周老捐出的全部藏品,这确为无法估值的珍品。计有宋、元、明、清如赵孟頫、沈周、文征明、董其昌、倪瓒、八大山人、石涛、恽寿平、陈洪绶、郑板桥等各家的精品。周老本是一个视书画为生命的人，却慨然捐公，不能不令人钦佩其高尚品德。此后，他还陆续捐过珍品，如1982年，他将收藏的意大利16世纪来我国传教的利玛窦所作唯一传世的山水画《野墅平林》捐给辽宁博物馆，也曾轰动一时。

本来，这些珍品几乎毁于"文革"，但周老费尽心机，以交"四旧"为名送到北京画院。终幸存于世。

无雄厚财力却收藏甚丰，当代藏家如周老者颇罕见。这自然也得力他的高超鉴赏力。据说，他所费不巨，却往往于废旧堆中探骊得珠。如宋人《四喜图》，众人多以为伪，他却慧眼购藏。又如赵子昂临王羲之《兰亭序卷》，在琉璃厂一直无人问津，疑为伪作，而周老亦不顾众议，斥金收买。当收藏家，不一定非具备雄厚财力，但必须具备慧眼。两者都具备者如张大千、张伯驹等，自然左右逢源。但如周老之聚沙成塔般艰辛，则难上加难矣。

周怀民沙里拣金，历尽艰辛而得来，殊属不易，但他并不自藏视如拱璧。如前所云，不但取珍品捐公，即便对朋友，也会慨然相赠。

20世纪80年代初，周怀民先生随中国美术家协会代表团来香港参加"中国当代画展"，与港澳及海外不少画家友人把晤。尤其见到了老友、岭南画派著名的殿军人物赵少昂，两人已是阔别四十多年了。见面之时，两人情绪十分激动，都饱含热泪，哽咽无声。赵少昂先生犹记20世纪40年代,他在北京举行了个人画展,周怀民为表示祝贺之情,曾将沙里拣金而购藏多年的查士标的名作相赠。当时赵少昂深感友人的高谊挚情,多年来一直念念不忘。由此,亦可以看出,周老虽视画如性命,但他更重情谊,所以有这一段齿有余香的画坛佳话。

陈叔通和百梅图卷

我最早知道陈叔通,是在我父亲学鉴赏时的老师张效彬的寓所。后来年长,知道陈叔通不仅是一生追求进步、对国家和人民鞠躬尽瘁的社会活动家,也是一位大学问家和鉴赏收藏家。

陈叔老是杭州人,本名敬弟,叔通乃其字。其家学渊源,他的父、兄皆中翰林,他也是光绪癸卯进士,"一门三翰林"在浙江曾传为佳话。至今北京孔庙进士题名碑上还有陈叔通及其父、兄的名字。后来他留学日本,专攻法政。曾任职于北洋政府,因愤于时事黑暗,辞官与张菊生经营商务印书馆。

陈叔老之父蓝洲公即喜藏书画,经太平天国战争而荡然无存,仅余唐伯虎画梅一幅。陈叔老有嗜梅之癖,以此唐伯虎画为本,经历年搜觅,收藏了明清渐江、郑板桥、汪巢林、杭世骏、罗两峰等画梅名作三百余幅。因后来又收藏到高澹游《百梅书屋图》,便自号"百梅书屋主人"。

这三百余幅名家画梅,陈叔老曾付梓印成《百梅集》,今天坊间早已绝版。20世纪50年代后期,陈叔老认为私藏不如公藏,私藏难免湮没,公藏方可传之久远。于是他慨然将毕生心血珍藏的三百余幅古梅及其他古画献给国家,由故宫博物院收藏。

陈叔老收藏的众多名人画梅珍品中,除唐伯虎的梅画之外,便是渐江和尚的一幅梅花。

渐江即明末画家弘仁,渐江为号。他与朱耷、石涛等并称为中国画史上的"四大名僧"。渐江和尚喜画梅,也喜种梅,因而他的一个别号又称之为"梅花左衲"。渐江的画历来为收藏家所推崇,周亮工《读画录》云:"江南人以有无定雅俗",明末士大夫如果没有渐江的画,竟会认为不雅。陈叔老一生喜梅画,穷其财力,广为搜寻,自然也不会放过渐江。不过,陈叔老辗转得来的这幅渐江之画,其珍贵处不仅在是渐江真迹,更在于画卷上有清代名人曹寅(曹雪芹之祖父)的题诗和跋注。曹寅不仅是簪缨显赫,在文学史上也有一定地位。清代江南文风之盛,与曹寅当年倡导力行不无关系。曹寅题诗见之《楝亭集》,是为题胡静夫藏僧渐江画:"逸气云林逊作家,老凭闲手种梅花。吉光片羽休轻觑,曾敌梁园玉画叉。"题诗之下并有小注云:"周栎园藏画,以缺渐江老为恨。"可见那时收藏家即以渐江之画为难得珍品,故而曹寅有"吉光片羽"之叹。民国以后,不但渐江画得之极属不易,便是曹寅的墨迹也是凤毛麟角了,所以,诗画俱珍,珠联璧合,确为难得之文物珍品,难怪陈叔老爱之弥深,许为镇库之宝了。

除这数百幅珍品外,陈叔老还将藏于北京西单松坡园图书馆的十万余册珍贵古籍和藏书悉数捐给历史博物馆,更可见其君子之风,玉壶冰清。

"藏扇大王"黄国栋

上海有位"藏扇大王"叫黄国栋。这位1909年出生的老人,经过几十年的努力,共收藏了四百多把折扇。其中,有不少是当代书画名家的作品,如冯超然的山水、王一亭的荷花、启功的紫竹、谭泽恺的书法、潘星录的蝇头小楷等。此外,还有不少社会名流的墨宝,如清末状元陆润庠、近代工业鼻祖张謇、著名慈善家朱庆润等。尤使黄国栋自豪的是京剧名伶的字画,它们是黄国栋藏扇的一大特色。

黄国栋酷爱京剧艺术,与当年梨园名流无不相熟。红极一时的京剧艺术大师、流派名伶,凡能书会画者,几乎都在黄国栋的藏扇上留下了墨宝,如四大名旦梅兰芳、程砚秋、荀慧生、尚小云,以及周信芳、马连良、俞振飞、金少山、姜妙香、李万春、谭小培、黄桂秋、黄吟秋、张君秋等。黄国栋藏扇上的字画,几乎都有一段动人的故事。

20世纪30年代，梅兰芳与花脸巨擘金少山合演《霸王别姬》，轰动了上海滩。一次，在天蟾舞台演出后，名流巨商纷纷挤入后台，簇拥着梅兰芳求其签名题字。梅兰芳一时应接不暇，而在旁卸妆的金少山顿显冷落孤单，他忍不住长叹一声。善解人意的黄国栋见此情景，连忙呈上一幅扇面，恭恭敬敬地请他题字。金少山顿时笑逐颜开，慨然应允。三天后，金少山派人送来了书法工整、运笔苍劲的扇面，上题七绝一首："恍惚青天驾鹤游，宝山珠树不胜收。仙人笑汝且归去，乞得黄金变石头。"诗后又题句云："无怪黄金少，尽被仙人铸作楼。"愤世嫉俗之情，溢于言表。金少山的书法功底很深，鲜为人知，又极少为人题字。黄国栋的通达诚意，又使他的藏扇中增加了这一不可多得的珍品。

秦瘦鸥的《秋海棠》一书问世后，曾轰动一时，各剧种纷纷加以改编上演。当时上海的卡尔登剧院（现长江剧场）也准备上演话剧《秋海棠》。在上演之前，黄国栋接到了名伶黄桂秋打来的电话，欲请黄国栋出面让卡尔登的话剧停演。黄国栋当即明白，这与社会上纷传《秋海棠》的主人公原型与黄桂秋有关，经黄国栋从中周旋，《秋海棠》终于停演。为此，黄桂秋十分感激，特意制了两把工笔蝴蝶折扇赠予黄国栋以表谢意。

黄国栋藏扇的另一特色，是对扇骨、扇面的制成材料、品种十分讲究。竹质扇骨中,有著名的香妃竹、梅鹿竹、斑竹、清水竹,木质扇骨中,有名贵的乌木、檀香、桃木;其他珍奇材料,有象牙、骨、玉、珊瑚、翡翠等。有时他为了购进一种满意的材料,往往不惜重金。在不少扇骨上,还有精美的字画浅刻或纹样浮雕,真是琳琅满目,令人叹为观止。其收藏的扇面,从纸质上分,除了众多白、黑扇面外,还有泥金属、飞金扇、散金扇、飞银扇和发笺扇等。

曹雪芹画迹存亡记

今天如果发现关于曹雪芹的资料,哪怕片言只语,红学界、收藏界都会如获至宝。但在半个世纪前,红学尚不发达。曹雪芹两件画迹的一存一失颇有悲喜剧性。

一件是《菊石图》(原本无名,姑且称之)。抗战胜利后,北京书画业一度萧条,商人们成天送货上门,供人选购,以求成交。有位常为北大教师王利器送书的商人一次送来一幅水墨画单条:画的是一片立石、两棵秋菊,落款为"梦阮"二字,无上款,印章是篆文朱书的"梦阮"。王利器当时尚未从事中国通俗小说的研究,故不知"梦阮"是谁,而这幅画又非精品,看样子不是职业画家画的,便不愿买。商人劝道:"你留下吧,随便给几个子儿都行。"终未能成交。

20世纪50年代初,王利器为北京书画馆整理《八旗艺文编目》著录的一批稀见古籍,发现其中的《春柳堂诗稿》里有四首关于曹雪芹的诗,从未见有人道及。其中一首《题芹溪居士》诗的原注写道:"姓曹,名霑,字梦阮,号芹溪居士,其人工诗善画。"他大惊失色,原来数年前失之交臂的《菊石图》作者梦阮就是曹雪芹!他连忙跑遍琉璃厂、隆福寺、东安市场等书画交易场所,但已"踏破铁鞋无觅处"了。他逢人便叮嘱留心此画,还请旗人文物专家吴恩裕协助寻访,结果一无所获。

他后来得知张政烺当年也当面错过良机,二人相对嗟叹。王利器后来搜集了不少关于曹雪芹绘画的文字资料,写了《重新考虑曹雪芹的生平》,发表在1955年7月3日《光明日报·文学遗产》上,以引起人们对曹雪芹画的重视。他晚年还在《忆二宝》一文中说:"我千祈万祷,有一天曹雪芹这幅真迹会重现人间。要不然,我将负疚终生了。"

曹雪芹的《南鹞北鸢考工志》的遭遇要幸运些。据记载,他曾在北京宣武门的太平湖冰面上放飞风筝,"心手相应,变化万千,风鸢听命乎百仞之上,游丝挥运于方寸之间",令观众大饱眼福。为推广风筝技艺而作的《南鹞北鸢考工志》图文并茂地描述了扎、糊、绘、放风筝的诀窍,既有各式风筝彩图,又有配图歌诀共四十余首,还有具体画法的注释。该书是抄本《废艺斋集稿》的一部分(据游国恩考证,该抄本是曹雪芹遗作)。

早年有位日本商人金田氏从前清皇族全鼎臣手中购得一套家藏抄本,系曹雪芹的手稿。但当时人们不知道作者是谁,故未予以重视。1943年,在北京北华美术学院日籍教师高见嘉十的主持下,向金田氏商借该抄本,由制风筝高手赵雨山、孔祥泽描摹其中的风筝图谱,并转录配图的歌诀、注释。金田氏很珍惜抄本,天天亲自早出晚归,携来携去,只许用铅笔在拷贝纸上轻描,以免损伤原图,一俟完工,即不再借。日本投降后,金田氏的抄本均无下落,好在经过摹、录的曹氏风筝能得以流传,实在幸甚。

中国第一行书《兰亭序》

爱好书法的人，无人不知《兰亭序》。《兰亭序》自唐代以来，一直被誉为王羲之的传世书法极品，备受书家供奉和学者的推崇。

多少年来，有许许多多关于这本名帖的传说。可以说，《兰亭序》代表着一种传统文化，在书法界及艺术界，乃至在广大民众心目中，已享有至高的地位。

《兰亭序》历来被传为行书第一。相传，东晋永和九年（353）农历三月初三，王羲之父子及谢安、孙绰、郗昙以及会稽的豪门绅士，还有文人才子，共计四十一人，前往会稽近郊的兰诸山下，举行"袚禊之礼"（此礼指的是三月初三过寒食节），他们在兰亭以曲水流觞的形式欢饮赋诗（曲水流觞指的是在弯弯蜿蜒的溪流上，放上酒杯在水中漂流，大家分坐在溪边，当酒杯流到谁的面前，谁就即兴赋诗，赋不出或怠慢者受罚）。最后推举王羲之为这次活动作序，王羲之即兴写下了这篇不朽的序文。据说，王羲之写此序稿时已半醉，回家酒醒，觉得原来写的不甚满意，于是又重写了几遍，终不如原来写得好。《兰亭序》从此流传下来。

唐太宗李世民钟爱王羲之的书法，贞观十四年（640），他召见群臣时说，传王羲之书法寻求殆尽，何以独不见神品《兰亭序》？于是便下令四处查寻。后得知在一个叫辨才的和尚手中（辨才乃高僧智永和尚的爱徒，智永又是王羲之的七世孙，智永在临终时将《兰亭序》传给了辨才），于是便四处派人寻找辨才。

辨才受智永临终嘱托，谎称："过去侍奉师父，的确见过此帖，后来师父去世，又经丧乱，现该帖已不知去向了。"

辨才之言传回宫中，朝中大臣房玄龄向唐太宗献策，推荐让监察史萧翼用计巧取。于是，萧翼带了些字画和几件王羲之的作品，化装成落魄书生来到绍兴嘉祥寺，装作观赏书画，被辨才发现。二人经过寒暄，颇有好感，辨才便请萧翼留在寺中小憩，谈文说史，感情渐深。当天，萧翼拿出王羲之的书法让辨才观赏。辨才极善于鉴赏王羲之的书法，他说："你这些虽是王羲之的墨迹，但并非上品。"随后，他拿出了所藏的《兰亭序》。萧翼见到真品，喜不自胜，但故意称这是赝品，二人争辩不下。第二天，萧翼乘辨才外出之机，对书童谎称书卷忘于房中，于是顺利偷到了《兰亭序》。

唐太宗见帖大喜，召见辨才，说明实情并赐辨才相当可观的一笔财物——这就是有名的"萧翼赚兰亭"的故事。

由于唐太宗酷爱《兰亭序》，视之如珍宝，遂命赵模、韩道政、冯承素、诸葛贞等侍臣摹描，并嘱太子、诸王和近臣，真迹在他死后葬于昭陵。从此，摹刻本竞相出现，版本达几百种，其中太宗之前有隋唐时的"开皇本"，唐太宗年间的"定武本"，唐中宗年间的"神龙本"，以及虞世南、褚遂良等人的摹本。这些摹本虽失神韵，但毕竟风骨尚存。

代后记
——我所认识的周简段先生

老报人周简段先生,曾是我的同事,因长我十多岁,而且知识渊博、采编经验丰富,所以我一直把他奉若长辈。

周简段先生是个"老北京",青少年时代在北京读书、工作、生活,对北京的名人轶事、名胜古迹、文物珍宝、文史掌故、艺苑趣闻,以及民情风俗都了如指掌。他曾和我谈起早年间与张恨水一起办报的时候,常常逛天桥,游故宫,访名胜;还谈到抗战末期到香港去办《星岛日报》;当闻讯共和国诞生,欣喜若狂,马上回到祖国的怀抱,返回朝夕思念的北京,又干起了轻车熟路的老本行——新闻工作。孰料,1957年反右时他被打成"右派","文化大革命"中,他又蹲了"牛棚"。凭着一个老知识分子的一颗正直、善良、爱国的心,他总是充满信心地说:"祖国将来肯定会繁荣富强的!"

1976年以后，周先生到香港去继承遗产，便在那里定居了。从1980年1月起，他在香港《华侨日报》副刊开辟了"京华感旧录"专栏，每日一篇，千字左右，一直到1992年该报易主改版方罢。一人主持一个专栏能持续十多年不辍，这在中外新闻史上实属罕见。

中间，他经常回北京，每次见面，我们总是畅饮畅聊。他拿出香港报刊对他文章的评介给我看：有的报章称赞他"知识渊博，文笔优美，是写老北京的权威"；有的刊物评介他"以古都北京为经，短小精炼的文字为纬，系统地缕述京华旧日，细说当年，使昔日事像重现读者眼前，又具探源究始之功，兼且披露不少鲜为人知的重要史事，对保存历史文化贡献殊大"；还说，读了周先生的文章，"备觉亲切，似与周氏把臂遨游，细诉从前，令人低徊不已"。

他还拿出不少读者的来信。尤其是三四十年代著名明星夏霞女士在读了他写的《夏霞演〈人之初〉》之后，给他写的一封上千字热情洋溢的信，对文章中提到她结婚四十周年的纪念照非常感动。信中说："由于这段旧闻，把我的思潮又带回四十年前的上海去了。"接着她回顾了20世纪40年代演《赛金花》和《人之初》话剧的详细情况。最后她感慨地写道："人年纪大起来，总喜欢怀旧、回忆，如果能找个对象谈谈往事，温温旧梦，实在是人生一大乐事。"另外，周先生的不少文章，如《宋哲元及其大刀队》《抗战殉国的张自忠将军》等，被马来西亚、新加坡、美国以及中国台湾等国家和地区的报纸转载,在华人中影响很大。

周先生的专栏文章,1986年曾由香港南粤出版社结集出版,书名《京华感旧录》,由溥杰先生题签,梁漱溟先生作序,分《艺文篇》《风土篇》《人情篇》《掌故篇》和《名胜篇》五卷,附历史照片多帧,印刷精美,弥足珍贵。书中文章短小精练,兴味盎然,于茶余饭后,品读一番,实是美不胜收的艺术享受。该书成为当时香港十大畅销书之一,周先生由此一跃成为香港著名的文史作家。

此后,周先生越写思路越宽,逐渐取材已不限于京城一隅,而是遍及神州大地。内容也不再是单纯的感旧,而是忆旧述新,加上一些现实的见闻和感受,使台、港、澳和海外读者更感亲切和感慨。

1992年,北京的华文出版社要将周先生十几年的专栏文章辑录成书,周先生找我来选编。因全部文章有4000篇之多,我只好精选一下,分成六卷出版,定名"神州轶闻录"。请冰心先生写了总序,请萧乾、季羡林、侯仁之、胡絜青、于若木诸先生为各分册作序,封面请启功先生题签。

书出版后,社会效益颇佳。《文汇报》《新闻出版报》《人民政协报》《中国艺术报》等竞相转载其中的文章,影响愈大。周先生也接到大量读者来信,有赞扬,有鼓励,更多的是希望周先生笔耕不辍,给读者更多的精神食粮。此后，周先生又先后以周彬、周续端、司马庵等笔名在香港的《大公报》开辟了"神州拾趣"专栏，在《港人日报》开辟了"京华内外"专栏，在台湾的《世界论坛报》开辟了"神州感旧"专栏等。

1997年香港回归，周先生更是精神振奋，壮心不已，笔耕愈勤。先生之作与日俱增，影响愈大。今将其二十多年来之全部著作，重新进行分类精选，按十卷出版，书名分别为《字里乾坤》《朝野遗事》《民俗话旧》《文坛忆往》《大戏台》《画坛旧事》《故都文化趣闻》《美食妙谈》《名胜游记》《武林拾趣》。除保留冰心、萧乾、季羡林、胡絜青、侯仁之和于若木诸先生的序文外，又请了著名作家钱世明、赵云声、昌沧、书画家米景扬、民俗学家成善卿等先生分别为新增书作序。从整体看，比之前的版本更全面地展现了周先生二十多年来文史专栏写作的成绩。从内容看，蕴涵的民族韵味和时代精神更丰富、更有深度。

《神州轶闻录》中的文章，虽然篇幅不长，内容也都是轶闻琐事，看似细碎平淡，然皆韵味悠长。现在引当代哲人季羡林先生在原《文化篇》序言中的一段话作为本文的结尾吧：

"哲学家们常说：于一滴水中见大海，于一粒沙中见宇宙。难道在我们这些小的文章中不能见到大的文化吗？所有这些戏曲、文玩、学府逸事等等，又哪一个与文化无关呢？只不过在这里谈文化，不是峨冠博带，威仪俨然，不是高头讲章,而是涉笔成趣,理路天成,于琐细中见精神,微末处见全面,让你读了以后,如食橄榄,回味无穷,陶冶性灵,增长见识。"

冯大彪

2017年6月修订于北京

图书在版编目（CIP）数据

画坛旧事 / 周简段著. ——北京：新星出版社，2017.8
（神州轶闻录）ISBN 978-7-5133-2639-1

Ⅰ.①画… Ⅱ.①周… Ⅲ.①随笔－作品集－中国－当代 Ⅳ.①I267.1

中国版本图书馆CIP数据核字（2017）第129011号

画坛旧事

周简段　著

冯大彪　主编

责任编辑：简以宁
责任印制：李珊珊
装帧设计：几木艺创

出版发行：新星出版社
出 版 人：谢　刚
社　　址：北京市西城区车公庄大街丙3号楼　100044
网　　址：www.newstarpress.com
电　　话：010-88310888
传　　真：010-65270449
法律顾问：北京市大成律师事务所

读者服务：010-88310811　　service@newstarpress.com
邮购地址：北京市西城区车公庄大街丙3号楼　100044

印　　刷：三河市兴达印务有限公司
开　　本：787mm×1092mm　1/32
印　　张：12.25
字　　数：230千字
版　　次：2017年7月第一版 2017年7月第一次印刷
书　　号：ISBN 978-7-5133-2639-1
定　　价：38.00元

版权专有，侵权必究；如有质量问题，请与印刷厂联系调换。